CIRCLES OF FATE

Ohne Schicksal bringt die Welt zu Fall.
Der Tod kommt zu den Lebenden.
Leben ist Gift,
es besiegelt das Schicksal.
Aleph bringt das Ende.
Die Zeit springt,
denn was immer war,
ist nicht mehr.

Alle Bände in der Miniserie »Circles of Fate« im Arena Verlag:
Schicksalsfluch (Band 1)
Schicksalssturm (Band 2)
Schicksalskampf (Band 3)

Weitere Bücher von Marion Meister (alias June Perry)
im Arena Verlag:
White Maze. Du bist längst mittendrin
LifeHack. Dein Leben gehört mir

Marion Meister
denkt sich bereits seit Kindertagen fantasievolle Welten aus, die parallel zu unserer existieren. Ihre Liebe gilt dabei besonders den Sagen und Legenden über Magie und Götter. Inzwischen ist sie hauptberuflich Schriftstellerin und schreibt Fantasy für Kinder und junge Erwachsene. Ihre Near-Future-Jugendbücher unter dem Pseudonym June Perry sind preisgekrönt. Offiziell lebt sie mit ihrer Familie in der Nähe von Hannover, ist aber meist in ihren Geschichten unterwegs und selten im Hier und Jetzt anzutreffen

Mehr Infos und Austausch mit Marion Meister unter
www.marionmeister.info und bei Instagram:
marionmeister.autorin

1
JIN

Hey, alter Freund!« Jin marschierte mit stolzgeschwellter Brust in Misanos Loft. Die Blumen, die er in Misanos Auftrag für Zaras Rückkehr besorgt hatte, lagen noch immer wie ein flauschiger Teppich auf dem Boden. Er schob ein paar mit der Schuhspitze beiseite. Inzwischen waren sie welk und braun. Mit einem verschmitzten Lächeln erinnerte er sich an den Kami, der ihm die Blumen verkauft hatte – und noch immer auf sein Geld wartete. Er hatte diese orangefarbenen Blüten als Blumen der Toten angepriesen. Irgendein spiritueller Schnickschnack der Menschen, die den Seelen der Toten damit den Weg nach Hause markieren wollen. Er hatte mit den Blüten auch einen Weg markiert: den Beginn des Endes.

Beschwingt betrat er die offene Küche. Doch sie war leer. Und sauber. Fast war Jin enttäuscht, dass die Spuren seiner genialen Idee verschwunden waren – nachdem er endlich begriffen hatte, wie er das Ende der Welt herbeiführen konnte.

Misano hatte sämtliches Blut von den Oberflächen der weißen Küche getilgt. Ganz kurz überlegte Jin, ob er ein schlechtes Gewissen haben sollte, denn es wäre sein Job gewesen, all das Blut zu beseitigen. Doch dafür war keine

Zeit geblieben: Kaum waren seine Kräfte zurückgekehrt, musste er einen Attentäter für seinen Plan finden.

»Misano, alter Sturkopf! Wo steckst du?« Jin schlenderte ins Wohnzimmer, vor dessen Fensterfront eine schicke Ledergarnitur stand. Und in einem der runden Retro-Style-Sessel lag Misano. Sein Kopf war ihm auf die Schulter gefallen, das Whiskyglas aus den Fingern geglitten, sodass die bernsteinfarbene Flüssigkeit den weißen Flokati getränkt hatte. Misano schnarchte. Seine Alkoholfahne konnte Jin sogar aus vier Schritten Entfernung riechen.

Misanos altmodischer Plattenspieler lief. Doch die Nadel hing in der Endlosrille fest. Jin trat an das Gerät und las den Titel, der in der Mitte der sich drehenden Platte auf einem Etikett stand. *Charles Mingus – The Black Saint and the Sinner Lady.*

Jin seufzte. Misano maß den Erfindungen der Menschen zu viel Bedeutung zu. Er hatte sich nicht nur in diese Zara verliebt. Er war in die gesamte Menschheit mit all ihrem törichten, nutzlosen Tun verliebt.

Jin griff den Arm des Plattenspielers und hob ihn zurück in die Ruheposition. Dann wandte er sich dem Unsterblichen zu und betrachtete ihn. Er sah jämmerlich aus. Unrasiert, seine von Grau durchzogenen Haare wirr zerzaust, Flecken auf dem gerüschten weißen Hemd.

»Du bist eine Schande für uns«, murmelte Jin. Mit einem weiteren Seufzer nahm er ein Glas von der kleinen Bar und goss sich Whisky ein. Immerhin hatten die Menschen während ihres unbedeutenden Wirkens auf dieser Welt ein paar doch sehr annehmbare Entdeckungen gemacht, Whisky war eine davon.

Er schmeckte dem Aroma nach und trat gegen Misanos Sessel. »Aufwachen, Maestro!«

Mit einem undeutlichen Knurren regte sich Misano.

»Los, du liebeskranker Tölpel! Wir haben etwas zu feiern!«

»Zara?« Mit diesem Wort schnellte Misano hoch, schwankte und plumpste zurück in den Sessel. Gegen das Sonnenlicht, das durch die Fensterfront fiel, blinzelte er Jin an. »Was willst du hier?«

»Deinen Whisky. Aber viel hast du ja nicht übrig gelassen.«

Etwas Unverständliches murmelnd strich sich Misano das zerwühlte Haar nach hinten, suchte sein Glas, fand es am Boden und schnaubte unwillig. »Sie ist noch immer nicht zurück.«

»Wer?« Jin hatte es sich nun in einem zweiten Sessel gegenüber von Misano gemütlich gemacht. Er blickte hinaus auf den strahlenden Herbstmorgen über London. *Der Letzte seiner Art,* dachte er fröhlich.

»Zara! Ich habe jeden Winkel der Stadt – der ganzen Welt abgesucht!« Stöhnend hievte Misano sich aus dem Sessel und wankte zur Minibar. Mit zu viel Schwung schüttete er sich Whisky nach und das teure Getränk troff ihm über die Hand. Verärgert leckte er sich die Finger ab und ließ sich wieder in den Sessel fallen. Der goldfarbene Alkohol schwappte aus dem Glas auf seine Hose.

Jin verdrehte die Augen. »Meine Güte, Misano! Es ist das Ende der Welt. Versuch doch, mit ein bisschen Anstand abzutreten.«

Sehr langsam, als ob Jins Worte Mühe hätten, in seinen

Verstand vorzudringen, wandte Misano sich ihm zu. »Das Ende der Welt? Allerdings. Ich habe Zara zum zweiten Mal verloren!« Mit zusammengekniffenen Augen musterte er Jin. »Hast du eine Idee, wo sie stecken könnte?«

Misanos Anblick war erbarmungswürdig. »Also gut!«, seufzte Jin. »Aber nur, wenn du versprichst, zu duschen und saubere Sachen anzuziehen!«

Wie ein gescholtenes Kleinkind nickte Misano.

Jin erhob sich, schob die Tür zur Dachterrasse auf und pfiff scharf auf den Fingern. Es dauerte nur einen kurzen Augenblick, da landete bereits eine erste Taube auf den Holzbohlen der Terrasse. Gurrend legte sie den Kopf schief und blickte zu Jin hinauf.

»Ihr müsst Zara ausfindig machen«, sagte er zu dem Vogel und ging in die Hocke. »Und wenn ihr schon dabei seid, checkt doch auch mal, was Tegan so treibt. Sie müsste eigentlich ihr Werk vollbracht haben.«

Zwei weitere Tauben waren auf der Terrasse gelandet und beäugten Jin mit wippenden Köpfen. Schließlich stoben sie mit rauschenden Flügeln auf und verschwanden über die Dächer von London.

»Gib ihnen dreißig Minuten«, meinte Jin zu Misano, als er wieder ins Wohnzimmer trat. »Das sollte ausreichen, um aus dir wieder den stolzen Unsterblichen zu machen, der du irgendwo unter diesem Säuferlook bist.«

2
LITA

Nimm das mit.« Hanna drückte Lita ein paar Münzen in die Hand.

Verwundert musterte sie das Geld. »Damit ich mir da drüben einen Burger kaufen kann?«

Hanna schmunzelte und umarmte Lita zum siebten Mal, seitdem die beiden Elaines Loft betreten hatten, um zusammen Litas Tasche zu packen. »Es gibt Gerüchte, dass es dort drüben einen Fährmann gibt.«

Lita schob ihre Mutter von sich und steckte die Münzen in die schon ziemlich pralle Umhängetasche.

Von Elaine hatte sie sich eine Stoffhose geborgt. Sie passte ihr halbwegs. Ihre eigene Jeans war mit der öligen Schmiere des verseuchten Quellwassers vollgesogen. Sie hatte versucht, die Ausbreitung des Gifts zu stoppen, und war deshalb in das verpestete Wasser am Fuß des Schicksalsbaums gestiegen. Ihr heiß geliebter Parka, den sie in den Abfluss gestopft hatte, war wohl für immer verdorben.

»Alles klar. Ich bezahle den Fährmann, sobald wir drüben sind. Nicht vorher. Ich weiß schon.«

Hanna lachte aufmunternd, doch Lita blickte zweifelnd auf ihre Umhängetasche, die wie ein riesiger Medizinball aussah und auch ungefähr so viel wog. »Bist du sicher, dass ich das alles brauchen werde? Wie lange werden wir überhaupt weg sein? Ich meine …« Sie deutete auf die Krone des Schicksalsbaums, die man durch die gläsernen Wände des Lofts sah. Die Blätter waren zum Teil eingerollt und hatten sich schwarz verfärbt. Die Fäulnis war bereits bis in die Spitzen vorgedrungen. »… sehr viel Zeit haben wir nicht mehr.« Sie war froh, dass Rukar wusste, wie sie in die jenseitige Welt kamen. Schon jetzt fühlte sie sich verloren und hatte Angst, dass sie sich dort verirrte. Sie verlief sich ja selbst hier in London immer wieder!

»Soweit ich weiß, ist die Zeit in der jenseitigen Welt eine andere. Vielleicht kommt ihr zur selben Minute zurück, zu der ihr hineingegangen seid …« Hanna lächelte sie an, doch Lita konnte die Sorge in ihrem Blick sehen. »Von uns Weberinnen seid ihr jedenfalls die Ersten, die dorthin gehen.«

Entschlossen nahm Lita die schwere Tasche und drückte ihre Mutter ein letztes Mal. »Wir werden Zara nach Hause bringen, den Fluch ihres Totenfadens brechen und damit alle, die zu Schatten geworden sind, zurückholen. Und wir werden einen neuen Baum pflanzen.«

»Ja, das wirst du.« Hanna zog Lita zu sich und drückte sie erneut. Sie spürte, dass ihre Mutter Tränen hinunterschluckte. Ohne sie noch einmal anzusehen, um nicht selbst zu weinen, verließ sie das Loft und eilte die Treppe hinunter.

Während sie die Stufen hinablief, stellte sie sich vor, wie es gewesen wäre, wenn sie hier mit ihrer Mutter aufgewachsen wäre. Als Weberin. Dann hätte es all den Streit und die Angst, die Therapiestunden, die dunklen Gedanken nicht gegeben. Sie hätten beide glücklich in diesem lichtdurchfluteten Turm zusammengelebt.

Aber sie wäre wohl nicht auf ihre Schule gegangen und hätte nie DeeDee, Lauren und Chloe kennengelernt. DeeDee. Lita presste die Lippen zusammen und konzentrierte sich auf die Stufen. DeeDee war zu einem Schatten geworden, als ihr Schicksalsfaden zu Asche zerfallen war. Lita fühlte sich dafür verantwortlich, dass DeeDee von ihrer Familie vergessen worden war. Dass ihre beste Freundin von allen vergessen war. Die Schuld brannte tief in ihrem Inneren. Aber sie würde es wiedergutmachen. Für alle Menschen. Nicht nur für DeeDee.

Entschlossen sprang Lita über Blätter des Schicksalsbaums hinweg, die jemand auf der Treppe zusammengefegt hatte. Sie waren schwarz und ölig wie das vergiftete Wasser an seinen Wurzeln und sie musste aufpassen, auf dem Laub nicht auszurutschen.

Ihr Blick glitt nach unten, hinab in die Halle. Das Laubdach des Baums hatte sich bereits erheblich gelichtet, sodass Lita bis nach unten blicken konnte. Dort wurzelte er in einem Becken, das einst von dem klaren Wasser der Urquelle gespeist worden war. Doch Jin hatte das Wasser vergiftet und so den Baum ermordet. Und mit ihm auch die anderen elf auf der Erde wachsenden Schicksalsbäume, da sie alle von derselben Quelle genährt wurden, die jetzt nur noch eine brackige, stinkende Brühe war. Selbst die Luft im Turm stank nun modrig. Lita merkte, wie sie eine Faust ballte. Jin! Wer hätte es sonst tun können? Er hatte durch Hanna erfahren, wie er das Ende der Welt herbeiführen konnte. Und er hatte seine Chance ergriffen.

In der Halle warteten Rukar und Zara auf sie. Tegan stand abseits, aber sie hatte sich bereit erklärt, Lita auf der

Mission zu begleiten. Es war offensichtlich, dass die junge Weberin Lita nicht mit Rukar alleine in die jenseitige Welt gehen lassen würde, denn sie misstraute Rukar zutiefst.

Als Lita den Weltenraum passierte, hielt sie kurz inne und warf einen Blick auf die Lebensfäden, die sich darin von einem Ende zum anderen spannten. Das Regenbogenleuchten der Fäden hatte nachgelassen. Das Gespinst war merklich ausgedünnt und den Boden bedeckte ein tiefschwarzer Ascheteppich. Es tat ihr weh, das Geflecht so zu sehen. Auch wenn sie erst seit wenigen Tagen von alldem hier wusste und selbst die Fähigkeiten einer Weberin besaß, fühlte es sich an, als hätte man Lita ein Stück ihres eigenen Lebens herausgeschnitten. Sie musste alles in ihrer Macht Stehende tun, um den Baum zurückzubringen, und damit die Schicksalsfäden für die Menschen. Die Fäden leiteten die Menschen durch den Ozean ihres Lebens, führten sie sicher auf den ihnen vorherbestimmten Weg. Für einen winzigen Augenblick sah Lita vor sich, wie sie Zaras Totenfaden in das Spindelwerk gleiten ließ. Sie hatte Äons Prophezeiung erfüllt. Den Tod zu den Lebenden und die Welt zu Fall gebracht.

Doch sie selbst besaß keinen Faden und deshalb konnte sie ändern, was passierte. Daran durfte sie nie zweifeln!

Winnie, die junge Weberin, die ihre Nase am liebsten in die Prophezeiungen steckte und darin schmökerte wie andere in einem guten Buch, hatte offenbar an der Pforte auf Lita gewartet. In der Hand hielt sie eine Stoffrolle. Lita erkannte an den bunten Fäden, dass es eine Prophezeiung war. »Lita?« Zögerlich kam Winnie auf sie zu. »Bitte nimm das mit.«

»Was ist das?« Sie nahm den gewebten Stoff entgegen und rollte ihn auf. Es war tatsächlich eine Prophezeiung, doch ein Stück fehlte. »Woher hast du den?«, fragte sie erschrocken. Ihr war sofort klar, dass dies der Rest von Rukars Prophezeiung sein musste. Das fehlende Stück war in seinem Besitz. Wie auch immer er es bekommen hatte, denn eine Prophezeiung durfte den Turm nicht verlassen.

»Tegan und ich haben ihn im Archiv aufgestöbert. Du weißt, was das ist?«

Lita nickte. »Es ist Rukars Prophezeiung! Er hat das abgetrennte Stück.« Es war noch nicht allzu lange her, da hatte sie in Rukars Teppichabschnitt gelesen. Darin ging es nur um seine Kindheit. »Ich habe ihm gesagt, wer er ist.« Entschieden gab sie ihr den Teppich zurück.

Ein Leuchten glitt über Winnies Gesicht. »Er weiß es? Und Tegan ...? Hat er es ihr schon gesagt?«

Lita starrte auf den Teppich. Vieles darauf war für sie hinter einem Nebel verborgen. Vermutlich die Gegenwart und Zukunft Rukars. Ein warmes Gefühl breitete sich in ihr aus, denn sie wusste, sie konnte diese Ereignisse nicht lesen, weil sie nun Teil von seinem Leben war. »Nein, Tegan weiß nichts davon. Sie ist noch immer viel zu wütend auf ihn. Den Namen Jin jetzt zu erwähnen, wäre sicher nicht gut.«

Winnies Ausdruck verdüsterte sich. »Sag es ihr. Bitte. Vielleicht denkt sie dann anders über ihn. Du hast doch keinen Faden. Und wenn du recht hast und ihr Äons Plan vereiteln könnt ...« Nervös zwirbelte Winnie eine ihrer roten Locken. »... vielleicht kannst du dadurch den Ausgang ...« Flehend sah sie Lita an.

»Du hast gelesen, was hier steht?« Ein heißer Schauer überlief Lita. Winnie konnte sicher den kompletten Teppich lesen, da ihr Schicksal nicht mit Rukars verbunden war. Dann wusste sie ... »Du weißt, ob wir es schaffen!« Mit einem Mal fühlte sich ihr Mund ganz ausgedörrt an.

Winnie sah ertappt zur Seite. »Ich darf dir nichts verraten.«

Natürlich wusste Lita, dass Winnie alles vergessen würde, sobald sie Rukar oder Lita – die ja Teil seines Schicksals war – etwas über seine Zukunft erzählte. Dennoch konnte Lita nicht anders. »Was passiert mit Rukar? Was meinst du damit: *den Ausgang* ... ändern? Verhindern?«

Winnie zog den Mantel enger um sich und wich vor Lita zurück. »Bitte, geh! Ich will doch nur, dass Tegan weiß, dass Rukar ihr Bruder ist.«

»Was?« Überrascht wich sie einen Schritt vor Winnie zurück. Tegan war ... Rukars Bruder – natürlich!

Plötzlich war es ganz offensichtlich. Die Weberin auf Rukars Prophezeiung hatte sie an jemanden erinnert. Aber als sie im Café die Teppichfäden gelesen hatte, hatte sie die breiten Wangenknochen und dunklen Augen nicht mit Tegan in Verbindung gebracht. Beide hatten dieses dicke schwarze Haar, auch wenn Tegan ihres lila färbte. Der Schwung der Nase und das amüsierte Lächeln – nur Tegan benutzte es wenig. Vielleicht wäre es Lita sonst selbst aufgefallen.

»Aber ... ich dachte ...« Unsicher sah Winnie sie an. »Das weißt du doch schon ... Was hast du ihm denn dann von seinem Teppich vorgelesen?« Hilflos hielt sie ihr den Teppich entgegen.

»Ich habe seine Mutter gesehen und mir war klar, dass sie eine Weberin ist, aber dass Tegan und er Geschwister sind …« Lita hätte Winnie zu gerne erneut über die Prophezeiung ausgefragt, darüber, was Rukar und damit auch ihr selbst bevorstand. Aber niemand durfte seine eigene Zukunft kennen. Dennoch versuchte sie, aus Winnies Blick einen Hinweis darüber abzulesen. »Wird er mit mir zurückkommen? Werden wir den Fluch lösen und einen neuen Baum pflanzen?«, flüsterte sie.

Winnie presste die Lippen aufeinander. »Sag Tegan, dass sie Halbgeschwister sind. Bitte. Ich kann es nicht. Ich werde sonst auch alles andere vergessen, was der Teppich mir gezeigt hat. Aber …« Ganz offensichtlich kämpfte sie mit den Tränen. »… ich *will* nicht vergessen. Und jetzt geh! Los!« Sie drehte sich um und rannte davon, den Teppich an sich gepresst, als wäre er die letzte Erinnerung an einen geliebten Menschen. Für einen Moment sah es so aus, als wollte Winnie wie immer in den Ästen des Baums verschwinden, doch sie bremste ab, strauchelte und rannte dann die Treppe hinauf.

Der Baum war morsch und glitschig. Stamm und Äste schimmerten nicht mehr silbrig, sondern waren schwarz und schmierig. Das Licht, das den Weberinnenturm erfüllt hatte, und die Melodie, die die Blätter stets geflüstert hatten – nichts davon war mehr da. Alles starb. Nicht nur der Baum, sondern mit ihm auch die Menschen. Es wurde Zeit, dass sie aufbrachen.

Lita wandte sich um und wollte die Treppe hinunter, doch da stieß sie beinahe mit Faine zusammen, der plötzlich vor ihr stand. Wo kam er denn her? Hatte er sich einen

Swipe auf dem Schwarzmarkt geholt? Oder von Hanna eine Einladung in den Turm erhalten?

Entspannt lehnte er am Geländer und lächelte sie an. Sein grüner Samtanzug wirkte vor der Kulisse des sterbenden Baums wie ein Fehler. Das Grün leuchtete und funkelte wie der pure Frühling, doch um ihn herum war nur der Tod.

»Nun, junge Abenteurerin. Ich habe gehört, du wirst dich auf eine außergewöhnliche Reise begeben.«

»Hat Hanna dich gerufen?« Sie freute sich, den Glückskami zu sehen. Bisher hatte er ihr immer geholfen, auch wenn er es über Umwege tat. Aber das war vermutlich die Art und Weise der Kami. Überhaupt wirkte er in diesem Moment seltsam alt. Obwohl er noch immer aussah wie ein Zwanzigjähriger, lag etwas Uraltes und Wissendes in seinem Blick. Soweit Lita wusste, konnten Kami ihre Erscheinungsform frei wählen. Dass Faine also herumlief wie ein Student, bedeutete nicht, dass er ebenso jung war.

»Ich wollte dir Glück wünschen.« Er zwinkerte. »Mein Spezialgebiet.« Aus seiner Tasche zog er ein Stück rote Kordel.

»Ist das ein Schicksalsfaden?« Doch dazu war die Schnur zu robust und dick. Sie sah eher aus wie eine rote Paketschnur. »Gibt es diesmal keinen Glückskuss auf die Stirn?«

»Gib mir dein Handgelenk«, bat er sie und streckte die Hand aus. »Ich kann dich doch nicht dauernd küssen. Was soll Rukar denken?«

Zu ihrem Entsetzen schoss ihr Hitze in die Wangen. »Gar nichts würde der denken.« Gehorsam hielt Lita ihm ihre linke Hand hin und sah zu, wie Faine die Kordel darumschlang und verknotete. Sie hatte Faine jahrelang für einen Arbeitskollegen ihrer Mutter gehalten. Und obwohl er stets freundlich war, hatte sie ihn nicht wirklich leiden können. Er war nur wenig älter als sie selbst und sie war fest davon überzeugt gewesen, dass er in Hanna verliebt war. Weshalb sonst hatte er immer wieder bei ihnen herumgehangen? Ein knapp Zwanzigjähriger bei einer gut Vierzigjährigen ...! Doch da hatte sie auch noch nicht gewusst, dass er ein Kami war.

»Es ist leicht, sich in der jenseitigen Welt zu verlaufen, Lita«, sagte er und prüfte, ob der Knoten fest war.

»Das hättest du mir jetzt nicht sagen dürfen«, grummelte sie. Die Angst, nicht rechtzeitig zurückzukehren, saß ihr sowieso schon im Nacken. Nun auch noch zu wissen, dass sie Gefahr lief, den Rückweg nicht mehr zu finden, gab ihr den Rest. »Ich verlauf mich doch selbst auf dem Weg in mein Zimmer!«

»Deswegen trägst du nun diesen ... nennen wir es *Anker.*« Faine tätschelte lächelnd ihr Handgelenk. »Du darfst es unter keinen Umständen abnehmen. Versprichst du mir das?«

Lita nickte und sah auf das leuchtend rote Band an ihrem Handgelenk. »Versprochen.«

»Gutes Kind.« Zufrieden ließ er sie los, steckte die Hände in die Hosentaschen und sah wieder aus wie ein schlaksiger Junge, der über Nacht vom Erwachsenwerden überrascht worden war. »Dann los. Rette die Welt!«

Einem Impuls folgend umarmte sie ihn. »Danke, Faine.«

Er schien für einen Moment wie erstarrt unter ihrer Berührung, doch dann legte er seine Arme um sie und erwiderte ihre Umarmung.

3

ZARA

Wie lange brauchte das Mädchen, um sich trockene Sachen anzuziehen? Zara stand fröstelnd in der Halle des Weberinnenturms und beobachtete, wie das Leben aus dem Schicksalsbaum rann. Blatt für Blatt, Frucht für Frucht fiel und verging in Fäulnis.

Genau wie sie. Die Kälte, die sie seit ihrer Wiederkehr spürte, war inzwischen in jede Faser ihres Körpers vorgedrungen. Ihr Körper fühlte sich taub an und sie fragte sich, ob sie ihre Beine überhaupt bewegen konnte, wenn sie noch länger hier warten musste.

Sie hatte nicht darum gebeten, in diesen Körper zurückgeholt zu werden. Es war Folter. Misano hatte sie aus purem Egoismus aus der jenseitigen in diese Welt zurückgezerrt.

Mit einem Mal begann in ihr eine kleine heiße Flamme zu flackern.

Wieso wollte Misano nicht verstehen, wie sehr sie litt!

Ein Gedanke an Rache loderte in ihr auf wie eine Flamme und schenkte ihrem erfrorenen Körper wunderbare Wärme.

Zara taumelte, erschrocken über sich selbst. Sie wollte diesen Gedanken nicht. Sie wollte keine Rache nehmen.

Sie wollte nur zurück und ihren Frieden finden. In ihrem Leben hatte sie nie den Wunsch nach Rache verspürt. Sie hatte immer nach Aussprache und Verständnis füreinander gesucht. Und ganz gewiss würde sie jetzt, wo sie nicht mehr auf dieser Welt lebte, nicht damit anfangen.

So überraschend, wie der Rachegedanke in ihr aufgelodert war, so schnell erlosch er auch wieder.

Zara blickte zu dem jungen Mann, Rukar, der sie in die jenseitige Welt bringen würde. Er wirkte nervös. Offensichtlich fand er keine Position, in der er es länger als ein paar Augenblicke aushielt. Immerzu verlagerte er sein Gewicht, hockte sich hin, stand auf, verschränkte die Arme, steckte die Hände in die Taschen seiner Marinejacke. Dabei blieb sein Blick auf die Treppe geheftet, die Lita hinaufgegangen war, um sich umzuziehen.

Die Weberin mit den lila Haaren, von der Zara inzwischen wusste, dass sie Tegan hieß, stand dagegen regungslos und steif abseits. Es war ihr anzusehen, dass sie sich der Gruppe nicht freiwillig anschloss. Aus irgendeinem Grund schien sie sich dazu verpflichtet zu fühlen. Tegan vermied es, in Rukars Richtung zu sehen, und blickte lieber verärgert vor sich hin. Nur hin und wieder, wenn Rukar ein ungeduldiger Seufzer entkam, sah sie feindselig zu ihm hinüber.

Hoffentlich ist der Weg in die jenseitige Welt *kurz,* dachte Zara. Eine lange Reise mit diesen beiden würde sehr anstrengend werden. Die Flamme in ihr wuchs erneut empor. *Wenn wir lange genug unterwegs sind, kann ich Rukar einen Schmerz zufügen, der ihn leiden lassen wird,* schoss es ihr durch den Kopf. *Er* hatte schließlich ihren Faden gestohlen! Wenn auch in Misanos Auftrag. Erst würde sie ihn strafen, dann Lita, die ihren Faden wieder eingewoben hatte. Dies hatte sie nun verstanden. Und am Ende, am Ende wartete Misano …

Entsetzt wandte sie sich ab. *Was denkst du da!* Sie wollte keine Gedanken dieser Art! Das war doch nicht sie! Wie heiß der Wunsch nach Rache in ihr aufgeflammt war! Und doch … sie ertappte sich dabei, dass sie die Hitze genoss, die von diesem Impuls ausging.

Zara zog den Teddyfellmantel enger um sich. Ihr war unendlich kalt. War es da so schlimm, sich an der Hitze der Rachegedanken zu wärmen?

Endlich kam Lita die Treppe heruntergeeilt. Anscheinend stellte sie sich auf eine längere Reise ein, denn ihre Tasche war derart vollgestopft, dass der Verschluss nicht mehr zuging.

»Also, los mit uns! Rukar? Du kennst den Weg!«, rief sie, während sie die letzte Stufe hinabsprang und auf ihn zulief.

»Was hast du alles eingepackt?«, fragte er amüsiert. »Denkst du, wir gehen auf Weltreise?«

»Tun wir das nicht?«, gab sie zurück. »Von einer Welt in eine andere. Ich finde, das klingt ziemlich nach Weltreise.«

Ein Lächeln umspielte seine Lippen, als er etwas von seinem Gürtel löste. »Dann mal los. Ich werde uns swipen, damit wir nicht noch mehr Zeit verlieren.«

Wie aufs Stichwort warfen sie alle einen besorgten Blick auf den Baum. Sämtliche Blätter hatten sich bereits schwarz gefärbt und die meisten waren zu Boden gefallen. Für einen kurzen Augenblick blitzte der Gedanke in Zara auf, wie seltsam sich doch alles fügte: Der Baum starb und so musste ein neuer Samen besorgt werden. Und dieser war nur dort zu finden, wohin sie wollte. Und Zara spürte, dass es gut war. Wie ein Kreis, der sich schloss und alles zusammenfügte in perfekter Harmonie.

»Gute Idee«, meinte Lita und stellte sich dicht neben Rukar, hakte ihren Arm unter seinen.

Auf ihr Winken hin kam auch Zara näher. Es überraschte sie, dass sie sich ohne große Anstrengung bewegen konnte, obwohl ihre Gliedmaßen so kalt waren. Sie hatte erwartet, dass jeder Schritt schmerzen würde, doch sie fühlte einfach gar nichts. Nicht mal den Boden unter ihren Füßen.

Obwohl Rukar eine Jacke aus dickem Stoff trug, bemerkte sie, wie er durch ihre Nähe fröstelte.

»Tut mir leid«, murmelte sie. Ihre Kälte drang sogar durch den dicken Teddymantel nach draußen, es war also kein Wunder, dass der flauschige Stoff sie nicht zu wärmen vermochte.

»Schon gut.« Er sah zu Tegan. »Was ist, kommst du? Du wolltest doch aufpassen, dass ich Litas Tasche nicht klaue.«

Mit harschen Schritten kam die Weberin auf die Gruppe zu. »Da hast du ganz recht, Halbblut.« Demonstrativ stellte sich Tegan auf Litas Seite.

Zara musterte die Kugel, die Rukar von seinem Gürtel genommen hatte. Er trug eine weitere in einer Schlaufe am Gürtel, die aussah wie eine übergroße dunkle Murmel. Die Kugel in Rukars Hand hingegen leuchtete bereits und als er sie mit Schwung auf den Boden warf, explodierte sie in einem Lichtball. Dieser schwebte vor ihnen und ein starker Sog ging von ihm aus. In nur zwei Schritten befanden sie sich inmitten des Lichts.

Zara war oft mit Misano geswipt, doch die Swipes der Unsterblichen waren anders. Die Kugeln, die Nicht-Magische erwerben konnten, fühlten sich milder an, stellte sie fest. Außerdem hatte der Hersteller der Swipekugeln sie – aus welchen Gründen auch immer – mit einem blendenden Lichteffekt versehen. Viel Effekt ohne Nutzen.

Zaras toten Augen machte die stechende Helligkeit nichts aus. Ihr wurde nicht mal wie sonst schwindelig. Sie hörte Tegan neben sich aufstöhnen. Weberinnen swipten vermutlich nicht sehr oft.

Das Licht spuckte sie auf eine schmale Straße. Während Tegan und Lita herausstolperten und Schwierigkeiten hatten, ihr Gleichgewicht wiederzufinden, gingen sie und Rukar weiter, als wäre nichts gewesen.

Forschend sah sich Zara um. Die Gegend kam ihr bekannt vor. War sie schon mal hier gewesen, nachdem sie gestorben war? War dies der Weg, den alle Toten nahmen?

Außer ihnen war niemand zu sehen.

Eine mannshohe Backsteinmauer flankierte die asphaltierte Straße zur rechten, auf der linken Seite stand ein Bretterzaun. Dahinter musste sich ein Park befinden, denn dichte Hecken und Bäume wucherten von beiden Seiten über die Straße. Er war, als stünden sie in einem Tunnel.

Zara beobachtete, wie Lita sich fröstelnd die Arme rieb. Diese Kühle kam nicht von ihr. Sie entströmte diesem Ort. Waren sie bereits in der jenseitigen Welt?

»Wo sind wir?«, wollte Lita von Rukar wissen.

»Komm mit. Dann erkennst du es.« Rukar zupfte sich seine Jacke zurecht und ging die Straße hinab. Ganz sanft führte sie bergab und linker Hand tauchte nun ein neogotisches Gebäude auf, das mit Zinnen und kleinen gedrehten Türmchen verziert war. Sie erinnerte sich an diesen Ort! Hoffnungsvoll beschleunigte Zara ihre Schritte – und war kurz darauf bitter enttäuscht. Sie waren nicht in der jenseitigen Welt. Sie liefen noch immer durch London! »Das ist der Highgate Cemetery«, murmelte sie. »Ihr bringt mich also auf einen Friedhof?«

Rukar nickte und deutete auf das Eingangsgebäude, das rechts von ihnen lag. »Fast. Dahinter gibt es einen Zugang zur jenseitigen Welt. Ich habe ihn schon mehrmals benutzt.«

Das Gebäude hob sich düster gegen den Herbsthimmel ab. Wolken hatten sich vor die Sonne geschoben und es sah nach Regen aus.

Schon als sie als lebendiger Mensch hier am Friedhof gewesen war, hatte das Torhaus, das zum westlichen Teil von Highgate führte, auf Zara wie eine Trutzburg gewirkt. Obwohl das Gebäude mit seinen schmalen Fenstern und den vorgesetzten Türmchen verspielt und erhaben wirken sollte, hatte es Zara schon immer mit Unbehagen erfüllt.

Selbst Tegan blickte eingeschüchtert auf das aus Bruchstein gemauerte Haus. »Ich lass mich von dir nicht in irgendeine Gruft locken, Rukar.«

Er warf ihr einen spöttischen Blick zu. »Denkst du nicht, ich hätte mit dem Swipe direkt hineingezielt, wenn ich vorhätte, dich in einer Gruft einzumauern?«

Tegan knurrte etwas und musterte die hohe Friedhofsmauer argwöhnisch.

»Ihr Weberinnen habt echt so gar keine Ahnung von der Welt um euch herum, oder?«, fragte Rukar kopfschüttelnd. »Ihr verlasst tatsächlich nie euren Turm, oder?« Rukar stieß das schmiedeeiserne Tor auf, das den mächtigen Eingang des Hauses versperrte. »Die Gatekeeper zur jenseitigen Welt sind … na ja, etwas eigen. Sie halten sich für mächtig, weil sie Leute von der einen Welt in die andere lassen. Dabei haben sie nicht mal irgendwelche besonderen Kräfte. Tut einfach so, als wärt ihr von ihnen beeindruckt. Dann sollten wir ohne großen Papierkram schnell rüberkommen.«

Zusammen mit Lita und Tegan folgte Zara Rukar zögernd durch den dunklen Torbogen.

4
MISANO

Misano spürte Jins Blick. Doch er hielt die Augen geschlossen und ließ sich von Charles Mingus' Musik mitnehmen.

»Findest du nicht, die Menschen haben angenehmere Musik hervorgebracht?«, störte ihn Jin. Er klang ärgerlich. Und ungeduldig. Der Kerl hatte nach all den Jahrtausenden noch immer nicht begriffen, dass man sich die Zeit zu seinem Freund machen musste. Man ging mit ihr, ließ sich von ihr tragen. Doch Jin arbeitete, solange sich Misano erinnern konnte, gegen die Zeit. Was für eine Verschwendung von Kraft.

»Seit wann bist du einer, der die Auseinandersetzung scheut? Wenn du *Music for Airports* hören willst, geh nach Hause, Jin.« Misano atmete tief ein und ließ die Bilder, die die Musik vor seinen Augen malte, auf sich wirken. Es waren nicht nur friedliche Bilder. Da war Streit und Wut. Aber auch Leidenschaft. Diese Musik war wie Leben und Liebe. Hell und leicht, aber auch dunkel und fordernd. Das Zusammenspiel machte den Zauber aus.

Zara hatte ihm die Platte geschenkt.

»Und wer passt dann auf dich auf?«, zerschnitt Jins Stimme das Saxofon. »Du hattest versprochen, dich wieder in einen annehmbaren Zustand zu versetzen.«

Müde öffnete Misano ein Auge. »Was fürchtest du? Dass ich aus meiner unauslöschlichen Existenz scheide?« Er konnte Jin seine nervöse Anspannung regelrecht ansehen. Der Unsterbliche saß auf der vorderen Kante des Sessels und hibbelte mit einem Bein.

Grummelnd leerte Jin das Glas. »Ich hatte auf ein fröhliches Ende gehofft. Ich wollte Ekstase, frenetisches Jubeln.«

Misano hob den Kopf, öffnete nun beide Augen und musterte Jin. »Welches Ende?« Was war nur mit diesem Kerl los? Hatte er tatsächlich versucht, sich in Misanos Küche das Leben zu nehmen? Litt der Unsterbliche unter Demenz?

In diesem Moment klopfte es an der Fensterscheibe. Sofort sprang Jin auf und öffnete die Terrassentür. »Willkommen, werte Freunde. Nun? Was habt ihr in Erfahrung gebracht?«

Zwei Tauben stolzierten auf der Dachterrasse herum, die Köpfe vor- und zurückruckend. Sie gurrten und blickten schließlich schief zu Jin auf.

Misano verstand kein Wort, dafür waren sie zu leise. Er stand auf und ging zur Tür. Hatten die Tauben Zara gefunden? Er merkte, dass sein Herzschlag sich beschleunigte. Jin war inzwischen auf die Knie gesunken und starrte die beiden Tauben mit offenem Mund an. »Wiederhol das noch mal!«, flüsterte er ungläubig.

»Was ist los? Haben sie Zara gefunden?« Nun schlug Misanos Herz nicht aus Vorfreude, Zara endlich wieder in die Arme zu schließen, sondern aus Furcht, dass er sie endgültig verloren hatte.

Als keine Reaktion von Jin kam, trat Misano ebenfalls auf die Dachterrasse. Der sonst so smarte Unsterbliche sah nicht nur reichlich dämlich aus, wie er da vor den Vögeln hockte. Er war auch ziemlich blass, seine Augen starr auf einen Punkt in der Ferne gerichtet. »Jin?« Misano wandte sich an die Tauben. »Was habt ihr ihm gesagt?«

Wieder gurrten und ruckten sie und Misano runzelte die Stirn. »Rukar und das Mädchen, das Zaras Faden eingeflochten hat, sind mit Zara verschwunden?« Unschlüssig sah er zu Jin, der noch immer unbeweglich auf dem Boden kauerte. »Und ihr habt keine Ahnung, wohin? Keine Spur? Hat sie denn jemand swipen sehen?« Bei ihrer Antwort zog sich Misanos Herz zu einer harten Kugel zusammen. Das Atmen fiel ihm schwer. Wohin war Zara geflohen?

Anders konnte er es kaum nennen. Sie war vor ihm weggelaufen! Hatte sich an die Weberin und seinen Ex-Gehilfen gewandt!

»Jin!« Etwas unsanft trat er nach dem Unsterblichen. »Was ist los? Was hat Zara mit dieser Weberin und diesem Halbblut zu schaffen? Verschweigst du mir etwas?«

Jin erwachte wie aus einer Trance. »Das ... Das kann nicht sein. Sie haben keine Chance, was immer sie sich ausgedacht haben!«

»Verdammt, Jin, du redest in Rätseln!« Charles Mingus peitschte seinen Zorn an und Misano wurde bewusst, dass der Kampf, der in der Musik tobte, ihn anstachelte. »Du weißt mehr, als du mir sagen willst! Was ist mit Zara? Wo ist sie hin? Wird sie zu mir zurückkommen?«

Doch statt einer Antwort schnippte Jin und ein Lichtblitz verschluckte ihn. Zurück blieben nur die Tauben und Misanos hilflose Wut.

5
RUKAR

Als Rukar das Torhaus zur westlichen Seite des Highgate Cemetery betrat, hörte er Stimmengewirr. Das war ungewöhnlich. Nicht nur für die Menschen war der Friedhof ein Ort der Stille. Auch die Gatekeeper achteten darauf, dass Reisende möglichst unauffällig die jenseitige Welt betraten.

Er hielt im Tordurchgang inne und lauschte. Etwas stimmte nicht. Anspannung und Angst lagen wie zäher Sirup in der Luft.

Auf der Straße war niemand zu sehen gewesen. Alles wie immer. Nicht, dass er schon oft in die jenseitige Welt gereist wäre. Nur zwei Mal hatte Wook ihn dorthin geschickt, um besonders seltene, aber mächtige Zutaten zu besorgen. Diese Aufträge waren einfacher gewesen als befürchtet, auch wenn die Bürokratie ziemlich viel Zeit gefressen hatte. Beide Male war er der Einzige im Torhaus gewesen. Niemand sonst hatte vor den Arkaden gewartet, um einen Passierschein ausgestellt zu bekommen. Ein Übertritt in die andere Welt war mit so vielen Bedingungen verknüpft, dass es einfach nur so für einen kleinen Ausflug in die jenseitige Welt kaum die Mühe wert war.

Also was war hier heute los? Das Stimmengewirr klang

wie entferntes Donnergrollen, bedrohlich und energiegeladen.

»Wartet«, sagte er leise und machte den anderen ein Zeichen, sie sollten im Schatten des Durchgangs stehen bleiben. Langsam trat er an das Ende des dunklen Durchgangs und sah sich um. Hinter dem Torhaus lag ein Platz, von dem links und rechts die Wege zu den Gräbern der Menschen führten. Ein verwilderter Wald, in dem verwitterte Steinengel und von Efeu überwucherte, schiefe Grabsteine der Zeit trotzten. Die gegenüberliegende Seite des Platzes wurde von Arkaden begrenzt. Allerdings konnte Rukar von den Bögen nicht viel sehen, denn ein Menschenauflauf blockierte den Zugang. Natürlich waren es keine Menschen, auch wenn die meisten sich ein menschliches Aussehen gaben. Es waren Kami. Und Dunkelwesen, wie Rukar erschrocken feststellte. Sie alle drängten auf die Arkaden zu, wo sich zwischen den Pfeilern die Durchgänge zur jenseitigen Welt befanden. Noch nie zuvor hatte er so viele Dunkelwesen auf einem Haufen gesehen. Dunkelwesen, die den Menschen in bösen Träumen begegneten, geschaffen aus ihren Ängsten. So viele vor den Toren der jenseitigen Welt – das bedeutete nichts Gutes.

»Was ist hier …?« Lita hatte natürlich nicht auf ihn gehört und den schützenden Schatten verlassen. Mit offenem Mund starrte sie die seltsamen Gestalten an.

»Das sind Kami und Dunkelwesen«, antwortete Rukar leise. Wenn sie bemerkten, wie Lita sie anstarrte, konnte alles passieren. Kami waren friedliebend. Aber diese hier hatten Angst. Und dass Dunkelwesen unter ihnen waren, erhöhte die Gefahr einer gewalttätigen Eskalation. Dunkelwesen waren aus menschlicher Angst und Panik, aus Wut und Zorn geboren und trugen diese in sich. Ihre Lebensaufgabe war es, die Menschen damit heimzusuchen.

Deshalb schob er Lita eilig zurück in den Torbogen. Diese Wesen waren nicht für einen fröhlichen Umtrunk hier zusammengekommen. Panik hatte sie an die Pforten zum jenseitigen Land getrieben. Die Furcht dieser Wesen war gewaltig. Wie ein schwarzes Meer wogte sie über ihren Köpfen.

»Was wollen die alle auf einem Friedhof?« Tegan stand neben Zara und zog ihren Weberinnenmantel enger um sich.

Besorgt musterte Rukar die Menge. Das mussten mehrere Hundert sein. Er konnte ihre Furcht sehen. Die Anspannung in ihren Körpern, die Blicke, das nervöse Zucken der Köpfe. Es gab nur eine Erklärung, warum sie sich alle hier eingefunden hatten. »Sie wissen vom Weltuntergang und wollen fliehen«, murmelte er.

»In die jenseitige Welt?« Lita klang überrascht. »Soll das heißen, selbst wenn die Welt untergeht – das Jenseits bleibt bestehen?«

Rukar zuckte mit den Schultern. »Es ist das erste Mal, dass Äon seine Schöpfung beenden will. Falls es einen Rettungsplan gibt, hat mir keiner Bescheid gesagt. Doch offensichtlich gibt es das Gerücht, dass nur die Menschenwelt ein lebloser Ort wird.«

Lita spitzte die Lippen und schnaubte. »Die Menschen werden also zu endlosem Leiden verurteilt, genau wie die Weberinnen, aber die Unsterblichen und Kami, sogar diese

Albtraumwesen ziehen einfach um? An einen hübscheren Ort?«

»Scht! Wenn sie dich hören, werden sie uns angreifen.«

»Warum? Sitzen wir nicht alle im selben Boot?«

»Es liegt in der Natur der Dunkelwesen, Menschen als Beute zu sehen. Und die Kami sind sehr nervös. Sie würden euch nichts tun, aber Dunkelwesen sind unberechenbar.« Rukar kniff die Augen zusammen. Sein Blick glitt über die Menge. Menschliche Köpfe, Reptilien, Raubvögel, düstere Schatten, Einäugige, Mehrköpfige ... welche Ausgeburt der Dunkelheit auch immer, sie schienen alle hier zu sein. Immer wieder kam es zu Handgemengen. Es wurde geschubst und getreten. Jeder wollte in Sicherheit sein, bevor der Vorhang fiel und die Welt unterging. Kami sahen sich im Vorrecht, Dunkelwesen waren jedoch stärker und trugen Waffen, wenn sie nicht mit scharfen Schnäbeln, beeindruckenden Reißzähnen und spitzen Krallen bewehrt waren.

Er brauchte einen neuen Plan. *Denk nach! Wie kommen wir schnellstens hinüber?*

Sie konnten sich schließlich nicht unbemerkt vordrängeln. Das erste Dunkelwesen, das Lita oder Tegan sah, würde seine Klauen nach ihr ausstrecken.

»Sekunde«, hakte Lita nach. »Das heißt, wenn wir alle Weberinnen in die jenseitige Welt bringen würden, dann passiert ihnen nichts und sie überleben den Weltuntergang?«

Rukar ging nicht auf ihre Frage ein. Die Menge war so groß, dass sie die Arkaden, in denen die Schreibtische der Gatekeeper standen, komplett abriegelten. Sie kamen noch nicht einmal von hinten, durch den Wald mit den Gräbern, an die Gatekeeper heran.

»Rukar!« Lita gab ihm einen Klaps. »Wären die Weberinnen auf der anderen Seite in Sicherheit?«

»Was? Nein. Ich ... keine Ahnung! Wir kommen hier nicht durch, Lita! Schon gar keine Horde Weberinnen!« Sein Blick blieb an einem Nebelumhang haften, der mitten zwischen Mänteln, Jacken, Fellen und Schuppen aufblitzte. Die Unke!

Als hätte sie seine Anwesenheit gespürt, blickte sie über die Schulter zu ihm. Sofort wich Rukar noch weiter zurück in den Schatten des Torbogens. Doch sie hatte ihn bereits bemerkt und ihre Miene verdüsterte sich. *Natürlich,* schoss es Rukar durch den Kopf. *Mit Sicherheit hat sie jedem, der es hören oder auch nicht hören wollte, von Asche und dem Ende der Welt erzählt. Und als die ersten Schatten in den Straßen auftauchten, gab es keinen Zweifel mehr, dass die Unke recht hatte.*

Jetzt hofften die Kami, dass sie in der jenseitigen Welt sicher wären. Und die Dunkelwesen hatten natürlich ebenfalls Wind davon bekommen. Deshalb dieser Massenauflauf. Er rubbelte sich durch die Haare und versuchte, einen klaren Gedanken zu fassen. Wie konnte er Zara und die anderen sicher hinüberbringen?

Lita reckte das Kinn. »Wenn hier der Durchgang ist, müssen wir uns eben durch die Menge quetschen. Wir sagen ihnen, dass wir die Welt retten werden. Worauf warten wir noch?«

Etwas zu ruppig packte er sie am Arm und riss sie zurück. »Hast du den Verstand verloren?«, zischte er. »Siehst du nicht all die Monster unter den Kami? Das sind die Dunkelwesen, zu denen du wolltest, um sie um einen Zauber zu bitten.«

Litas Miene versteinerte und sie beobachtete sichtlich verunsichert einige der gruseligen Gestalten.

»Siehst du ihre Klauen?« Rukar drängte sie hinzusehen. »Hast den da drüben gesehen? Der hätte fast den Kami aufgeschlitzt, weil er ihn angerempelt hat. Diese Menge ist ein Pulverfass! Nicht nur, dass die Dunkelwesen schon an normalen Tagen jedem an die Kehle wollen – sie alle haben Angst.«

»Aber wir sitzen doch alle im selben Boot ... Vielleicht.«

»Nein!«, sagte Rukar entschieden. »Wir können hier nicht rüber.«

»Aber die meisten sind Kami«, wandte Lita ein. »Sie helfen Menschen.«

Ihre Blicke trafen sich und Rukar stellte entsetzt fest, dass Lita das tatsächlich glaubte. »Früher vielleicht einmal. Aber diese hier, die wollen nur ihre Haut retten. Ein falsches Wort – und dieser Trupp verwandelt sich in einen blutigen Albtraum.«

Tegan meldete sich mit einem Schnauben zu Wort. »Er will damit sagen, dass er so viele von ihnen gelinkt hat, dass sie ihn zu Kleinholz verarbeiten, wenn sie ihn erkennen.«

Wütend warf er ihr einen Blick zu. »Du bist doch nur so gelassen, weil du denkst, das Ticket in deiner Tasche rettet dich.« Für eine Sekunde freute er sich, als er den überraschten Schock in ihren Augen sah.

Tegan war inzwischen von Zara abgerückt, denn die Kälte, die von ihr ausging, wurde immer unerträglicher.

Zaras Verfassung verschlechterte sich zusehends. Ihre Haut wurde stetig heller, fast schon meinte Rukar, sie würde bläulich leuchten. Er ahnte, was mit ihr passierte. Als er Zaras Blick begegnete, schien eine rote Flamme darin zu züngeln. Beschämt senkte Zara den Blick.

Er musste endlich handeln. Die Fäden zerfielen, die Menschen waren Schatten, hier tickte eine Zeitbombe und Zara ... »Es gibt einen zweiten Zugang«, sagte Rukar hastig. »Doch der ist ... kompliziert.« Mehr als das. Er hatte sich geschworen, ihn nie zu benutzen.

Lita horchte auf. »Einen zweiten? Was ist daran kompliziert?«

Er zog Lita tiefer in den Durchgang, weg von den Kami und Dunkelwesen, denn Tumult war unter ihnen ausgebrochen. Schreie hallten über den Friedhof, hallten zwischen den Arkaden wider und jagten ihm eine Gänsehaut über den Rücken.

Alle vier starrten voller Entsetzen auf die wogende Menge und wichen noch tiefer in die Schatten des Durchgangs zurück. Klauen blitzten auf, metallisches Klirren ertönte, Schreie, Fauchen und dumpfe Schläge.

»Also, was ist mit dem anderen Tor?«, wollte Lita wissen.

»Hier in Highgate kann man sich, wenn man einen triftigen Grund für die Reise nachweisen kann, direkt an den Ort teleportieren lassen, zu dem man will«, murmelte Rukar. »Reiseverkehr ist auf der anderen Seite unerwünscht. Die jenseitige Welt ist kein Ort, an dem Kami oder gar Menschen Urlaub machen sollten.«

Eine kleine Falte hatte sich auf Litas Stirn gebildet und

sie sah ihn forschend an. »Und der zweite Zugang? Wo kommen wir da raus?«

Rukar seufzte. Alles in ihm sträubte sich, überhaupt nur an dieses Tor zu denken. »Der ist für Leute wie mich«, murmelte er.

Tegan gab einen glucksenden Laut von sich. »Ein Fluchtweg für Diebe?«

»Ein Zugang für Halbblute«, blaffte er sie an.

»Das heißt, wir anderen werden da gar nicht durchkommen?« Litas besorgter Blick sprang zwischen ihm und der inzwischen laut kreischenden Menge hin und her.

Genervt fuhr sich Rukar durch die Haare. Er wusste, es gab Wetten auf ihn, wann er durch das Tor gehen würde. Vermutlich war nichts dabei, viele vor ihm hatten es durchschritten. Auch wenn nicht alle erfolgreich wiedergekehrt waren. Er hatte keine Angst vor dem, was dort auf ihn warten könnte. Er hatte Angst vor dem, was die Aufgabe, die ihm gestellt wurde, beweisen würde. »Sie nennen sie die Pforte der Helden.«

»Pforte der Helden!« Tegan lachte auf. »Keine Chance, dass *du* da durchkommst.«

»Das wäre natürlich klasse.« Er grinste sie an. »Während Lita Zara nach Hause bringt und den Samen holt, könnten wir es uns bei einem Kaffee gemütlich machen.«

Angriffslustig ballte Tegan die Fäuste und wollte auf ihn los, doch Lita stellte sich zwischen sie.

»Lass es. Es hallt in dem Torbogen. Wir ziehen noch die Aufmerksamkeit der Dunkelwesen auf uns.« Lita wandte sich ihm zu und verschränkte die Arme. »Pforte der Helden. Klingt jetzt nicht soooo übel und Furcht einflößend.«

»Halbblute, deren Schicksal eine besondere Aufgabe von ihnen verlangt, müssen diesen Durchgang benutzen.«

»Also ist das der gefährliche Weg mit den dreiköpfigen Hunden und schlangenhäuptigen Frauen?«

»So in etwa. Denke ich.« Das größte Problem war: Er hatte eben keine Ahnung, wo die Pforte sie ausspucken würde. Er wusste nur, dass jeder, der von einem Unsterblichen abstammte, irgendwann von Äon an diese Pforte geführt wurde. Denn auf jeden von ihnen wartete in der jenseitigen Welt eine Aufgabe. Rukar hoffte nur, dass seine Aufgabe darin bestand, Lita zu führen. Und nicht, mit einem Höllenhund zu kämpfen. Er war nämlich kein Held. Er war ein Findelkind, das niemand wollte. Vom Vater verstoßen, im Vorratsregal eines egozentrischen Kamis groß geworden.

»Dann los mit uns. Wir haben ja etwas sehr Heldenhaftes vor!« Lita zog ihn mit sich, zurück auf die Straße, damit er sie swipen konnte.

Hinter ihnen gellten wütende Schreie und schrilles Kampfgetöse. Rukar lief ein Schauder über den Rücken. Die Dunkelwesen hatten die Geduld verloren. Kurz schloss er die Augen und hoffte, dass die Kami sich schnell genug in Sicherheit brachten.

Doch da drängte schon eine Welle fliehender Kami in den Tordurchgang. Allen voran die Unke, die, als sie Rukar erblickte, in ein schrilles Kreischen ausbrach. »Da ist er! Er hat die Asche über die Welt gebracht!«

6
JIN

Jin hielt den alten abgegriffenen Handspiegel gegen die Säule im Foyer und eilte in die Halle des Weberinnenturms.

Einige der Unsterblichen hatten ihm in den letzten Jahrzehnten immer wieder ins Gewissen geredet, dass es gegen die Regeln des Anstands wäre, sich mit einer der *Schicksalsfrauen* einzulassen, wie die Altmodischen unter ihnen die Weberinnen gerne nannten. Doch Jin hatte nie begriffen, wieso er sich selbst in seiner (fast) grenzenlosen Existenz einschränken sollte.

Er hatte immer wieder ein paar sehr amüsante Jahre mit der ein oder anderen Weberin erlebt. Schmunzelnd steckte er den antiken Spiegel ein, dessen Vergoldung über die Zeit stumpf geworden war.

Ehrfürchtig ging er auf den Baum zu. Die Tauben hatten keinen Zugang in den Turm, sie konnten nur durch den Schleier und die Glasfassade blicken und erahnen, was hier vor sich ging. Deshalb wollte er sich vergewissern, dass Tegan ihre Arbeit getan hatte.

Leben ist Gift, es besiegelt das Schicksal. Aleph bringt das Ende.

Jin legte den Kopf in den Nacken und sah den Baum hinauf.

Das Ding sah furchterregend aus. Schwärze durchzog die Rinde, an vielen Stellen war sie rau und aufgerissen. Dunkler Sirup troff daraus hervor. Das früher so dichte grüne Blätterdach war zerfallen und das Laub hatte sich dunkel verfärbt und fiel zu Boden.

Zufrieden atmete Jin durch. Stellte sich nur die Frage, was Lita trieb, diese lästige Göre. Warum konnten die Tauben weder sie noch Zara ausfindig machen?

Am Fuß des Baums entdeckte er eine Gestalt. Jemand saß dort zusammengekauert auf den Stufen, die zu den Wurzeln hinabführten. Und wenn ihn nicht alles täuschte, war es Elaine. Wunderbar. Sie wusste mit Sicherheit, wohin ihre Enkelin verschwunden war.

Eine beschwingte Melodie summend, denn der Anblick des sterbenden Baums hatte seine Laune beträchtlich verbessert, ging er zu ihr. »Elaine! Wie schön, dich hier zu treffen!«

»Es scheint, als sei unser Turm inzwischen ein allseits beliebter Ausflugsort«, murrte sie. »Verschwinde, Jin.«

»Oh, keine Sorge, das habe ich vor.« Gelenkig ließ er sich neben sie fallen und musterte den Baum. »Meine Güte! Den hat es ja ganz schön erwischt!«

Das Quellwasser hatte sich in eine ölige Flüssigkeit verwandelt. Schwarze Klumpen, die ihn an geronnenes Blut erinnerten, verklebten die Wurzeln und wucherten den Stamm hinauf.

Leben ist Gift, es besiegelt das Schicksal.

Fast hätte er gelacht. *Sein* Blut, *sein* Leben, war der Schlüssel für das Ende der Welt. *Wie hinterlistig von Äon.* Dieses Wesen, über das er so oft gespottet hatte, bewies am letzten aller Tage einen feinen Sinn für Ironie. Das war ganz nach seinem Geschmack.

»Tja, und was nun, Weberin?« Mit einem neckischen Lächeln wandte er sich zu Elaine um und zuckte erschrocken zurück.

Die Frau, die neben ihm auf den Stufen kauerte, war zwar Elaine, aber nicht jene Elaine, die er erst gestern in ihrem Loft bestohlen hatte. Dies hier war eine uralte, gebrechliche Frau.

»Was ist?«, fragte sie bitter. »In all den Jahrtausenden noch keiner alten Frau ins Gesicht geblickt?«

»Ach, Elaine ...« Tatsächlich traf ihn ihr Anblick. Verlegen wanderte sein Blick zum Schicksalsbaum hinauf. Er hatte gewusst, dass alle Leben mit diesem Gewächs verknüpft waren. Nicht nur die der Menschen. Auch jene der Weberinnen. Für sie war der Baum nicht nur das Werkzeug für ihr Wirken. Er war ein Teil von ihnen. Sie lebten mit ihm in einer Art Symbiose. Natürlich ging das Sterben des Schicksalsbaums nicht spurlos an ihnen vorüber.

In stummer Anteilnahme legte er seine Hand auf die ihre. Für einen kurzen Augenblick wollte er sie um Verzeihung bitten. Sein Erscheinungsbild hielt er seit Tausenden von Jahren auf Anfang dreißig. Doch Elaine ... Ihre Hand war faltig, von Altersflecken bedeckt, die Haut wie Pergament.

»Ich beneide dich«, murmelte er.

»Lügner!«

Aber er tat es wirklich. Zumindest ein wenig. Sie würde sterben. Ihr elendes Dasein auf dieser Welt hinter sich lassen. Und er? Er hoffte inständig, dass Äon seine Ankündigung schnellstens wahrmachte und diese Welt beendete. In die Luft sprengte. Zerfallen ließ. Wie auch immer. Er wollte endlich sterben!

Unruhig blickte er sich um. Sie waren allein. Keine andere Weberin war zu sehen. Warum auch. Es gab nichts mehr zu ernten, zu spinnen oder einzuflechten. Hatte sich Lita irgendwo in diesen Turm zurückgezogen? Unwahrscheinlich. Doch in London war sie auch nicht. Die Tauben hätten sie entdecken müssen. Mit Sicherheit glaubte Lita noch immer, gegen Äon gewinnen zu können. Dieses Mädchen war zu stur und eigensinnig.

»Wie konntest du nur!«, blaffte Elaine ihn an. Doch von ihrer einstigen Energie lag nur noch ein schwacher Widerhall in ihrer Stimme.

Voller Mitleid tätschelte er ihre Hand. »Es ist Zeit, alldem ein Ende zu setzen, Elaine. Und wenn du nicht so verbohrt wärst, würdest du es dir endlich eingestehen. Diese Welt ist eine Hölle.«

»Du warst schon immer nur an dir selbst interessiert.«

Jin lachte. »Das sagst *du* mir? Willst du mir weismachen, dass du deine kleinen Manipulationen zum Wohl aller gesponnen hast?« Er nahm ein herabgefallenes Blatt in die Hand und drehte es zwischen den Fingern. Es war matschig und zerfiel zu schwarzen, schmierigen Klumpen.

Elaine richtete sich auf, als wollte sie ihm beweisen, dass er immerhin noch mit der Obersten Weberin sprach. Doch es gelang ihr nicht. Sie war nur noch eine alte Frau, deren graue Haare ein schmales, müdes Gesicht rahmten. »Ich habe immer nach bestem Wissen und Gewissen gehandelt.«

»Natürlich. Und was sagt dein Äon dazu?«, fragte er hämisch. Es war unfair von ihm, sie so zu quälen. Aber er ließ sich von ihr keinen Vorwurf machen. *Sie* hatte die Tür geöffnet, als sie ihre Tochter gegen Äons Willen am Leben ließ. Er war nur hindurchspaziert.

Mit einem ekelerregenden *Pflatsch* landete eine verfaulte Frucht des Baums neben ihnen und zerplatzte auf den Fliesen. Eine stinkende schwarze Masse blieb zurück.

»Ich denke, die Welt war schon die ganze Zeit verdorben. Es wollte nur keiner sehen«, meinte er und musterte die kahlen Zweige über sich, denn er hatte keine Lust, so eine Fäulnisbombe auf den Kopf zu bekommen.

»Es ist nicht an dir, die Schöpfung zu bewerten«, erwiderte Elaine bitter.

»Ach, nein? Ich muss es hier schon eine ganze Weile aushalten, meine Liebe. Ich habe jedes Recht, an diesem Pfusch herumzumäkeln! Und es ist wirklich erleichternd, dass Äon endlich ein Einsehen hat.«

»Äon hätte nur mich bestrafen sollen«, murmelte Elaine. »Ich habe es verraten.«

Jin lachte laut auf. »Jetzt mach mir meine Show nicht mies! Es war *mein* Geistesblitz, wie ich dieses Prachtstück zu Fall bringe.« Er machte eine wegwerfende Handbewegung zum Schicksalsbaum. »Dieses Dämlack Äon hat damit nichts zu schaffen!«

»Es hat es bestimmt. In seinen letzten Worten hat es deine schändliche Tat angekündigt. Ich war nur zu blind, um ihre wahre Bedeutung zu erkennen.«

Jin wollte widersprechen. Er als Unsterblicher hatte keinen Schicksalsfaden. Wie sollte also dieses dämliche Wesen über sein Handeln bestimmen? Doch er stutzte. *Sekunde.* Überrascht drehte sich Jin zu ihr um. Elaine hatte ihr Gesicht in den Händen verborgen.

»Seine *letzten* Worte?«, fragte er scharf. Elaine regte sich nicht.

Das kann doch nicht wahr sein! Er lachte erneut lauthals auf. Sein Lachen dröhnte verloren durch den Turm, zersplitterte in der Leere und hallte tausendfach zu ihm zurück. »Du bist wirklich in Ungnade gefallen! Dein heiß geliebtes Äon hat dich verlassen!« Es war nicht zu fassen! »Du hast alle belogen! Wie lange schon hat Äon nicht mehr zu dir gesprochen? Etwa seit Litas Geburt?« Die Tauben hatten also all die Jahre über recht gehabt, als sie herumerzählten, Äons Orakel wäre verstummt. Erneut musste er lachen. Solch ein Meisterstück an Blendung hätte er Elaine niemals zugetraut.

»Das letzte Mal, als es zu mir gesprochen hat, hat es mir die Prophezeiung über das Ende gegeben«, flüsterte Elaine.

»Seitdem hast du dir alle Lebenswege … *ausgedacht?«* Anerkennend nickte Jin ihr zu. Hut ab. Das war eine Leistung. Kein Wunder, dass sie den Turm nicht mehr verlassen hatte.

Elaine saß eingefallen da, nur ein Schatten der einst so starken Obersten Weberin. »Ich habe alle belogen. Die Weberinnen wie die Menschen. Und ich hatte auch noch die Arroganz zu glauben, dass ich Äon durch den Mord an meiner Tochter wieder gnädig stimmen kann. Und dass es zu mir zurückkommt.« Verloren blickte sie zu dem sterbenden Baum hinauf.

Jin schüttelte amüsiert den Kopf. Was für eine Scharade. Äon hatte die Menschen schon vor Jahren verlassen, doch Elaine hatte so getan, als stünde die Welt noch immer unter seinem Schutz. Und das nur, um sich selbst nicht eingestehen zu müssen, wie schwach und fehlbar sie war. »Du bist unverbesserlich, Elaine. Den Sturkopf hat deine Enkelin Lita von dir geerbt.« Mit zusammengekniffenen Augen beobachtete er sie. Er empfand es zwar als ungemein beschwingend, dass Äon nicht mehr hier war, dennoch beunruhigte ihn das Verschwinden dieser Göre. Äon wollte, dass die Welt endlich verging. Mit seinen letzten Worten hatte es die Mechanik in Gang gesetzt. Was aber, wenn Lita irgendein Kniff einfiel, um das Ende zu vereiteln? Dann wäre kein Äon da, das die Welt doch noch in die Luft jagte. Er bemerkte, dass die Erwähnung von Litas Namen Elaine für einen Moment lächeln ließ.

»Was treibt sie denn nun, da die Welt zugrunde geht?«, hakte Jin nach.

»Sie folgt ihrem Dickschädel, was denkst denn du?« Noch immer lag das Lächeln auf Elaines Gesicht.

Es verunsicherte Jin, dass der Gedanke an Lita Elaine anscheinend beflügelte. Was heckte dieses Mädchen nur aus?

»Sieh dich an, Jin! Du hast ja Angst vor ihr!« Elaine kicherte leise.

»Was?« Empört stand er auf. »Vor dieser Anfängerin? Wieso sollte ich? Äon hat doch alles in Stein gemeißelt. Es kommt, wie das oberste Wesen es vorgegeben hat.«

»Das mag sein. Aber Lita hat keinen Faden.« Sie zwinkerte ihm verschmitzt zu. Da war sie wieder. Die Elaine, mit der er vor Jahrzehnten durch die Welt geswipt war, mit der er Grenzen ausgereizt hatte. Was hatten sie alles angestellt, wovon die Weberinnen wie die Unsterblichen besser nichts erfuhren …! Sie waren immer mit allem davongekommen.

»Was willst du damit sagen?«

»Dass sie noch Hoffnung hat. Sie verfolgt eisern ihr Ziel, die Welt zu retten. Und sie hat Hilfe.«

»Rukar und Zara«, murmelte er. So viel war klar, denn keinen von ihnen konnten die Tauben ausfindig machen.

Elaine blickte ihn triumphierend an. »Ja, auch dieses Halbblut – wer weiß, welche Fähigkeiten er beisteuern wird?«

Jin begegnete ihrem Blick. Bohrend, fragend, wissend. Plötzlich fühlte er sich leicht benommen. Sicher kam es nur von dem Gestank nach Fäulnis, der sich im Turm verbreitete. Oder war es der Gedanke, dass Elaine wusste, wer Rukar war, und er selbst diese Antwort nie gefunden hatte? All die Jahre hatte er aus dem Jungen nicht herausbekommen können, über welche Fähigkeiten er verfügte. Er wusste nur, dass er genauso wie Lita sicher nicht auf Äons Liste stand.

Wütend starrte er den Baum an. Wieder fiel eine Frucht herab und landete platschend im Wasser.

»Alles wird gut«, sagte er zu sich. »Der Baum stirbt. Kein Orakel mehr, das mir in die Suppe spuckt.« Gezwungen optimistisch tätschelte er Elaine die Schulter. »Alles wunderbar. Es gibt nichts auf dieser Welt, das das Ende noch aufhalten könnte!« Obwohl er ein wissendes Aufblitzen in Elaines Blick registrierte, konzentrierte er sich nur auf die guten Aussichten. »Du wirst mir nicht verraten, wohin sie verschwunden sind?«

Sanft schüttelte Elaine den Kopf. »Wenn du das Offensichtliche nicht selbst siehst ... Vielleicht ist Äons Plan ja doch ein anderer, als du hoffst?«

Wütend sah er auf Elaine herab. »Netter Versuch. Ist Äons Wille nicht offensichtlich?« Mit einer fahrigen Geste wies er auf den Baum. *Lita hat keine Chance! Niemals.* »Schöne Grüße an die Familie«, zischte er. »Ich gehe Schampus kaufen.« Und bevor Elaine etwas erwidern konnte, drehte er sich um und stiefelte aus dem Turm.

Niemand, wirklich niemand würde ihm seinen Weltuntergang versauen!

7
LITA

Die Schreie ließen Lita das Blut in den Adern gefrieren. So schrill und kreischend, voller Wut und Bösartigkeit. Metallisches Klirren, dumpfe Schläge und Hilferufe drangen auf die Straße. Doch viel näher war das Schnauben und drohende Knurren eines sechsbeinigen hundeartigen Wesens, das ihnen auf den Fersen war. Es war mit einigen Kami durch das Torhaus gebrochen, ein älterer Kami war dabei unter ihm begraben worden. Voller Entsetzen hatte Lita gesehen, wie sich die scharfen Krallen des Wesens in seinen Rücken gebohrt hatten.

Das Nächste, was sie wusste, war, dass sie rannte. Blindlings die Straße hinauf, Rukar hinterher, der bereits die Kugel für einen Swipe in der Hand hielt.

Lita verfluchte sich für die schwere Tasche, die ihr wie ein Betonklotz gegen die Beine schlug. Sie klemmte sich das Ding unter den Arm, aber das Wesen holte weiter auf. Sie war zu langsam!

Tegan rannte in blanker Panik. Zara war neben ihr. Sie schien sich vor ihrem Verfolger nicht zu fürchten. Ein zufriedenes Lächeln umspielte ihre Lippen und Lita schauderte noch mehr, als sie bemerkte, dass Zara über den Boden zu schweben schien.

Plötzlich war Rukar neben ihr, packte sie, riss sie mit sich und warf im Laufen die Kugel. »Jetzt!«, schrie er den anderen beiden zu und gleichzeitig sprangen sie in das gleißende Licht.

Ihr Magen sträubte sich gegen die Achterbahnfahrt und sie klammerte sich fester an Rukars Arm, um nicht umzukippen. War das Wesen mit ihnen in den Swipe gesprungen?

Unsanft stolperte Lita und stürzte. Sie spürte, wie sie sich die Handfläche bei der Landung auf rauem Boden aufratschte.

»Autsch.« Hastig stand sie auf, drehte sich, suchte nach dem Monster, das hinter ihnen her gewesen war. »Wo ist es?«

Um sie herum war nur Schwärze. Hatte das Swipelicht sie so sehr geblendet, dass sie nur noch Dunkelheit sah? Lita versuchte, ihren hektischen Atem zu beruhigen, um lauschen zu können. War da das Hecheln? Das bösartige Knurren irgendwo in der Dunkelheit?

Aber sie hörte nur ihr Herz klopfen. Mehrfach blinzelte sie, um ihre Augen an die Finsternis zu gewöhnen, doch es wurde nicht besser. »Ich sehe nichts!«, rief sie panisch. »Rukar?« Beim Sturz hatte sie seinen Arm losgelassen. »Tegan?« Der Boden unter ihren Schuhen war fest, er fühlte sich nach Beton an. Wo waren sie? Direkt am Tor der Helden? »Zara?« Ihre Stimme hallte, als sei sie in einen Brunnen gefallen.

»Die haben dichtgemacht!«, schallte Rukars fassungsloser Ruf durch den Raum.

»Wer? Wo bist du? Wieso ist es so dunkel?« Lita

streckte tastend die Hände vor. »Tegan? Zara? Geht es euch gut?«

»Wir sind in einem Tunnel.« Zaras Stimme schien von allen Richtungen gleichzeitig zu kommen.

»Hast du uns jetzt endgültig unter die Erde gebracht, Rukar?«, rief Tegan. Sie musste sich irgendwo vor Lita in der Dunkelheit befinden.

Vorsichtig und beide Arme vor sich ausgestreckt schob sich Lita auf ihre Stimme zu.

»Du weißt doch, Tegan, ich hab es eigentlich nur auf deine hübschen Klamotten abgesehen!«, blaffte Rukar zurück, aber Lita erkannte auch eine gewisse Nervosität in seiner Stimme.

»Gib doch einfach zu, dass dein toller Heldenplan gescheitert ist«, entgegnete Tegan.

»Verflucht!« Rukar stieß einen wütenden Schrei aus und etwas polterte. »Ich verstehe nicht, wieso sie den Markt verrammelt haben. Dieser Ort schläft doch nie!«

»Ist das dort der Eingang?«, meldete sich Zara zu Wort. Obwohl Lita ihre Stimme nicht verorten konnte, meinte sie, einen bläulichen Lichtschimmer wahrzunehmen, der etwas rechts von ihr schwebte.

Zara verwandelt sich in einen Geist, schoss es Lita durch den Kopf. Die leuchtende Aura um Zara herum war zwar blass und verschwommen, doch Lita war sich sicher, dass sie vorhin im Turm noch nicht so geschimmert hatte.

»Und wo genau sind wir?«, rief Lita.

»An den Waterloo Vaults. Hier in den ungenutzten U-Bahn-Tunneln trifft sich, wer Grenzen sucht. Ziemlich egal, welche. Menschen finden hier Street-Art, Offtheater,

Undergroundkünstler«, antwortete Rukar. »Die Grenzen zwischen den Welten vermischen sich und deshalb ist hier auch der Schwarzmarkt. Und.« *Bäm.* »Sie.« Wieder ein dröhnender Schlag. »Haben.« *Bumm.* »Nie.« *Bäm.* »Zu!« Anscheinend hatte Rukar bei jedem Wort gegen den Zugang geschlagen.

Lita tastete sich auf das Dröhnen zu.

»Was meinst du mit *vermischen?«*

»Hier ist der Schleier, der die Welten voneinander trennt, durchlässig. Nicht nur an bestimmten Tagen. Immer. Also treffen sich nicht nur Kami, Halbblute und Unsterbliche. Auch Menschen kommen hierher. Ihnen ist allerdings nicht bewusst, mit wem sie hier Party machen.«

»Und wo sind wir? Ich meine, sind wir noch in London oder sind wir mit dem Swipe gleich in die jenseitige Welt gespuckt worden?«

»Nein. Das Tor ist in den Vaults.« Ein erneutes metallisches Dröhnen hallte in der Dunkelheit.

»Denkst du nicht, es hätte schon jemand aufgemacht, wenn jemand zu Hause wäre?«, grummelte Tegan.

»Diese Trottel der Vaults scheinen ebenfalls an den Weltuntergang zu glauben und haben dichtgemacht. Wir müssen aber da rein.«

Plötzlich zischte eine rote Flamme auf. Rukar hatte offenbar eine Signalfackel bei sich gehabt und sie nun angezündet.

Lita blinzelte, denn das grelle Licht stach ihr in den Augen, doch sie sah Rukar vor einer Gittertür knien und in einem Vorhängeschloss herumstochern. Zara hielt das

Licht und beobachtete ihn, während Tegan mit missmutigem Gesichtsausdruck an der Wand lehnte.

Lita ging zu ihnen und sah sich um. Sie befanden sich eindeutig in einem stillgelegten U-Bahn-Tunnel. Die Fliesen an den Wänden waren über und über mit Graffiti besprüht. Die Luft roch abgestanden. Hinter dem Gitter erstreckte sich ein schmaler Gang. Er war niedrig und pechschwarz. So schwarz, dass Lita nicht mal sagen konnte, ob es überhaupt ein Gang war oder nur ein aufgemalter Fleck.

Ziemlich geschickt, als sei es nicht das erste Mal, dass er ein Schloss knackte, pulte Rukar mit zwei gebogenen Drähten im Schlüsselloch herum. Nach nicht mal einer Minute fiel es scheppernd zu Boden.

»Na wunderbar. Jetzt sind wir auch noch seine Komplizen bei einem Einbruch«, murrte Tegan und warf Lita einen genervten Blick zu. »Ich hoffe, dass wir Zara wirklich nach Hause bringen und nicht nur von diesem Möchtegernhelden betrogen werden.«

Lita warf ihr einen mahnenden Blick zu. Tegan hasste Rukar, weil sie ihn für einen Handlanger der Unsterblichen hielt, und die hatten in den letzten Stunden alles getan, um die Weberinnen zu vernichten. Na ja, zumindest einer von ihnen.

Rukar hatte für Misano Zaras Totenfaden gestohlen, Tegan ausgeknockt und sogar Elaine entführt. Tegan wusste nicht, dass er all das nur getan hatte, um endlich die Wahrheit über seine Herkunft zu erfahren. Würde ihre Wut auf ihn verpuffen, wenn sie die Wahrheit hörte? Es war Winnie sehr wichtig gewesen, dass sie Tegan erzählte, wer Rukar war. Lita musterte Tegan und Rukar, der gerade seine

Dietriche in einer der unzähligen Innentaschen seiner Jacke verstaute.

Rukar stieß das Gitter auf. »Hereinspaziert«, meinte er grinsend.

Nein, gerade war nicht der richtige Moment für eine Familienzusammenführung.

Die Signalfackel knisterte und begann zu flackern. Zaras bleiches Gesicht wirkte noch gespenstischer in den tanzenden roten Schatten. Sie ließ das ausgebrannte Röhrchen fallen und betrat als Erste die Dunkelheit des Gangs.

Immer noch vor sich hin grummelnd folgte ihr Tegan und dann Lita. Hinter ihnen zog Rukar das Gitter zu.

Bisher hatte Lita sich nicht für sehr ängstlich gehalten. Aber dieser Ort ließ sie schaudern. Es roch nach kaltem Schweiß, Patschuli und ... Burger?

»Nur ein paar Schritte«, sagte Rukar und sie spürte seine Hand, die nach ihrer tastete. Dankbar nahm sie sie und war froh, dass niemand in der Dunkelheit das kleine glückselige Lächeln sehen konnte, dass ihr bei dieser Berührung über die Lippen glitt.

Nach und nach gewöhnten sich ihre Augen an die Finsternis und sie konnte die Kurve ausmachen, mit der sich der Tunnel nach links krümmte.

Und endlich sah sie wieder etwas. Ein flackerndes rosa Licht tanzte am Ende des Gangs. Ihre Schritte wurden von den Gewölben hundertfach zurückgeworfen und sie meinte, ein jammerndes Jaulen zu hören.

Diese Atmo lässt die beste Geisterbahn lächerlich wirken. Froh, dass Rukar bei ihr war, trat sie aus dem Gang heraus in einen engen Raum.

Erstaunt musterte sie die verwaiste Bar, an der offensichtlich normalerweise Bier gezapft und Cocktails gemixt wurden. Benutzte, halb volle Gläser standen auf dem Tresen. Jemand hatte eine Dämonenmaske auf einem der Barhocker liegen lassen. Von den Wänden leuchteten grelle Neonschriften und spiegelten sich in den Lüftungsrohren, die dicht über ihren Köpfen an der niedrigen Decke entlangliefen. Ein Lied schien in Endlosschleife zu laufen. Eine klagende Melodie mit Schlagzeug, einer Gitarre – oder war es eine Sitar? – und einem Sänger, der vom Ende sang. Unwillkürlich fröstelte sie.

Langsam durchschritten sie den Raum. Keiner sagte etwas.

Einerseits war Lita fasziniert von diesem Ort, an dem sich, wie Rukar erzählt hatte, Menschen und Kami und Unsterbliche trafen, um gemeinsam zu feiern. Und gleichzeitig jagte ihr dieser Ort Angst ein. Die Malereien, Graffiti und Dekorationen waren morbide und düster. An den Wänden waren Stuckverzierungen angeklebt, die Säulen, Sideboards oder Kamine imitierten. Alles wirkte inszeniert und zugleich so, als wäre es aus einer anderen Zeit durch zwielichtige Kräfte hierhergeraten.

Lita musste an schwarze Messen, Geisterbeschwörung und Folterkeller denken. Aber sie sah auch Spuren einer fröhlichen After-Work-Party. Flyer luden zu Kunst-Vernissagen ein und ein Neonschild wies zu einem Raum, in dem ein Offtheater auf sein Publikum wartete. Über allem schwebte dieser sphärische Song, der melancholisch den Weltuntergang besang.

Auf einem zerschlissenen Sofa bemerkte Lita einen

Schatten. Sie erschauderte, als sie das Leid dieses ausgelöschten Menschen spürte, und eilte hastig weiter.

Rukar hatte ihn ebenfalls gesehen und warf ihr einen Blick zu. »Selbst hier«, flüsterte er kaum hörbar.

Mit angehaltenem Atem folgte Lita ihm. Hatte dieser Mensch gerade fröhlich mit einem Kami angestoßen, als er zu einem Schatten wurde?

Auch vor einem Foodtruck – wie auch immer er es in diesen Tunnel geschafft hatte – schwebten zwei Schatten. Den Wagen umgab der unwiderstehliche Geruch von Burgern. Geschirr und benutzte Gläser standen noch auf den Tischen, als hätten die Gäste den Raum fluchtartig verlassen. Oder sie waren plötzlich zu Schatten geworden.

Für einen Moment hatte Lita den Eindruck, einer der Schatten würde die Hand nach ihr ausstrecken. Angst schnürte ihr die Brust zu. »Sie sind alle geflohen«, flüsterte sie. »Die Kami und Unsterblichen. Nur die Schatten der Menschen sind noch hier.«

Tegan stand wie versteinert und starrte auf die Schatten.

»Hast du in London keinen gesehen?«, fragte Lita.

»Ich ... nein. Das ...« Tegan atmete tief ein und wandte sich aprupt ab, schob sich an Lita vorbei. »Was, wenn auch dieser Übergang von einer panischen Menge blockiert ist?«, fragte sie und Lita meinte, Angst in ihrer Stimme zu hören.

Nur Zara schwebte voraus und schien die Vaults sehr unterhaltsam zu finden. Sie betrachtete lächelnd die gruseligen Gerippe und diabolischen Zeichnungen an den Gewölben.

»Hier ist es.« Rukar war vor einer Tunnelabzweigung stehen geblieben.

Vor ihnen erstreckte sich ein wild bemalter, kurzer Tunnel. Totenköpfe leuchteten in Neonfarbe von der Wand. Fahrige Pinselstriche in Gelb, Grün, Orange und Blau schienen im Schwarz zu schweben.

In diesem Augenblick hallte die Stimme des Sängers zu ihnen herüber: »He walked down the hall … and he came to a door …«

»Okkultismus?«, fragte Zara mit Blick auf die Malereien und ihre Stimme klang immer noch aus unbestimmten Richtungen.

»Kunst.« Rukar trat durch den gespenstischen Durchgang. »Hoffe ich.«

Am Ende des Tunnels sperrte ein riesiger Totenschädel seinen Mund auf und Lita erkannte in dem schwarzen Schlund eine Tür. »Na, da glaubt wohl jemand, dass man Neugierige so abschrecken kann …«

»Hierher geht man nur, wenn das Schicksal einen dazu auffordert, etwas unvergleichlich Blödes zu tun. Passt also irgendwie, oder?«, meinte Rukar und verharrte vor der Tür.

Stirnrunzelnd musterte Lita die vielen feixenden Totenköpfe. Äon hatte sie nicht hierher eingeladen – nein, sie standen vor dieser Pforte, um es auszutricksen. Oder etwa nicht? Unsicher betrachtete sie das gruselige Tor. Immerhin schienen sie allein zu sein. »Wieso macht dir dieser Zugang so eine Angst?«, wollte sie von Rukar wissen.

Rukar seufzte. »Na ja. Du hattest schon recht mit den dreiköpfigen Hunden. Halbblute kämpften in der jenseitigen Welt gegen schreckliche Dunkelwesen und ihre Heldentaten sind Legende. Doch mich haben die Unsterblichen nie akzeptiert. Was, wenn es dafür einen Grund gibt? Wenn ich nicht würdig bin?« Er atmete durch und tat einen Schritt auf den Schlund zu. »Hier unten auf dem Schwarzmarkt haben sie immer Sprüche über mich gerissen und Wetten darüber abgeschlossen, dass ich irgendwann durch diese Pforte *muss,* um zu beweisen, dass ich ein Recht auf meinen Platz unter den Unsterblichen habe – oder eben nicht«, murmelte er. »Ich hatte mir deshalb geschworen, niemals durch diese Tür zu gehen. Ich will nicht in einen Club, der mich nur durch so ein blödes Ritual aufnimmt. Alle anderen, die die Pforte der Helden passiert haben, hatten eine Aufgabe zu vollbringen. Von mir haben sie nur erwartet, dass ich mich für meine Existenz rechtfertige.«

Litas Blick glitt zu Tegan, die Rukar nachdenklich ansah. Bisher war Tegan davon überzeugt gewesen, dass Rukars blinder Gehorsam den Unsterblichen galt.

»Du weißt, wer du bist«, versuchte Lita, ihm seine Anspannung zu nehmen. »Und das ist genug.« Ihr Blick flog erneut zu Tegan. Sollte sie es ihnen jetzt sagen? Doch Rukar war bereits an der schwarzen Tür und straffte die Schultern.

»Der Gatekeeper hat immer Witze gemacht, er würde auf mich warten.« Er sah Lita direkt an. »Ich habe keine Angst davor, dass ich die Pforte jetzt doch durchschreite. Aber ... was ist, wenn wir das Schicksal gar nicht austricksen, Lita? Was, wenn das schon immer Äons Plan war? Bisher stand jedes Halbblut irgendwann vor dieser Tür, um in der jenseitigen Welt eine schicksalhafte Aufgabe zu meistern. Weil Äon es so wollte.«

»Du meinst, es ist eine Falle?« Unsicher betrachtete Lita die gruseligen Malereien. Todesfratzen schwebten in der Dunkelheit. Je länger sie hinsah, desto mehr begannen sie vor ihren Augen, auf sie zuzukommen.

»Fallen warten dort mit Sicherheit auf uns. Aber was, wenn wir doch an Äons Fäden hängen?«

Entschlossen trat Lita neben ihn an die Tür, hinein in das Maul des Totenschädels. Sie ließ sich doch von blödem Jahrmarktsfirlefanz und dummen Sprüchen nicht verjagen! »Solange wir unserem Herzen folgen und für das kämpfen, was wir für richtig halten, sind wir auf einem guten Weg. Wir dürfen uns nur nicht verwirren und von unserem Ziel abbringen lassen.« Entschlossen sah sie die drei an, dann öffnete Lita die Tür und wurde von dem gleißend hellen Licht dahinter regelrecht erschlagen.

Es dauerte einen Moment, bis sich ihre Augen an die Helligkeit gewöhnt hatten.

Vor ihr standen eine Reihe Liegestühle und ein summender Getränkeautomat. Der Raum war klein und niedrig, die Wände unverputzt und aus rauem Backstein. Gegenüber der Tür befand sich ein mächtiger Schreibtisch. Dahinter, vertieft in ein *Watchmen*-Comic, saß ein Mann, der vielleicht dreißig Jahre alt war, seine Hemdsärmel hochgekrempelt, den Kragen offen, die Füße – barfuß – auf dem Tisch.

»Hallo, Christopher«, begrüßte Rukar ihn und der Mann fiel vor Schreck aus seinem Luxus-Gamer-Stuhl.

»Verflucht! Rukar! Anklopfen!«

»Klopf, klopf«, sagte Rukar und trat an den Schreibtisch.

Der Mann fuhr sich durch das bereits dünne Haar, atmete durch, schien sich die unübersichtlichen Papierstapel auf seinem Schreibtisch zu vergegenwärtigen und seufzte. »Na gut. Dann ist also heute der Tag der Tage.«

Lita bemerkte, wie anspannt Rukar war. Lächelnd trat sie neben ihn. »Äon kann uns mal«, flüsterte sie. »Ich habe keinen Faden! Und du bist einzigartig!«

Rukar atmete durch. »Scheint so«, antwortete er dem Mann.

Der grinste und lehnte sich wieder in seinen Luxussessel zurück.

Lita musterte den Schreibtisch. Er war ein Müllhaufen. Zerknitterte Formulare, Papiere mit Kaffeeflecken, Verpackungen von Keksen und Chips, angebissene Brote, Getränkedosen, Sammelfigürchen, Schreibgeräte und Socken. »Ich bin Lita«, grüßte sie ihn und versuchte, nett zu lächeln, obwohl sie seinen Saustall ziemlich widerlich fand.

Doch der Mann ignorierte sie vollkommen und sah stattdessen Rukar eindringlich an. »Yess!! Wette gewonnen! Flahm wird so sauer sein.« Er lachte glucksend. »Ein Glück, dass ich nie an dir gezweifelt hab, Rukar.«

Der knurrte nur etwas Unverständliches. »Ich bin nicht alleine hier. Wir sind ein Team.«

Der Mann beugte sich zur Seite und warf einen Blick auf Tegan, die es sich in einem der Liegestühle bequem gemacht hatte. »'ne Weberin?« Er grinste Rukar an. »Dein Ernst?« Dann glitt sein Blick weiter zu Zara.

Sie starrte ihn mit ihrer gespenstischen Ausdruckslosigkeit an und der Mann zuckte zurück. »Meine Güte. Was macht die denn hier?«

»Lange Geschichte. Wir müssen alle rüber. Schnellstmöglich.«

Der Typ, den Rukar Christopher genannt hatte, lehnte sich in seinem Sessel zurück. »Das ist der Zugang nur für Halbblute, du weißt doch, die Schicksalstour. Die Mädels können hier nicht durch.«

Wütend stützte Rukar sich auf den Tisch und beugte sich zu dem Gatekeeper vor. »Du hast keinen blassen Schimmer, was da draußen los ist, oder?«

Offensichtlich hatten diesem Gatekeeper bisher weder Kami noch Dunkelwesen die Tür eingerannt. Auf Lita wirkte der Typ so, als habe er sich seit einer echten Ewigkeit nicht aus seinem Büro bewegt. Zumindest ließen die Müllberge darauf schließen.

»Du lässt uns jetzt alle sofort in die jenseitige Welt!«, forderte Rukar ihn auf.

»Oder was?« Trotzig verschränkte der Kerl die Arme. »Es mag ein Scheißjob sein, tagein, tagaus in diesem Loch festzusitzen. Aber du kannst mir gar nichts. Ich bin unkündbar und unverwundbar. Also: meine Regeln! Die Weiber dürfen nicht durch!«

Lita ballte die Fäuste. Das konnte doch nicht wahr sein! Gerade wollte sie diesem Kerl an den Kragen, da schob sich Zara zwischen sie und Rukar an den Tisch.

»Entschuldigung«, sagte Zara und ihre Stimme hallte wie von fern. »Ich soll Ihnen das hier geben.« Aus einer Tasche in ihrem Teddymantel zog sie einen Briefumschlag und überreichte ihn dem Gatekeeper, dem die Furcht vor Zara ins Gesicht geschrieben stand.

Hastig schnappte er den Umschlag, suchte eine Minute lang auf seinem Schreibtisch herum, bis er einen silbernen Brieföffner fand. Er bedachte Rukar mit einem genervten Seitenblick und schlitzte dann ruppig den Brief auf.

Lita sah fragend zu Zara, doch sie beobachtete nur den Gatekeeper. Die Kälte, die Zara verströmte, war inzwischen geradezu unerträglich und Lita rückte ein Stück von ihr ab.

»Was ist das für ein Schreiben?«, fragte Lita sie.

»Es ist von Faine. Ich soll Grüße dazu überbringen«, antwortete Zara.

Überrascht blickte Christopher auf. »Faine?« Er wirkte plötzlich nervös und Lita fragte sich, warum ihn eine Nachricht von einem Glückskami beunruhigen sollte. Er zog einen handbeschriebenen Zettel aus dem Umschlag und seine Brauen wanderten mit jedem Wort, das er las, ein Stückchen höher.

»Du hast Faine getroffen? Wann?«, fragte Lita und zupfte an dem roten Band, das der Kami ihr umgebunden hatte.

»Faine hat mir gesagt, wie ich nach Hause komme«, erwiderte Zara. »Und dass ihr mir helfen werdet.«

Nachdenklich beobachtete Lita den Mann, der mit sichtlichem Unbehagen das Schreiben las. Zara hatte Glück gehabt, dass sie Faine begegnet war. Aber vermutlich war das nur logisch. Faine wäre ein schlechter Glückskami, wenn er nicht wüsste, wo seine Gabe gebraucht wurde.

Schließlich ließ der Mann das Blatt sinken und verzog ärgerlich die Mundwinkel. »Du machst keine halben Sachen, wie?«, wandte er sich an Rukar. »Also schön. Gruppentour. Dennoch, jeder braucht einen eigenen Passierschein.« Er legte den Brief auf einen Stapel Papiere und begann, in dem Durcheinander auf seinem Schreibtisch zu wühlen. Dabei geriet der Papierstapel ins Rutschen und der Brief segelte zu Boden, was Christopher nicht mal mitbekam.

Lita wollte sich bücken und das Blatt aufheben, aber Rukar hielt sie zurück. *Sinnlos,* formten seine Lippen und Lita stimmte ihm seufzend zu.

Fieberhaft durchsuchte Christopher den Müllhaufen auf seinem Tisch und zog irgendwann drei Formularbögen hervor. Einen händigte er Zara aus, einen Rukar und dann pfiff er durch die Zähne. »Hey, Weberin! Füll das aus!«

Tegan erhob sich aus dem Liegestuhl und kam zu ihm.

»Stift«, sagte sie und er hielt ihr eine Box in Form von R2D2 hin, aus der sie mit einem Lächeln einen lilafarbenen pickte.

»Und ich?«, fragte Lita, doch Christopher beobachtete die anderen, wie sie sich in die Liegestühle setzten und versuchten, auf ihren Knien die Formulare auszufüllen.

»Hallo! Was ist mit mir? Soll ich nicht auch so ein Ding ausfüllen?«

Rukar sah auf und schaute stirnrunzelnd zu Lita herüber. Sie wedelte mit den Händen vor Christophers Gesicht herum, aber er blickte stoisch durch sie hindurch. Wütend sah sie sich zu Rukar um. »Was soll das? Ist das irgendein Insiderwitzchen, das ich nicht verstehe?«

Rukar erhob sich. »Hey, Chris. Warum bekommt sie kein Formular?«

»Wer?«, fragte der irritiert zurück.

Rukar deutete mit seinem Stift auf Lita, die sich sauer vor dem Schreibtisch aufbaute. »Na, Lita.«

»Ich kenne keine Lita.«

Mit wenigen Schritten war Rukar neben ihr. »Willst du mich auf den Arm nehmen? Sie steht direkt vor dir!«

Ein ziemlich mieses Gefühl machte sich in Lita breit. Sie fasste unbewusst nach Rukars Arm, wie um sich zu vergewissern, dass sie wirklich da war. »Wieso sieht er mich nicht?«, flüsterte sie. Sie war mit Sicherheit kein Schatten wie ihre Freundin DeeDee, sie war Lita! Lita, die keinen Faden besaß ... »Mein Faden!«

Überrascht sah Rukar sie an. »Was meinst du damit?«

»Was soll ich damit schon meinen«, pampte ihn Christopher an. »Ich wüsste es, wenn ich eine Lita kennen und die auch noch vor mir stehen würde.«

»Du hast gesagt, das hier ist der Übergang für jene, denen das Schicksal eine Heldentat abverlangt. Rukar! Ich habe kein Schicksal.« Plötzlich wurde ihr ganz eng um die Brust. »Was, wenn ich hier nicht durchkann?«

»So ein Quatsch!« Energisch klatschte Rukar das Formular vor Christopher auf den Tisch. »Natürlich kommst du mit.«

Christopher, der gerade das Formular entgegennehmen wollte, verharrte. »Wie bitte? Ich verlasse unter keinen Umständen meinen Posten.«

»Ich rede nicht mit dir, Christopher, sondern mit Lita«, fuhr Rukar ihn an. »Lita ist hier. Sie wird mit uns gehen, auch wenn du sie nicht sehen kannst.«

Christopher blickte sich mit hochgezogenen Brauen um.

»Willst du mich veräppeln? Ich bin ein Gatekeeper, an mir kommt niemand vorbei. Oder schleppst du noch einen abgelaufenen Geist mit dir herum?«

»Abgelaufen?«, horchte Zara auf.

Lita merkte, wie die Angst in ihr immer größer wurde. Die Zeit raste. Wie viele Menschen waren bereits zu Schatten verblasst? War der Schicksalsbaum inzwischen kahl? Was, wenn sie den Samen nicht holen konnte? Hatte Rukar recht – taten sie gerade genau das, was Äon wollte?

»Na ja, Lady!«, rief Christopher Zara zu. »Ihre Stimme hallt, Sie leuchten blau. Wenn Sie nicht bald diese Welt verlassen, werden Sie nicht zurück in Ihr Paradies können, denn dann bleiben Sie ein Geist. Ruhelose Seele und so.« Er winkte ab und machte mit der Hand *Bla, bla, bla.* »Na, der ganze Mist eben.«

Erschrocken erhob sich Zara. »Wie viel Zeit habe ich noch?«

Lita hielt die Luft an. Sie fühlte sich, als würde sie zerfallen und in Tausende Richtungen gleichzeitig davondriften. Egal, ob der Typ sie sah oder nicht: Zara musste zurück, damit der Fluch, wie sie es genannt hatte, von den Fäden genommen wurde. Damit die Menschen zurückkamen. Und zur selben Zeit mussten sie den Samen finden. Beides duldete keinen Aufschub mehr! Und trotzdem standen sie hier herum und füllten dämliche Formulare aus, während sie selbst ohne Faden vermutlich nutzlos war!

Zara war eilig an den Schreibtisch getreten und reichte Christopher das ausgefüllte Formular. »Bitte. Ich will kein Geist sein.«

Mit spitzen Fingern nahm er es entgegen und begann, es zu lesen. »Grund der Reise?«, fragte er Zara.

»Nach Hause kommen.«

Stirnrunzelnd überflog er das Formular. »Hier fehlt die Kopie Ihrer Ausreisegenehmigung.«

»Ich habe keine.«

»Keine Kopie?« Die Augen verdrehend stand er auf und schlurfte zu einem Aktenschrank neben seinem Schreibtisch. »Ich hasse es, wenn die werten Kollegen es sich leicht machen. Das ist so mies.« Er zog eine der Schubladen auf und begann, in Zetteln zu wühlen. Schließlich fand er tatsächlich, was er suchte, und verglich die beiden Formulare.

Lita bemerkte, dass sie nervös den Saum ihres Shirts knautschte. Ihr Blick glitt zu Rukar, der Christopher mit versteinerter Miene beobachtete. Ihr schöner Rettungsplan für die Welt zerfiel Stück für Stück, Minute für Minute.

»Oh. Das ist ...« Christopher sah Zara scharf an. »Sie meinen, Sie haben keine Kopie, weil Sie gar keine Ausreisegenehmigung erhalten haben.« Mit einem Rums knallte er die Schublade zu.

Lita zuckte zusammen. Ihr schwante Übles. »Rukar«, flüsterte sie, obwohl das unnötig war, denn der Gatekeeper konnte sie ja sowieso nicht hören. »Wir müssen uns beeilen! Wenn Zara nicht zurückkann, sondern in unserer Welt bleibt, werden die Fäden weiterhin zerfallen. Selbst wenn wir einen neuen Baum pflanzen.«

»Der Gedanke ist mir auch schon gekommen. Ich mach mir aber Sorgen um dich. Chris kann dich nicht sehen. Was ist, wenn die Pforte dich nicht durchlässt?«

»Ich werde durch diese Pforte gehen!« Sie sah zu Christopher, der zurück zu seinem Tisch stiefelte. »Ich muss einfach! Wo ist diese blöde Tür? Können wir ihn nicht einfach … ausschalten?«

Für einen kurzen Moment huschte dieses süße Lächeln über Rukars Lippen, das ein neckisches Funkeln in seine Augen zauberte. »Du willst einen Gatekeeper k. o. schlagen? Lita, du bist wirklich …«

»… naiv?«

»Mutig.«

Skeptisch musterte sie Christopher. Er war älter als sie, aber sicher nicht sehr stark. So wie er aussah, verbrachte er den ganzen Tag in seinem Sessel, futterte Chips und frönte seinen Fandoms.

»Unter diesen Umständen kann ich Ihnen keinen Passierschein geben«, stellte Christopher fest, als er sich wieder in seinen Gamer-Stuhl fallen ließ. »Sie befinden sich offiziell bereits in der jenseitigen Welt.« Er hielt Zara das Formular hin.

»Ich *war* dort«, antwortete Zara mit ruhiger Stimme. »Und jetzt bin ich es offensichtlich nicht mehr.«

Er lächelte gequält. »Sie haben keine Ausreisegenehmigung beantragt. Das war nicht nur dumm von Ihnen, wie Sie jetzt feststellen, es wird auch noch Folgen für Sie haben.« Er lehnte sich in seinem Sessel zurück, Fingerspitzen an Fingerspitzen. »Gibt schließlich einen Grund, warum man eine Genehmigung braucht. Es kann ja nicht jeder Tote ständig seine Verwandten besuchen fahren.«

»Ich bin nicht freiwillig ausgereist. Ich wurde entführt!«

»Das ist wahr«, mischte sich Lita ein, bevor ihr klar

wurde, dass es nutzlos war. Sie hieb Rukar den Ellbogen in die Seite. »Sag was!«

»Es stimmt. Sie wurde … entführt. Gegen ihren Willen hierhergebracht«, wiederholte er ungeduldig. »Ihr Faden wurde wieder eingewoben.«

Skeptisch schaute Christopher von Rukar zu Zara. Dann schüttelte er den Kopf. »Warum sind Sie nicht sofort hergekommen? Wie lange sind Sie schon hier?« Er deutete auf ihre zitternde Hand. »Ist Ihnen nicht aufgefallen, dass Sie langsam ausbleichen?« Wieder sah er zu Rukar. »Ich muss das melden. Sie wird ein Rachegeist werden. Ist bekannt, wer sie hierhergezerrt hat?«

»Moment. Rachegeist?«, entfuhr es Lita.

Inzwischen war auch Tegan zu ihnen getreten. »Wusstest du etwa, dass sie sich in einen Rachegeist verwandelt?«

Seufzend wischte sich Rukar über die Augen. »Ich … ich hatte es befürchtet. Hab noch nie einen getroffen, aber …«

Alle musterten Zaras bläuliches Leuchten.

Lachend lehnte sich Christopher zurück. »Is' jetzt nicht wahr, Rukar. *Du* hast sie rübergebracht?« Er zwinkerte Zara zu. »Na, wenn Sie Tipps brauchen, wie Sie ihn gehörig heimsuchen können, ich stehe zur Verfügung.«

»Sie wird kein Geist!«, fuhr Rukar ihn an. »Du lässt uns jetzt endlich durch die Pforte, damit wir diesen ganzen Mist aufräumen können!«

»Oh, hast du etwa plötzlich ein Gewissen?«, warf Tegan ein. »Reichlich spät.«

»Glaubst du wirklich, Tegan, dass ich das Ende der Welt herbeiführen wollte?«, brauste Rukar auf.

»Das Ende!« Christopher schüttelte sich vor Lachen, während Tegan mit Rukar ein Blickduell ausfocht.

»Ich will gar nicht wissen, was in deinem Kopf vor sich geht«, fauchte Tegan. »Aber Gnade dir Äon, wenn Jackson in einen Schatten verwandelt wird!«

Jetzt verlor Lita endgültig die Geduld. Die Zeit verrann und sie waren keinen Schritt weiter! Zara musste in die jenseitige Welt und sie selbst ebenfalls. Rukar und Tegan konnte sie die Mission auf keinen Fall anvertrauen. Die beiden würden sich nur gegenseitig an die Gurgel gehen.

Wütend schlug sie mit der Faust auf den Schreibtisch, sodass einige der Sammelfiguren umfielen. »Es reicht!«, brüllte sie. »Sie werden uns auf der Stelle in die jenseitige Welt lassen!«

Entsetzt schnellte der Mann vor und stellte eine Mädchenfigur mit schwarzen Haaren und einem gelben Regenmantel zurück neben die eines seltsamen grünhaarigen Typen in schwarz-weiß gestreiftem Anzug. »Scheiße«, stammelte er. »Rachegeister suchen diejenigen heim, die ihnen das angetan haben. Keine Unschuldigen!«

»Momentan sieht es für mich so aus, als wären Sie der Grund, warum ich nicht nach Hause komme«, meinte Zara kalt und Christopher erstarrte.

»Okay. Kapiert.« Eilig setzte er sich wieder, rupfte ihr das Formular aus der Hand und knallte einen Stempel darauf. *Bewilligt,* war nun quer auf dem Blatt zu lesen.

»Sie sind tot. Und damit offiziell nicht mehr in der Welt der Lebenden. Es gibt keinen Aktenvorgang, dass Sie eine Ausreise beantragt haben. Folglich sind Sie nicht ausgereist. Ich riskiere meinen Job.«

Rukar lachte sarkastisch, worauf Christopher in »meinen guten Ruf« verbesserte.

Leise vor sich hin fluchend, riss Christopher eine Schublade in seinem Schreibtisch auf und zog eine Sanduhr hervor. Er drehte sie ein paar Mal hin und her, bevor er sie Zara gab. »So viel Zeit bleibt Ihnen noch. Ist das letzte Sandkorn gefallen, werden Sie als Rachegeist für immer zwischen den Welten gefangen sein.«

Voller Entsetzen sah Lita, dass der Sand bereits über die Hälfte durchgelaufen war.

»Es reicht nicht, durch die olle Tür zu gehen.« Er deutete vage hinter sich, wo Lita plötzlich eine dunkle, schmucklose Eichenholztür bemerkte. »Sie müssen über die Brücke hinüber und den Garten betreten haben, bevor die Zeit um ist. Ansonsten ...« Er schnitt eine Grimasse und verdrehte die Augen, dass man nur noch Weiß sah.

Zara faltete den Passierschein sorgfältig und verstaute ihn in ihrem Mantel. Das Kunstfell wirkte inzwischen steif und Lita bemerkte, dass Zaras Haarspitzen mit Reif überzogen waren. Ihr Blick schnellte zu der unscheinbaren Tür an der hinteren Wand. Wieso hatte sie sie bisher nicht wahrgenommen? Sie schob sich an Rukar vorbei, der Christopher gerade sein Formular hinhielt, und ging darauf zu.

»Ladys first«, hörte sie Chris sagen.

Als sie über die Schulter blickte, sah sie, dass er Tegan das Blatt abgenommen hatte und nun studierte.

»Grund der Reise?«, fragte er sie.

»Nun ja. Die Welt retten?«, antwortete Tegan unsicher.

Lita trat an die Tür. Sie sah wie eine stinknormale Kellertür aus. Dunkles Holz, etwas angestaubt. Schwarze Klinke aus Plastik. Nichts Besonderes. Und das sollte die Pforte der Helden sein?

»Grund der Reise«, wiederholte Christopher ungehalten.

»Na ja, also ... ich ...«

Lita wandte sich zu Tegan um, die nervös an ihrer lila Haarsträhne zupfte. Ihre Blicke begegneten sich. »Meine Freundin beschützen.« Tegan sah zu Rukar, der die Augen verdrehte.

»Kommt!«, rief Lita. »Die Tür ist hier. Das dauert alles zu lange.« Sie drückte die Klinke – doch sie war verschlossen. Verzweifelt ruckelte sie an der Klinke, aber die Tür ließ sich nicht öffnen. Wütend trat sie mit dem Fuß gegen das Türblatt.

Christopher fuhr zusammen und blickte sich um, dann sah er zu Zara, die ihn nett anlächelte.

»Schon gut. *Freundin retten.* Verstanden«, murmelte er mit Blick auf Zara. Dann wandte er sich an Tegan. »Die Sondergenehmigung weist Sie als Teil der Reisegruppe aus.« Mit einem lauten Rums donnerte er einen Stempel auf das Formular. »Ihr Aufenthalt in der jenseitigen Welt ist für 24 Stunden genehmigt.« Er zupfte ein dünnes Durchschlagpapier von dem Formular und reichte es Tegan. »Nach 24 Stunden müssen Sie wieder in dieser Welt sein, zusammen mit dem Rest Ihrer Gruppe. Keine Alleingänge da drüben! Und es ist Ihnen strengstens untersagt, etwas aus der jenseitigen Welt zu exportieren. Nächster.« Er hielt Rukar auffordernd die Hand entgegen.

»Nichts exportieren?«, rief Lita geschockt. Sie rannte zurück zum Tisch und stand nun hinter dem Gatekeeper.

Sein Chaos dehnte sich auch unter dem Schreibtisch aus. Jede Menge Comics stapelten sich dort. »Was meint er damit?«, fragte sie Rukar.

Tegan schien die Tragweite dieser Regel gar nicht begriffen zu haben. Sie steckte in aller Seelenruhe den Passierschein ein.

Aber Rukar wippte nervös auf den Zehen. »Was genau darf nicht exportiert werden?«

Der Beamte seufzte. »Dieses Fräulein ist eine Weberin. Sie kennt das Schicksal. Um unerwünschte Abkürzungen oder andere Vorteilnahme auszuschließen ...« Er leierte die Worte herunter, als hätte er sie schon zehntausend Mal aufgesagt. »... wird sie es deshalb unterlassen, Gegenstände auszuführen, egal ob geformt oder natürlich gewachsen.«

»Gilt das für uns alle?«, fragte Rukar vorsichtig.

»Bist du etwa eine Weberin?«, blaffte Christopher ihn an und forderte ihn erneut auf, sein Formular auszuhändigen. Zögernd reichte Rukar ihm das Blatt.

Lita hielt die Luft an. Würde es noch mehr Schwierigkeiten geben, weil Rukars Mutter eine Weberin war? Besorgt blickte sie Christopher über die Schulter und bemerkte, dass Rukar das Formular mit ziemlich krakeliger Schrift beschrieben hatte. Christopher hielt das Blatt zuerst von sich, dann zog er es sich ganz nah vor die Augen. Anscheinend hatte er Schwierigkeiten, Rukars Antworten zu entziffern. »Grund der Reise?«, grummelte er.

»Die Welt retten.«

Lächelnd warf Lita ihm einen Blick zu. Er sagte es so entschieden, als ob es nicht den Hauch eines Zweifels am

Erfolg ihrer Mission gäbe. Das tat gut und besänftigte für einen Moment ihre Angst zu scheitern.

Christopher schenkte Rukar ein müdes Lächeln. »Running Gag, ja?«

»Nein.«

Seufzend ließ er auch auf Rukars Formular den Stempel niedersausen. »Na schön. Für dich gilt: keine Eskapaden wie die der werten Verwandtschaft.«

Verständnislos blinzelte Rukar ihn an. »Welche Verwandtschaft? Was für Eskapaden?«

Genervt verdrehte Christopher die Augen und wedelte mit dem Durchschlag in der Luft herum. »Meine Güte. Du weißt schon ... tote Freundinnen retten wollen. Sie aus der jenseitigen Welt schmuggeln ... Das läuft bei mir nicht mehr! Es werden keine verlorenen Seelen mitgenommen! Tut der Beziehung auch nicht gut, wenn einer leblos auf dem Sofa abhängt.« Er schaute zu Zara rüber. »Sorry, ist nicht persönlich gemeint.« Dann wandte sich Christopher wieder Rukar zu. »Hier –« Er griff nach einem silbernen Brieföffner.

»Ich hab keine ... tote Freundin«, stammelte Rukar.

»Ach? Ich dachte, deine Lita wäre nicht unter uns.«

»Was?« Rukars Entsetzen war echt.

Lita hatte diese Bemerkung ebenfalls einen eisigen Schauer über den Rücken gejagt. Sie mied Rukars Blick, denn irgendetwas in ihr hatte zustimmend geseufzt. Voller Unbehagen sah sie zur Tür.

Lita existierte offiziell nicht. Deshalb konnte sie nicht hinüber – nicht offiziell zumindest. Und wenn sie es nun doch tat ... würde sie jemals zurückkommen?

8
TEGAN

Bei allen Fäden! Was soll dieses Theater!

Lita sah gerade absolut geschockt aus. *Tote Freundin.* Dann hatte sich Tegan also nicht getäuscht: Rukar und Lita waren sich näher, als sie gehofft hatte. Sie war sich sogar sicher: Hätten die beiden Schicksalsfäden, würden sie sich immer mehr umeinanderwickeln. Elaines Enkelin war auf dieses Halbblut mit seinem ungekämmten Haar und trashigen Look reingefallen. Na wunderbar.

Der kleine Klumpen in Tegans Magen, der sich in den letzten Stunden verdichtet hatte, wurde noch schwerer. Und ihr schlechtes Gefühl verstärkte sich, als ihre Gedanken zu Jackson wanderten. War er noch da? Wieso hatte sie Lita nicht geglaubt, als sie von den Schatten berichtet hatte? Jackson sah als Mensch die Schatten nicht. Er hatte keine Ahnung, was der Welt bevorstand. Wieso war sie nur mitgekommen! Sie hätte bei ihm bleiben sollen.

Aber es war richtig, hier zu sein. Zara musste sofort über diese Brücke. Der Fluch, den Zaras Wiedererweckung ausgelöst hatte und der nun alle Fäden in Asche verwandelte und damit die Menschen zu Schatten, musste gebrochen werden! Ihr Blick wanderte zu Zara und streifte die

Sanduhr. Unerbittlich floss der Sand durch den schmalen Durchlass.

Tegan überlegte, wie viele Stunden vergangen waren, seit sie den Turm verlassen hatten. Mit Sicherheit befand sich kein Blatt mehr an diesem verfluchten Baum.

Und das war auch gut so.

Und deshalb war sie hier. Um dieses nervige Halbblut daran zu hindern, einen Samen für einen neuen Schicksalsbaum zu finden. Die Menschen sollten nie wieder von Schicksalsfäden versklavt werden! Lita war nicht die Gefahr, sie war zu weich und gutgläubig. Aber Rukar würde ein Problem werden.

Sie beobachtete, wie er gerade sein abgestempeltes Formular entgegennahm. War es das, was Winnie gesehen hatte? Ein Kampf zwischen ihr und Rukar um den Samen und damit um das Schicksal der Welt? Selbstbewusst straffte Tegan ihre Schultern. Sie tat das Richtige. Wäre es nicht Äons Wille, dass die Welt endete, dann wäre es ihr nie gelungen, den Baum zu vergiften.

Etwas Silbernes funkelte in der Hand des Gatekeepers. Plötzlich sprang er auf und packte Rukar am Handgelenk.

Erschrocken zuckte Tegan zurück, als sie den Brieföffner in seiner Hand aufblitzen sah. Lita schrie und Rukar fluchte, war aber nicht schnell genug. Blut tropfte. Der Gatekeeper kicherte und presste Rukars blutige Hand auf das Formular.

»Verdammt! Chris!« Endlich hatte sich Rukar aus seinem Griff befreit und starrte entgeistert auf den tiefen Schnitt in seiner Handfläche.

Lässig wedelte der Gatekeeper den blutigen Handabdruck auf dem Formular trocken. »Mir ist es bei Typen wie dir immer lieber, ich hab 'ne Unterschrift. Ihr lügt doch jedes Mal.«

Bei diesen Worten entkam Tegan ein leises, schadenfrohes Glucksen.

»Nun bist du an dein Versprechen gebunden.« Wie zur Bestätigung hielt er Rukar das Blatt vor die Nase. »Kein Rausschmuggeln verlorener Seelen! Und jetzt beeilt euch besser.«

Tegan schob sich an Rukar vorbei zu Lita, die voller Entsetzen Rukars Wunde anstarrte.

»Der Kerl hat doch nicht mehr alle Tassen im Schrank!«, murmelte sie.

»Er ist der Gatekeeper der Pforte der Helden«, antwortete Tegan leise. »Lass uns rübergehen und sehen, ob dein Rukar der Held ist, für den du ihn hältst.«

Der Gatekeeper schlurfte zur Tür. »Ihr zwei habt 24 Stunden. Du vielleicht noch vier«, sagte er und deutete auf Zara. Dann öffnete er den Durchgang und sofort schlug ihnen ein heftiger Wind entgegen.

Rukar hob die Arme vors Gesicht, um sich gegen den Sturm zu schützen, und instinktiv schob sich Tegan hinter ihn. Der Wind zerrte an ihrem Mantel, wirbelte durch ihre langen Haare. Auch Lita schien er fast von den Füßen zu reißen. Tegan packte sie und zog sie eng an sich heran. Aneinandergeklammert duckten sie sich in Rukars Schatten.

Tegan spürte, wie Litas Pulsschlag sich fast überschlug. Ihr war klar, dass es nicht dieser orkanartige Sturm war, der ihr zusetzte, sondern die Frage, ob sie überhaupt durch die Pforte durchkommen würde. »Keine Angst. Du wirst mit uns gehen!«, schrie sie ihr gegen den Wind zu.

Ungeduldig klopfte der Sachbearbeiter mit dem Fuß. »Worauf wartet ihr noch?« Weder ihm noch dem Durcheinander auf seinem Schreibtisch tat der heftige Wind etwas. Kein Blatt Papier, nicht ein einziger Fussel wurde von dem Sturm bewegt. Dabei war der Wind so stark, dass Tegan das Gefühl hatte, keine Luft zu bekommen.

Rukar wandte sich zu ihnen um. »Bereit?«

»Wenn du es bist«, antwortete Tegan und bemerkte Rukars Hand. Widerstrebend ergriff sie sie.

»Dann los!«

Gemeinsam rannten sie durch die Tür. Doch der Wind war derart mächtig, dass es Tegan eher so vorkam, als kämpften sie sich in Zeitlupe durch eine dicke, zähe Masse. Je heftiger sie sich gegen den Sturm stemmte, desto weniger kam sie vorwärts. Rukar war es, der sie mit sich zerrte.

Aber wo war Zara?

Tegan blinzelte gegen den Wind und meinte, vor Rukar einen bläulichen Schimmer zu erkennen. Vielleicht war es auch nur eine Täuschung. Erneut musste Tegan die Augen schließen und den Kopf senken, denn der Wind fühlte sich an, als kratzte er ihr über die Wangen.

Während sie sich von Rukar leiten ließ, hielt sie mit der anderen Hand noch immer Litas umklammert.

Doch Lita schien Probleme zu haben. Ihr Griff um Tegans Taille rutschte immer weiter ab. Tegan versuchte, über die Schulter zu ihr zu sehen, aber der Sturm peitschte ihr die Haare ins Gesicht, die wie messerscharfe Klingen schnitten, und sie musste sich wieder nach vorne wenden.

Eisern hielt sie Litas Hand, während der Wind mit aller Kraft an ihr zerrte.

Sie kann nicht hinüber, schoss es Tegan durch den Kopf.

Rukar verstärkte seinen Griff, wollte Tegan voranziehen, doch Lita schien wie festgenagelt. Tegans und Litas Hand begannen auseinanderzugleiten.

Der Wind schlug Tegan, nahm ihr die Luft zum Atmen.

Mit Nachdruck zerrte Rukar an Tegan. *Schneller,* wollte er ihr damit sagen. Tegan gab das Signal an Lita weiter, doch wieder rutschten Litas Finger ein Stück aus ihrem Griff.

Ich schaffe es nicht. Ich kann sie nicht halten.

Tegan presste die Lippen zusammen, stemmte sich gegen den Sturm. *Wenn ich sie nicht loslasse, werde ich mit Lita zurückgeworfen. Lita kann den Baum nicht retten!*

Aber Rukar.

Auf keinen Fall würde sie ihn allein in die jenseitige Welt gehen lassen. Er würde mit Sicherheit diesen dummen Samen finden und in den Turm bringen. Doch das durfte nicht passieren!

Tegan ließ Lita los.

9

ELAINE

Obwohl Elaine Litas Unternehmung als dumm empfand, denn es war sinnlos, sich Äons Willen zu widersetzen, ertappte sie sich dabei, dass sie ihrer Enkelin Glück wünschte. Es beeindruckte sie, wie Lita den Kampf gegen das Unveränderbare aufnahm. Sie ertappte sich sogar bei dem Wunsch, sie selbst hätte damals den Mut gehabt, zu ihren Entscheidungen zu stehen und mit den Konsequenzen ehrlich zu sein. Stattdessen hatte sie sich in einen Kokon aus Lügen gehüllt.

Vielleicht beneidete sie Lita auch nur um ihre Zuversicht.

Elaine blickte Jin hinterher, der wie eine Weberin den Turm durch die Eingangstür verließ und dabei selbstbewusst und siegessicher wirkte.

»Jin war schon immer ein Optimist«, sagte jemand und setzte sich neben sie.

Elaine zuckte kurz zusammen. Schon wieder ein Mann im Turm! Ihre Knochen schmerzten und sie hatte Mühe, sich dem Eindringling zuzuwenden. War er die Treppe herabgekommen? Doch sie hatte keine Schritte wahrgenommen.

Neben ihr auf den Stufen zur Quelle saß ein Jungspund.

Ein rothaariger Bursche, den sie noch nie zuvor gesehen hatte. Für einen Moment starrte sie auf das changierende Grün seines Anzugs, das ihr das Sterben des Baums auf schmerzvolle Weise noch bewusster werden ließ.

»Wer bist du?«, fragte sie, als sie den Schmerz über den Verlust des Baumes zurückgedrängt hatte. Durch die Tür war dieser Bursche nicht gekommen. Aber bevor sie weiter grübeln konnte, wie es jemand ohne Weberinnenblut oder Erlaubnis hier hereinschaffte, nahm er ihre Hand und schüttelte sie sanft.

»Ich bin Faine. Glückskami. Freund der Familie.« Er lächelte sie dabei offen und ehrlich an, bevor er sich dem Baum zuwandte und Trauer seinen Blick trübte. »Ich mochte ihn«, sagte er leise.

Er hatte eine angenehme Stimme. Ihr Klang war weich und warm. Für eine ganze Weile beobachtete sie schweigend mit ihm zusammen den Baum. Immer wieder löste sich ein Blatt und fiel zu Boden – wie die Fäden im Gespinst, die sich einer nach dem anderen in Asche verwandelten.

»Wieso?« Sie stellte die Frage nicht wirklich Faine. Sie hätte nur gerne eine Antwort bekommen. Von irgendwem. Von Äon? Sie sehnte sich nach einer Antwort auf das Wieso. Wieso die Welt enden, der Baum dafür so qualvoll sterben musste und all die Unschuldigen da draußen ausgelöscht wurden. War es wirklich allein ihre Schuld? Oder hatte Jin recht und sie musste aufhören, sich als den Mittelpunkt der Welt zu sehen?

Elaine meinte, tief in sich drin zu wissen, dass eine Antwort sie erlösen würde. Wie ein kleines Kind wollte sie sicher sein, dass ihr Vater sie liebte. Dass er ihr verzieh, was immer sie angestellt hatte. *Schenk mir diesen Frieden.*

Sie spürte, wie sie kaum mehr Kraft hatte, sich aufrecht zu halten. Mit jedem Atemzug wurde sie schwächer. *Wie der Baum seine Blätter verliert, so fließt das Leben aus mir heraus.* Sie wusste, dass sie starb. Sie würde sich nicht zu einem Schatten auflösen. Ihr Faden näherte sich seinem bestimmten Ende.

Faine betrachtete ein paar Blätter, die herabschwebten und auf das ölige Wasser fielen. »Es passiert immer wieder, dass ihr alle, Menschen wie auch Unsterbliche oder Weberinnen«, er warf ihr einen tadelnden Blick zu, »das Maß nicht mehr kennt.«

Mit einem tiefen Seufzer nickte sie. »Ich habe mich auf einen Thron erhoben, der nicht meiner war.« Eine Träne der Reue stahl sich auf ihre blasse Wange. »Statt zu meinem Regelbruch zu stehen, habe ich alle belogen und meine Tat verheimlicht.« Wieder segelte ein Blatt vor ihre Füße. »Ich war der Überzeugung, dass ich die Welt alleine lenken könnte. Wie ein bockiges Kind glaubte ich, die Leben ohne den Vater der Schöpfung steuern zu können. Es ist mein Versagen, dass nun alles stirbt.«

Faine schüttelte den Kopf. »Du nimmst dich viel zu wichtig, Elaine. Es ist nicht dein Verschulden. Es ist nicht die Schuld des Blattes, dass es fällt. Es ist der Lauf der Dinge.«

»Aber ich bin die Ursache für das Sterben.«

Kurz lachte Faine auf. »Nein, Elaine. Dein Blick war so eng auf deine Aufgabe als Wächterin über die Schicksalsfäden gerichtet, dass du nie über das große Ganze nachgedacht hast.« Er legte den Arm um ihre Schulter und sie lehnte sich an ihn. Es tat gut. Sie fühlte sich so müde. Jede Faser in ihrem Körper wollte sich niederlegen und ausruhen.

Eine Frucht zerplatzte einige Schritte von ihnen entfernt auf dem Boden. Traurig beobachtete sie, wie sich eine stinkende Lache darunter ausbreitete. »Das große Ganze? Sind wir denn nicht der Kern von allem? Wir Weberinnen sind die Hüterinnen allen Lebens, die Hüterinnen des Schicksalsbaums. Aber ohne seine Früchte gibt es kein Leben.«

»Das Leben! Das Leben muss nicht behütet werden, Elaine«, sagte Faine leise. »Es ist eine große Macht, ein Perpetuum mobile. Es ist ein fortwährender Kreislauf der ewigen Erneuerung.«

Ein Kreislauf? Seine Umarmung fühlte sich wunderbar an. Und Elaine wurde bewusst, dass sie lächelte. »Erneuerung?«, flüsterte sie.

»Geburt, Blüte, Sterben, Ruhen, Auferstehen ...«

»... und nun ist Herbst? So einfach, denkst du, ist es?«

»Ob es einfach ist, weiß ich nicht. Aber es ist der Lauf des Lebens.«

Sie schmiegte sich enger an seine Schulter. Sein Jackett duftete wie eine Frühlingswiese. Sie kannte diesen Geruch. Er war ihr so vertraut. »Wie viel Zeit bleibt noch?«

Seufzend strich Faine ihr über die Schulter. »Sie ist um, fürchte ich.« Wie um seine Worte zu unterstreichen, sank ein Blatt direkt auf sein Knie. Er nahm es in die Hand und Elaine beobachtete, wie es zu Erde zerfiel und dann von einem Lufthauch fortgeweht wurde.

Danke. Sie meinte zu spüren, wie seine Lippen ihr Haar

küssten. *Der Kuss eines Glückskami,* dachte sie lächelnd. Ihr war, als würde goldenes Licht sie erfüllen, umfangen und davontragen.

Es war gut so.

Äon hat mir verziehen, war ihr letzter Gedanke, bevor sich ihr Körper auflöste und sie ihren Frieden fand.

10
RUKAR

Schlagartig verpuffte der Sturm. Rukar, der sich mit aller Kraft gegen die Windgewalt gestellt hatte, verlor das Gleichgewicht und stürzte. Der Boden war hart und sandig, er fing den Aufprall mit den Händen ab und der Schnitt, den Chris ihm verpasst hatte, riss wieder auf.

Fluchend rappelte er sich auf und schlug sich Sand von der Hose, während er ihre Umgebung taxierte. Auf beiden Seiten standen gedrungene Häuser. Sämtliche Fenster waren mit Läden verschlossen, kein Licht drang auf die schmale Straße.

Die jenseitige Welt war, soweit er wusste, ebenso vielfältig wie die Welt der Menschen. Allerdings war sie kaum kartografiert. Doch wie auch immer sich Menschen ausmalten, nach ihrem Tod zu leben – hier fand sich ein Plätzchen, das dem entsprach.

»Wir sind in einer Stadt gelandet«, murmelte er.

»Das ist offensichtlich«, maulte Tegan. »Hast du auch eine Ahnung, wie sie heißt? Sind wir wirklich in der jenseitigen Welt?« Sie versuchte, ihre langen Haare mit den Fingern zu kämmen, doch der Sturm hatte sie so sehr verfitzt, dass sie genervt aufgab.

»Zumindest ist es nicht London.« Die Architektur war

eine andere: Die Häuser maßen nur ein, zwei Stockwerke, die Dächer zogen sich weit über die Hauswände und bogen sich dabei leicht nach oben. In der engen Gasse, in der sie gelandet waren, berührten sich die Dächer beinahe. Nur eine schmale Lücke zeigte den Himmel.

Rukar musterte den dunkelviolett schimmernden Himmelsstreifen. War es kurz vor Sonnenaufgang? Denn diese Stadt war auffällig leise. Kein Vergleich mit dem Lärm, der die Straßen von London fast rund um die Uhr füllte.

Einige Schritte vor ihnen mündete die Gasse auf eine breitere Straße. Menschen huschten vorbei. Eine Einkaufsstraße? Wenn so viele Leute dort unterwegs waren, musste es wohl eher vor Sonnenuntergang sein. Das bedeutete, in wenigen Minuten würde es Nacht werden. Nicht die beste Zeit, um in einem unbekannten Land unterwegs zu sein. Aber sie hatten keine Zeit, um sich eine Unterkunft zu suchen. Zara musste so schnell wie möglich nach Hause.

Nachdenklich musterte Rukar die Häuser. »Wir haben Glück. Das scheint ein friedlicher Totenkult zu sein. Wenn die Pforte korrekt funktioniert hat, sind wir auch nicht weit von der Brücke, über die Zara muss.« Er wandte sich zu den anderen um. »Na, dann los. Wir –« Er erstarrte. »Wo ist Lita?«

Er wirbelte herum, doch außer ihm, Tegan und Zara befand sich niemand in der Gasse. »Lita?«, rief er.

Auch Tegan blickte sich bestürzt um. »Sie war direkt hinter mir … sie … ich …« Sie biss sich auf die Lippe und wich Rukars Blick aus.

»Offenbar wurde ihr der Zutritt verweigert.« Zara

schwebte durch die Gasse, Richtung Einkaufsstraße, als sei Litas Abwesenheit nicht weiter tragisch. »Dann müsst ihr eure Mission ohne sie erfüllen.«

Rukar wollte widersprechen und Zara zurückpfeifen. Sie mussten nach Lita suchen! Er wollte nicht akzeptieren, dass sie an der Pforte zurückgeblieben war. Angst schlang sich um seine Brust und schnürte sie zu. Er musste sie finden! Was, wenn der Sturm sie gefangen hielt? Nein! Sie war sicher nur ein paar Straßen weiter ausgespuckt worden.

»Was ist?« Zara drehte sich zu ihm um. »Suchen wir nun die Brücke?« Ihr bohrender Blick ließ ihn schaudern. Ihre Zeit war bald um. Dann gab es kein Zurück mehr für ihre Seele. Und auch nicht für die Menschen, die zu Schatten wurden.

Noch einmal sah er sich in der Gasse um. Wenn ihr etwas zugestoßen war ... Wenn er sie nie wiedersehen würde? Weil er versagt hatte!

Dann setzt du eben alles daran, dass du sie wiedersehen kannst! Bring Zara zurück und einen neuen Baum in die Welt.

»Dann los. Wir dürfen keine Zeit verlieren.« Auffordernd nickte er Tegan zu, die ziemlich furchtbar aussah. Ihre Haare waren ein verfilztes Knäuel und sie wirkte in dem seltsam violetten Licht blass.

»Lita geht es gut!«, sagte er zu ihr. Oder zu sich selbst, um sich Mut zu machen.

»Um Lita mach ich mir keine Sorgen«, antwortete Tegan. »Aber was ist mit Zara?« Sie schloss zu ihm auf und starrte der bläulich schimmernden Toten nach. »Die

Sanduhr.« Sie deutete auf das gläserne Gefäß, das Zara am Gürtel ihres Mantels befestigt hatte. »Wie viele Minuten sind das noch?«

Nervös strubbelte sich Rukar durch die Haare. »Die Zeit verläuft hier anders. Oft nicht linear. Wenn wir Pech haben, geraten wir in einen Sprung und von jetzt auf gleich ist es vorbei.«

»Glück haben wir jedenfalls keines. Sonst wäre Lita wohl bei uns.« Mit diesen Worten ließ sie ihn stehen und folgte Zara.

Rukar zögerte, sah sich noch einmal um, musterte jeden schattigen Winkel in der Gasse. »Lita?«, flüsterte er. »Lita! Wo bist du nur?«

11
MISANO

Eine Weile hatte Misano auf seiner Dachterrasse ausgeharrt und die Tauben beobachtet, die über London ihre Kreise zogen. Er versuchte immer noch zu begreifen, was sie ihm berichtet hatten.

Denn wenige Minuten, nachdem Jin sich fortgeswipt hatte, war eine weitere Taube gelandet. Sie war aus Highgate gekommen. Zuerst hatte Misano gedacht, sie hätte einen Sprachfehler, denn was sie berichtete, ergab keinen Sinn. Doch nun, Stück für Stück, fügte sich das Bild zusammen.

»Jin!«, zischte er. Dieser verblödete Egomane! Schon vor Jahrhunderten hatte Maat den Antrag gestellt, Unsterbliche, die der Gemeinschaft absichtlich Schaden zufügten, bestrafen zu dürfen. Doch der feige Rat hatte abgelehnt. Man wolle keine Streitereien unter ihresgleichen heraufbeschwören. Zusammen mit Yama war Misano der einzige Befürworter von Maats Vorschlag gewesen.

Als Jin wiederholt durch Zerstörungsorgien auffiel, hätte der Rat handeln sollen. Man hätte ihn zu einem dieser Ärzte der Menschen schicken müssen, die Emotionen und Gedanken heilen. Vielleicht hätte es geholfen, damit er endlich die Schönheit der Welt begriff.

Und nun hatte er sie vernichtet, sagte die Taube.

Misano ging zurück in sein Loft. Der Boden schien zu schwanken, sein Blick füllte sich mit Tränen. Halt suchend klammerte er sich an einen der Sessel. Charles Mingus war verstummt. Die Nadel des Plattenspielers hing in der Endlosrille.

Jin hatte ihn betrogen! Seine Liebe benutzt.

Wie ein entferntes Donnergrollen spürte er die Wut in sich heranziehen. Wie hatte Jin es wagen können!

Misano schnippte mit den Fingern und der schwere rote Mantel legte sich um seine Schultern. Es war ihm egal, dass er nach Alkohol stank, unrasiert und dreckig war. Wenn die Tauben recht hatten, blieb keine Zeit für Eitelkeiten.

Diese Welt, die Menschen, ihre Musik und Kunst, ihre Ideen … ihre Liebe … er war nicht bereit, sie gehen zu lassen! Jin hatte kein Recht, die Welt willentlich zu zerstören!

Es war Zeit, dass die Unsterblichen sich darauf besannen, welche Aufgabe ihnen von Äon zugeteilt worden war. Es war Zeit, sich einzumischen! Mit einem weiteren Schnippen swipte Misano sich aus dem Loft.

12
ZARA

Befremdet sah sich Zara um, als sie auf die belebte Straße trat. Die Bauart der Häuser erinnerte sie an China oder Japan und all die orangefarbenen Laternen, die in langen Girlanden quer über die Straße gespannt waren, verstärkten diesen Eindruck. Der Himmel über der Stadt leuchtete violett, bald würde es dunkel sein. Hatten sie dann überhaupt noch eine Chance, die Brücke zu finden, die sie nach Hause brachte?

Vermutlich nicht. Aber das beunruhigte sie nicht. Denn eine Flamme hatte sich in ihrem Herzen eingenistet und taute diese schreckliche Kälte in ihr auf. Die damit aufkeimenden Rachegedanken ängstigten sie zwar, aber mit zunehmender Wärme verlor sie die Abneigung gegen ihren Wunsch nach Vergeltung.

Zara wandte sich um und bemerkte Tegan, die direkt hinter ihr stand und skeptisch die Leute beobachtete, die auf der Straße unterwegs waren. Die meisten hatten wohl eingekauft, denn sie trugen schwere Taschen. Einige wenige bummelten nur und sahen sich die Auslagen in den Schaufenstern an.

Rukar suchte anscheinend noch immer in der Gasse nach Lita. Der Dummkopf.

»Du hattest Lita an der Hand«, sagte sie zu Tegan, ohne sich zu ihr umzuwenden. Die feine heiße Flamme züngelte bei diesen Worten angenehm in ihr auf. Sie spürte, wie Tegan hinter ihr zusammenzuckte.

»Na ja, ich … also … Der Sturm hat sie mir entrissen.«

Lüge. Zara schmunzelte. »Ich werde Rukar nicht verraten, dass du sie absichtlich losgelassen hast. Du bist schließlich nicht mitgekommen, um Lita beizustehen, nicht wahr?«

Tegan wich einen Schritt vor ihr zurück.

Gut so. Die Flamme in Zara wuchs. Die Hitze, die von diesem inneren Feuer ausging, war wundervoll! Lächelnd wandte sich Zara nun doch zu Tegan um und genoss es, Angst in ihrem Blick zu lesen. »Du bist mitgekommen, um Rukar loszuwerden. Er hat dir, ebenso wie mir, Schlimmes angetan.«

Tegan starrte sie mit vor Entsetzen weit aufgerissenen Augen an. Schließlich nickte sie kaum merklich.

»Ich werde dich nicht verraten.« Zara blickte in die Gasse zurück. Rukar rief noch immer verzweifelt nach Lita. Sie spürte, wie erneut Hitze durch ihren Körper rauschte. *Ich werde dich dafür bluten lassen, was du mir angetan hast!*

Tief in ihr versuchte sich ein Gedanke gegen ihren Wunsch nach Rache zu wehren. Doch die Wärme, die von diesem Wunsch ausging, war zu stark. Zara schloss die Augen und ließ das Feuer der Rache in sich auflodern.

»Ihr habt recht.« Rukar kam zu ihnen gerannt und Zara unterdrückte ein höhnisches Grinsen. »Wir können Lita nicht suchen, wir müssen unsere Aufgaben erfüllen.«

Fröstelnd rieb er sich die Arme, als er Zara ansah. »Alles okay bei dir?« Dabei streifte sein Blick die Sanduhr.

Zara fühlte sich mehr als wunderbar. »Ich weiß, in welche Richtung wir müssen, um die Brücke zu finden.« Sie wandte sich um und bog in die Einkaufsstraße ein, ließ sich von den Leuten mitziehen. In Wahrheit hatte sie keine Ahnung, in welcher Richtung die Brücke lag. Aber inzwischen schien es nicht mehr wichtig, zurück ins Paradies zu gelangen. Das Einzige, das sie wollte, war Rache. Und sie hatte etwas gespürt. Etwas, das genauso wenig in diese Welt gehörte wie Tegan und Rukar.

Das Feuer in ihr tanzte bei dem Gedanken an ihre Rache.

13
HANNA

Die Stille war beängstigend. Hanna zog ihre beigefarbene Strickjacke enger um sich und betrachtete die verlassenen Spinnräder.

Der runde Raum, der noch vor wenigen Tagen erfüllt war vom Surren der Spindeln und Schwungräder, wirkte auf sie wie ein Mausoleum. Eine vergessene Grabstätte. Niemand war mehr hier. Keine Weberin, kein Schicksalsfaden.

Hanna sog tief Luft ein und reckte ihr Kinn. *Bleib stark!*, mahnte sie sich, bevor sie durch den Durchlass zum Spindelwerk trat. Auch hier war die dröhnende Symphonie aus surrenden Rollen und klackernden Spindeln zu einem leisen Sirren geschrumpft. Umso lauter hallten Hannas Schritte auf den metallenen Stegen, als sie durch die Maschine hinunterkletterte.

Winnie hockte auf der zweiten Ebene, ihr rötliches Haar schimmerte inmitten des dunklen Metalls wie ein fröhliches Licht.

Ein weiteres Mal musste Hanna durchatmen, bevor sie zu dem jungen Mädchen, das fast noch ein Kind war, hinunterstieg.

»Winnie?« Die Worte hallten gespenstisch wider. Alles

im Turm kam ihr inzwischen beängstigend und geisterhaft vor.

»Das ist der Letzte.« Zittrig hielt Winnie eine Spindel mit einem Schicksalsfaden hoch. Er schimmerte in hellen Farben.

Ein gutes Leben, dachte Hanna und wieder drückte ihr die Angst auf die Brust. Ihr Blick glitt zu dem leeren Korb, der neben Winnie auf dem Steg stand, und weiter zu den leeren Spindeln, die sich ununterbrochen in der riesigen Maschine drehten. Dabei klingelten sie blechern, denn sie wirbelten im Leerlauf um sich selbst. Die Fäden, die sie gehalten hatten, waren längst zerfallen.

»Lita muss sich beeilen«, sagte sie und nahm Winnie den letzten Schicksalsfaden aus der Hand. Das Mädchen sah blass aus und ihr Atem ging schwer.

»Lita wird es schaffen.« Winnie versuchte offenbar, ihre Stimme fest und entschlossen klingen zu lassen, doch sie verebbte in einem leisen Hauchen. Ihre Hand umklammerte das Geländer und Hanna beobachtete, wie Winnie kurz die Augen schloss, als ob sie einen Schwindel vertreiben wollte.

Atmen. Bleib stark!, schrie sie sich selbst in Gedanken an. Doch es war unmöglich. Der Schmerz und die Angst krallten sich um ihr Herz. Sie konnte nicht weiter atmen. Sie wollte nicht mehr. Alle waren fort. Eine Weberin nach der anderen. Selbst Elaine. Der Turm, in dem der Schicksalsbaum die Leben der Menschen geboren hatte, in dem die Weberinnen über die Welt gewacht hatten, war nur noch eine leblose Hülle. Das Leben hatte sich aufgelöst und hatte eine lichtlose Totenstille hinterlassen.

Heiß brannten Hanna Tränen in den Augen. Sie legte den Kopf in den Nacken und versuchte, sie wegzublinzeln. Dann steckte sie die letzte Spule auf einen freien Dorn und fädelte den schimmernden Faden in den Transportmechanismus. »Viel Glück«, flüsterte sie, als der Faden erfasst wurde und davonschoss, den Durchlass vor ihnen hindurch und hinab in den Weltenraum, der hinter der Mauer lag.

»Komm mit.« Sie reichte Winnie die Hand und gemeinsam kletterten sie durch das Spindelwerk nach unten und traten ebenfalls in den Weltenraum. Der dicke Ascheteppich verschluckte jegliches Geräusch, dämpfte ihre Schritte, die tief in die Schwärze einsanken.

»Wie viele sind wir noch?«, wollte Winnie wissen.

Ihre Hand fühlte sich heiß an. Und kraftlos. Hanna umschloss sie noch fester. Sie durfte sie nicht loslassen.

»Hanna?« Winnie blieb stehen. »Wie viele?«

Hanna wich ihrem Blick aus. »Ich weiß es nicht«, gestand sie. »In den letzten Stunden habe ich nur Maja und Helvig gesehen. Und dich.« Die unzähligen Schatten, die sich verängstigt in die hintersten Winkel des Turms zurückgezogen hatten, erwähnte sie nicht.

Langsam nickte Winnie und wandte sich dem Gespinst zu – oder dem, was davon übrig war. Durch den Raum zogen sich nur noch knapp hundert Fäden. Hundert Menschen, die dort draußen in der Welt noch ihrem Schicksal folgten. Alle anderen waren zu Vergessenen geworden. Dunkle Schatten, an die sich niemand mehr erinnerte. Kniehoch bedeckte der Ascheteppich den Boden.

In diesem Moment zischte ein weiterer Faden auf, wurde

schwarz und zerfiel zu Asche. Die Asche erinnerte Hanna an ein Moor, das jeden, der es wagte, sich hineinzubegeben, verschlingen würde.

Sie zog Winnie an sich. Der Körper der jungen Weberin glühte, sie fühlte sich weich und kraftlos an.

»Lita wird es schaffen«, flüsterte Winnie. Sie wandte sich um und blickte hinaus, zum Plateau vor dem Weltenraum, das bis gestern vom üppigen Grün des Schicksalsbaums beschattet gewesen war. Jetzt schimmerte dort nur das lichtlose Schwarz der abgestorbenen Zweige. »Ein Neubeginn. Ein neuer Baum …«

Hanna schloss die Augen, legte ihre Stirn an Winnies. Sie konnte nicht zusehen. Winnies Temperatur stieg weiter. Glühend heiß fühlte sie sich an. Und doch presste Hanna den Körper des Mädchens nur noch enger an sich. Spürte, wie Winnies Widerstand schwand … und dann war sie fort.

Weinend schlang Hanna ihre Arme um sich selbst.

Nun war sie die letzte Weberin.

14
TEGAN

Schweigend folgten Tegan und Rukar Zara durch die belebte Straße. Für eine Totenstadt war dieser Ort sehr geschäftig. Menschen jeden Alters flanierten vor den Geschäften und schleppten prall gefüllte Tüten mit sich. Irgendwie hatte Tegan gedacht, das Leben nach dem Tod würde sich weniger an Besitztümern orientieren. Offenbar ein Irrtum.

Zara glitt über den Boden dahin und störte sich offensichtlich nicht im Geringsten an den Leuten mit ihren leeren Gesichtern und vollen Einkaufstüten. Anscheinend konnte sie spüren oder sich daran erinnern, in welcher Richtung der Garten lag, in den sie zurückmusste. Das blaue Glimmen umgab sie und Tegan hatte den Eindruck, der Raureif auf dem Teddyfell des Mantels wäre geschmolzen.

Ein ziemlich mieses Gefühl machte sich in ihr breit. Diese Gestalt vor ihr war nicht mehr die Zara, die den Turm betreten hatte. *Ein Rachegeist* ... Tegan erschauderte.

Vier Stunden hatte der Gatekeeper Zara gegeben. Waren es vier Stunden Londoner Zeit oder vier hier, in der jenseitigen Welt? Nervös warf Tegan einen Blick auf die Sanduhr. Zara musste zurück in ihrem Paradies sein, bevor das letzte Sandkorn fiel. Oder wäre sie bereits unwiderruflich verloren, sobald sie ihre Rache an Rukar ausgeführt hatte?

Tegans Blick huschte zu Rukar, der mit verschlossener Miene die Leute musterte, die ihnen entgegenkamen. Sollte sie ihn warnen? Wenn Zara sich an ihm rächte und dadurch verwandelte, gab es keine Heilung für die Schicksalsfäden.

Aber wenn Zara Rukar bezwang, musste Tegan sich nicht seinen Kampfkünsten stellen. Ein verlockender Gedanke.

Zara wandte sich um und warf ihr einen wissenden Blick zu. Als hätte sie Tegans Gedanken gehört. Tegan erschauderte.

Unwillkürlich ließ sie sich zurückfallen.

»Irgendwas ist hier seltsam. Die Leute hier ... Mir ist klar, dass es Seelen von Toten sind. Aber dennoch. Sie wirken so ... seelenlos.« Rukar war zu ihr aufgeschlossen und eine Sorgenfalte vertiefte sich auf seiner Stirn.

Dass Lita nicht mit ihnen hier war, hatte ihn deutlich aus der Bahn geworfen. Er sah blass und nervös aus.

Tegan nickte stumm. Bisher hatte keiner der Bewohner von ihnen Notiz genommen. Feindselig waren sie nicht. Doch bald würde es dunkel sein. Wer wusste, welche Monster die Nacht in der jenseitigen Welt hervorbrachte. »Du kennst die jenseitige Welt und ihre Bewohner von uns am besten. Ich finde sie einfach nur gruselig. Hast du ihre Augen gesehen?«

Argwöhnisch musterte er eine Mutter, die ein kleines Kind an der Hand führte. Sie waren modern gekleidet mit

Jeans und Pullis und schleppten Papiertüten mit ihren Einkäufen. »Du hast recht, es sind ihre Augen«, flüsterte er.

Im Vorbeigehen fixierte Tegan den Blick eines Passanten. Genau wie bei den anderen schien der Mann durch sie hindurchzublicken. Er blickte aus matten tiefschwarzen Pupillen leer vor sich hin. »Sie sehen wirklich aus, als hätten sie keine Seele. Wie kann das sein?«

Nervös rubbelte er sich durch die Haare. »Die jenseitige Welt ist so groß und vielfältig wie die Vorstellungen der Lebenden über den Tod. Zum Beispiel geben verschiedene Kulturen den Verstorbenen solche Laternen mit, um ihnen den Weg in ihr neues Zuhause zu weisen.«

»Die Laternen?« Tegan sah die Straße hinauf, die von unzähligen Girlanden mit orangefarbenen Papierlampions erleuchtet wurde.

»Kennst du einen Totenkult, der seinen Verstorbenen Kaffee mitgibt? *Da* sollten wir hin.« Er sah zu Zara, die unbeirrbar an den Seelenlosen vorbeischwebte.

»Tote brauchen vermutlich keinen Kaffee mehr.«

»Wenn Tote Einkaufsstraßen brauchen, muss es auch Kaffee geben. Allerdings scheint das Shopping keinen Spaß zu machen, wenn ich mir die leeren Blicke ansehe«, sagte er fröstelnd. »Zara gehört aber nicht an diesen Ort. Sie hat von einem Garten gesprochen.«

Tegan reckte sich, um das blaue Glimmen von Zaras Aura nicht aus den Augen zu verlieren, denn inzwischen schwebte sie ein ganzes Stück vor ihnen und wurde immer wieder von den flanierenden Leuten verdeckt.

»Sie scheint zu spüren oder zu wissen, wo dieser Garten

liegt. Jedenfalls hat sie es echt eilig. Wir dürfen sie nicht verlieren.« Rukar beschleunigte seine Schritte.

Und wenn Zara gar nicht ihren Garten ansteuerte? Was, wenn sie bereits dabei war, Rache zu nehmen, und sie in eine Falle lockte? Zara musste über die Brücke, in ihr Paradies! Um keinen Preis würde Tegan ihre Zukunft mit Jackson opfern. Mit Schaudern dachte sie an die Schatten, die sie in den Vaults gesehen hatte. Sie rannte Rukar nach. Die Straße war so dicht bevölkert, dass Tegan dabei eine alte Frau anrempelte, die ihnen entgegenkam.

Sie unterdrückte einen Aufschrei, als sie sah, dass der Körper der Frau sich durch ihre Berührung seltsam verbog. Wie ein Grashalm im Wind. Auch Rukar starrte die Frau entsetzt an, die zurückwippte und dann wieder normal weiterlief, als sei nichts gewesen. Sie würdigte Tegan nicht mal eines Blickes.

»Natürlich, das ...« Plötzlich wirbelte Rukar herum und trat an eines der Häuser heran. Prüfend legte er die Hand an die Mauer. »Diese Stadt und ihre Einwohner sind aus Papier!«

Erst jetzt wurde Tegan bewusst, wie still es in der Stadt war. Obwohl so viele Leute auf der Straße waren, hörte sie keine Schritte. Nur ein leises Rascheln, als knittere Papier und raschle im Wind.

»All diese Dinge sind papierene Opfergaben. Die Hinterbliebenen verbrennen sie, damit ihre Verstorbenen auch in der jenseitigen Welt in Wohlstand leben.«

»Glücklich scheinen sie dadurch aber nicht zu werden«, sagte Tegan und musterte die ausdruckslosen Gesichter. »Was passiert, wenn es dunkel ist?«

»Es sind Tote. Sie haben nichts mit uns zu schaffen. Wenn wir sie in Ruhe lassen, werden sie das sicher auch tun.«

Ein Schaudern überlief Tegan. »Sie sehen wirklich nicht sehr zufrieden aus.«

»Ihre lebenden Verwandten schicken ihnen Dinge aus Papier, damit sie es hier gut haben.« Rukar deutete auf ein Schaufenster neben ihnen. Allerlei Kleidungsstücke waren darin ausgestellt und sie waren wie für Papierpuppen mit Laschen versehen, damit sie an den Figuren hielten. »Sie sehen so seltsam aus, weil sie ebenfalls aus Papier sind. Aufgemalte Erinnerungen an ihr Leben.«

Erinnerungen an ihr Leben. Die Lebenden verlieren gerade die Erinnerung an ihr Leben. »Wo ist Zara hin?«, schreckte Tegan hoch. Zaras blaues Glimmen war zwischen den Papiermenschen verschwunden.

»Da!«, rief Rukar alarmiert. Aus einer Seitengasse stieg eine dünne Rauchsäule auf. »Ist das Feuer?« Der Qualm kräuselte sich über den Dächern und stieg senkrecht in den violetten Abendhimmel.

»Bei allen Fäden, das gibt eine Katastrophe! Hier ist doch alles aus Papier!«

»Vielleicht ist es nur eine Opfergabe der Lebenden, die gerade ankommt. So ist diese Stadt hier sicher entstanden.« Rukar war bemüht, unbesorgt zu klingen, dennoch bemerkte Tegan, dass auch er die Rauchfahne mit Sorge betrachtete.

Von den Leuten schien es niemanden zu kümmern, dass es in ihrer Stadt brannte.

Vielleicht ist das für sie tatsächlich ganz normal? Aber

Tegan hatte das Gefühl, dass ein Feuer an diesem Ort eine äußerst schlechte Idee war.

Sie beschleunigten ihre Schritte. »Wo ist Zara?« Sie beobachtete die Rauchsäule, die sich unweit von ihnen in den Abendhimmel schraubte. »Ihre Zeit als heimatlose Tote läuft ab ...«

»Du meinst ...?« Geschockt sah Rukar sie an.

Tegan nickte. »Was, wenn der Sand bereits abgelaufen ist?«

Der Geruch von verbranntem Papier wehte zu ihnen herüber und Rukar stürmte los. »Aber ... ihre Rache müsste mir oder Misano gelten! Vielleicht auch Lita ...«

Tegan versuchte, mit ihm Schritt zu halten. Er rannte in eine Seitenstraße hinein, die auf einen schmalen Platz mündete. Hier schlugen die Flammen hoch in den Himmel. Ein Haus hatte Feuer gefangen und vor dem lodernden Rot stand tatsächlich Zara.

»Zara!«, rief Rukar und die Tote drehte sich zu ihnen um. Ihr schwarzes Haar wogte um sie, als stünde sie in einem Sturm. In ihren Augen flammte der Widerschein des Feuers. Tegan bremste scharf ab. Ihr Blick suchte die Sanduhr, konnte sie aber an dem Gürtel nicht entdecken. War es zu spät?

»Es tut mir leid.« Das flackernde Licht riss Schatten in Zaras Gesicht, als sei sie ein Dämon.

»Das Feuer wird um sich greifen«, meinte Tegan zu Rukar. »Alles ist aus Papier! Wir müssen sofort aus dieser Stadt raus!«

Doch Rukar starrte auf das brennende Haus. Er stand dort wie gelähmt, während Zara regelrecht zufrieden zu lächeln schien. Ein Schauer überlief Tegan. Was hatte Zara vorhin zu ihr gesagt? *Du bist mitgekommen, um Rukar loszuwerden.*

»Rukar!« Tegan wagte nicht, näher an ihn heranzugehen. Die Flammen schlugen aus den Fenstern des Hauses. Rukar hingegen näherte sich Schritt um Schritt dem Feuer. »Wir müssen hier weg!« Hilflos suchte ihr Blick Zara. Aber die starrte nur lächelnd auf Rukar.

»Sie weiß nicht, wo sie ist«, sagte Zara plötzlich mit ihrer gespenstischen Stimme zu Rukar. »Herausgeschleudert aus ihrer Welt, hineingeworfen in ein Feuer, das sie verbrennen wird.«

Was meinte sie damit? Die Luft war zu trocken, um zu atmen, und der Qualm ließ Tegan husten. Verzweifelt sah sie sich um, doch die Papiermenschen scherten sich nicht um das Feuer. Funken stoben in den violetten Himmel. Bald würden die Flammen auf die umstehenden Häuser überspringen.

Dies ist kein Feuer zum Gedenken eines Verstorbenen, wurde Tegan klar. *Dies ist ein Feuer der Rache! Und Rukar wird magisch davon angezogen.*

15
MISANO

Sein roter Mantel wehte wie eine Flagge hinter Misano her, als er die Halle zum Rat der Unsterblichen hinabeilte. Die weißen Säulen mit ihren vergoldeten Kapitellen, die, seit er denken konnte, die heiligen Hallen stützten, wirkten grau und kleine Risse überzogen die früher so makellose Oberfläche. Zwischen ihnen hallten die aufgeregten Stimmen der Ratsmitglieder, die sich in der Agora versammelt hatten.

Als Misano den Platz betrat, saß keiner der Unsterblichen auf seinem steinernen Sitz. Wild gestikulierend und mit erhobenen Stimmen redeten sie aufeinander ein. Panik und Angst lagen in der Luft, umfluteten sie wie giftiger Dampf.

Misano schnappte aus dem Chaos einzelne Sätze auf. »Schatten überall!« – »Die Kami fliehen!« – »Das Ende der Welt.« – »Habt ihr unseren Tempel gesehen? Das Dach ist eingestürzt!«

Sein Blick glitt zu den Säulen. Die Risse verbreiterten sich unmerklich. Das Gold der Palmwedel, die die Enden der Säulen zierten, platzte ab und schwebte zu Boden. Sie durften keine Zeit verlieren.

»Ruhe!«, donnerte Misano und alle Unsterblichen fuhren erschrocken zu ihm herum. »Es wird der Welt nicht helfen, wenn ihr hier nur rumsteht und streitet!«

Sofort setzte wieder aufgebrachtes Gemurmel ein, doch Zababa trat vor, breitete seine Arme aus und gebot den anderen zu schweigen. »Lasst uns anhören, was Misano zu sagen hat.« Er schob seine Hände in den breiten goldenen Gürtel, der seinem weiten, mit springenden Löwen bemalten Gewand etwas Weibisches verlieh, wie Misano fand. Allerdings entging ihm nicht Zababas pikierter Blick auf seine Erscheinung. Vermutlich sah er aus, als wäre er gerade aus dem Rinnstein gekrochen. »Wir müssen Jin suchen und festsetzen! Außerdem brauchen –«

Enki trat vor. »Halt, Misano.« Sein Auftreten war weniger protzig als das von Zababa. Anscheinend hatte man ihn bei seinem Hobby, der Gärtnerei, gestört, denn er trug noch seine mit Erde beschmierte Schürze und Gummistiefel. »Jin? Meinst du nicht, dass wir uns um den Verfall der Welt kümmern sollten, anstatt diesen Tunichtgut zu jagen?«

Genervt schnaubte Misano. Er hatte den Rat immer schon für einen nutzlosen Zirkus gehalten. »Lasst mich doch aussprechen! Jin hat die Welt auf dem Gewissen!«

Enki hob eine Augenbraue und musterte Misano skeptisch.

»Keiner von uns hat ihn jemals ernst genommen mit seinem Todeswunsch.« Misano sah Maat und Yama an, die schon vor Jahrzehnten ihre Bedenken gegenüber Jins Launen vorgebracht hatten. »Und nun hat er es geschafft! Dass der Tempel einstürzt, die Halle Risse bekommt – das ist Jins Werk!«

Erneut aufgebrachtes Gemurmel. Ängstliche, besorgte,

ungläubige Blicke. Wie um seine Worte zu unterstreichen, krachte in diesem Moment eines der Kapitelle donnernd in die Halle hinab und zerplatzte zu weißem Staub.

Nach einem Augenblick geschockten Schweigens trat Yama vor. »Was genau weißt du?«, fragte er. Auch er war wohl mit anderem beschäftigt gewesen, als ihn der Ruf des Rats ereilt hatte. Seine blonden langen Haare waren zu einem losen Knoten geschlungen, er trug einen flauschigen Bademantel des Victoria Falls Hotel, wie Misano unschwer an dem Logo der zwei Löwen, die neben Livingston lagen, erkennen konnte.

»Ich weiß, dass er einen Fluch über die Schicksalsfäden der Menschen gebracht hat«, begann Misano. »Dass die Fäden seither sterben und mit ihnen die Menschen zu Schatten vergehen.« Er zögerte. Welchen Anteil er an der Katastrophe hatte, verschwieg er. Es war nie seine Absicht gewesen, die Welt enden zu lassen, im Gegenteil. Seine Liebe zu dieser Schöpfung, zu den Menschen – zu Zara – war viel zu groß, als dass er den Untergang tatenlos akzeptieren konnte. »Außerdem ist es ihm gelungen …« Er sah Yama und Enki eindringlich an. Die beiden waren Herz und Verstand des Rates. »Es ist ihm gelungen, den Schicksalsbaum zu töten.«

Geschockt plumpste Yama auf einen der steinernen Hocker. »Das – das ist nicht möglich!«

»Mehr noch«, presste Misano hervor. Sein Zorn auf Jin brodelte wie Lava in ihm. »Er hat ihn vergiftet und ich nehme an, da alle Bäume miteinander verbunden sind, dass inzwischen jeder einzelne Schicksalsbaum im Sterben liegt.«

Grabesstille legte sich über die Agora. Keiner der Unsterblichen sagte etwas, kein Wind ließ Stoff rascheln. Nichts. Nur das Knistern und Knacken, wenn sich ein weiterer Riss eine Säule hinauffraß.

»Aber«, meldete sich Innara, eine schmächtige Erscheinung eines blassen Jungen. Auf einem Schulhof hätte man ihn wohl für einen mäßig intelligenten Computernerd gehalten. Er hatte sich jahrtausendelang als Schutzgott von den Menschen anbeten lassen, bis sie ihn, wie alle Götter, vergessen hatten. »Was bringt Jin zur Annahme, dass alles enden wird, auch seine so verhasste Existenz, wenn er die Menschen zerstört?«

Enki seufzte und wischte Erde von seinem Ärmel. »Sind wir denn nicht ihre Diener? Welche Existenzgrundlage haben wir denn noch ohne sie?« Er deutete auf die Säulenhalle. »Die Menschen verschwinden, Innara. Sieh dir an, was nun mit unserer Stadt passiert.«

Maat brauste auf. »Ich bin *nicht* Diener der Menschen! Wir sind Äons Erste. Wir sind bedingungslos. *Unsterblich!*«

Erneut zersplitterte eine Säule und verging zu Staub. Misano ballte die Faust. »Mach die Augen auf, Maat! Enki hat recht. Äon hat uns zwar als Erste erschaffen, es hat uns Macht gegeben, Berge zu versetzen, Fluten zu beschwören und Dürren zu entzünden – dennoch haben wir keine Gewalt über das Leben, die Liebe und die Zeit. Wir haben uns für allmächtig gehalten und doch sind wir schwach, denn wir brauchen die Menschen.«

Unwilliges Gemurmel setzte ein.

»Anfangs haben die Menschen uns gebraucht, um über sich hinauszuwachsen. Nun brauchen sie nicht einmal mehr den Glauben an unsere Macht. Sie brauchen gar keinen Glauben mehr, um Mut und Kraft zu finden. Sie sind jetzt die Herren ihrer Welt. Aber wir sind noch hier!«, wandte Innara ein. »Warum sollten wir also jetzt vergehen?«

Enki legte bedächtig seine Schürze ab. Tief seufzend nickte er. »Weil Äons Schöpfung endet. Die Menschen verschwinden, die Weberinnen sterben und die Ersten werden die Letzten sein. Auch wir werden uns auflösen.«

»Also?« Wütend sah Misano jeden Einzelnen der zwölf an. »Was werden wir tun?«

Ratlosigkeit, Unsicherheit und Trauer blickten ihm entgegen.

»Ihr Feiglinge!«, brauste er auf. »Die Menschen brauchen uns. Wir haben ihnen für Jahrtausende dabei geholfen, ihre Kriege zu gewinnen! Auch wenn sie uns nicht mehr anbeten, unser Auftrag ist weiterhin, sie zu beschützen. Diesen Krieg gegen Jin können sie nicht alleine kämpfen! Auf mit euch! Findet Jin! Und –« Er brach ab.

Yama erhob sich. Hoch aufgerichtet strahlte er wieder diese Ruhe und Entschlossenheit aus, die Misano schon immer nervend an ihm gefunden hatte. »Und? Misano! Du verschweigst uns etwas ...«

»Findet Zara«, murmelte Misano ertappt.

Enki lachte laut auf. »Natürlich! Wie hatte ich so blind sein können! Du scherst dich einen Dreck um das Wohl *aller.* Du und Jin, euch geht es immer nur um euch selbst! Ihr zwei seid wahrlich unser Untergang!«

Ein eisiger Blitz zuckte durch die Agora und ließ Enki vor Schreck verstummen. Misano senkte seine Faust und starrte ihn wütend an. »Ja, ich habe sie verloren und es hat mich in den Wahnsinn getrieben! Aber ich war nur ein Bauer in Jins Plan. Ich habe mich von ihm benutzen lassen, weil ich in meiner Trauer blind war. Glaubt mir! Könnte ich meine Taten ungeschehen machen, ich würde nicht zögern. Ich bin hier wegen der Menschen! Sie sind das Wunderbarste und Bezauberndste, das Äon geschaffen hat. Wir müssen sie retten.« Ihm wurde bewusst, welch verlorenes Bild er abgeben musste. Unrasiert, verdreckt, zerzaust. Würden sie sich von ihm führen lassen? »Jin hat mich benutzt. Zara ... es ist ihr Lebensfaden, der alle Schicksalsfäden vergiftet.«

Enki sog scharf die Luft ein.

»Ihr Faden ist der Schlüssel, um die Menschen zu retten. Zara muss nur ... zurück.« Bei diesen Worten fühlte es sich so an, als würde sich ein Dorn in seine Seele bohren, und er senkte den Blick. Als die Taube ihm davon berichtet hatte, hatte er für einen Augenblick den Boden unter den Füßen verloren. Aber es gab keinen anderen Weg. Er musste Zara gehen lassen. Endgültig.

Yama, Enki, Maat und die anderen Räte steckten die Köpfe zusammen und berieten sich murmelnd.

»Hört mir zu«, erhob er erneut seine Stimme. »Die Tauben haben Zara mit zwei Weberinnen an den Toren zur jenseitigen Welt gesehen. Außerdem ...«

Seufzend wandte sich Yama ihm zu. »Außerdem? Welche Katastrophe hast du uns noch verheimlicht?«

»Rukar.«

Die Hälfte des Rates machte ein verblüfftes Gesicht. Sie konnten mit dem Namen nichts anfangen. Doch Enki wurde blass. Seinem wissenden Blick war damals nicht entgangen, dass dieses Kind, das in der Gondel Nummer 13 des London Eye von Jin gefunden worden war, ein ganz besonderes Schicksal trug.

»Rukar ist bei deiner Toten?«, fragte er.

»Und zwei Weberinnen. Ich denke, sie versuchen, die Welt zu retten.«

Enki nickte. »Das ist gut, oder? Rukar kann gelingen, was sonst keiner schafft.«

»Das mag sein«, gab Misano zu. »Aber Jin arbeitet gegen ihn. Er wird Zara finden und sie nicht in die Welt der Toten zurücklassen. Auch weiß er sicherlich, dass mit ihrer Rückkehr der Fluch von den Fäden genommen wird.«

»Gut.« Enki setzte sich und zerrte sich die Gummistiefel von den Füßen. »Dann ist unser Auftrag klar. Wir werden die Menschen beschützen, wie es von Anbeginn unsere Aufgabe war. Geht und sucht die vier. Was immer sie brauchen, helft ihnen. Riegelt die Übergänge ab. Jin darf nicht in die jenseitige Welt gelangen!« Er wandte sich an Misano. »Und du – du findest Jin. Bring ihn her. Wir werden über ihn Gericht halten!«

16
LITA

Litas Kopf dröhnte vom Kreischen des Sturms. Sie war hart auf den Boden geknallt. Alles war verschwommen, sie sah nur Nebel. Vorsichtig rappelte sie sich auf. Jeder Muskel schmerzte, als wäre sie einen Marathon durch London gelaufen. Wo war sie? In der jenseitigen Welt?

»Tegan? Rukar?« Benommen blinzelte sie in die Helligkeit, die sie umgab. »Zara?«

Der erste Gedanke, der ihr durch den Kopf schoss, war, dass sie bei Äon gelandet war. Hier strahlte es fast so hell wie im Orakelraum.

Die Hände vor sich gestreckt, ging sie tastend vorwärts. Wo waren die anderen?

»Äon?«, rief sie, auch wenn sie nicht wirklich eine Antwort erwartete. War sie durch die Pforte hierhergekommen?

Endlich stieß sie gegen etwas. Sie beugte sich vor und ertastete einen Tisch. Doch die Oberfläche fühlte sich seltsam an. Weich und dennoch merkwürdig rau.

Lita blinzelte gegen das helle Licht an und meinte, Umrisse eines Fensters zu erkennen. Sie stolperte darauf zu, doch auch das Fenster fühlte sich rau und faserig an. Sie konnte nicht hindurchblicken. *Kein Fenster, sondern ein gerahmtes Bild,* dachte sie. *Wo war sie, in einem Haus?*

»Rukar! Tegan! Zara!«, schrie sie und musste husten.

Etwas stank schrecklich. Ein scharfer, beißender Geruch, der immer stärker wurde. Ihr Hals brannte mit jedem Atemzug mehr.

Beunruhigt sah sie sich um, doch außer Licht und vagen Umrissen von Möbeln war hier nichts. Allerdings bemerkte sie im Licht Rauchschwaden.

Vorsichtig tastete sie sich weiter. »Rukar!« Von dem Qualm musste sie erneut heftig husten, das Atmen stach in den Lungen. Sie lief ein paar Schritte an der Wand entlang, der Rauch wurde dichter.

Nach Luft ringend, sackte Lita auf die Knie. Sie kroch weiter, in der Hoffnung, einen Ausgang zu finden. Der Rauch biss ihr in die Augen und das Atmen erstickte sie.

Es brennt! Das Haus brennt!, wurde ihr schlagartig klar.

Die Pforte hatte sie in ein brennendes Haus geschickt!

Angst schnürte ihr noch mehr die Kehle zu. Hastig kam sie auf die Beine und stolperte mit ausgestreckten Armen auf die Wand zu. Ihr Herz hämmerte in wilder Panik. Inzwischen war der Rauch so dicht, dass er ihr undurchdringlich erschien.

Die Luft um sie herum glühte, sie konnte nicht sehen, wohin sie ging. *Lass die Wand nicht los. Sie wird dich zum Ausgang bringen! Wie in einem Labyrinth,* schoss es ihr durch den Kopf.

Ihre Finger glitten über die seidig-raue Wand. Aber etwas war merkwürdig. Die Wand gab ganz sanft nach ... als sei sie – aus Papier? Lita blieb stehen und drückte ihre Hand fest dagegen. So fest, dass die Wand tatsächlich aufriss!

Hastig griff sie in den Spalt und zerrte an dem Papier. Es war stabiler, als sie gedacht hatte, dennoch gelang es ihr, ein Loch zu reißen, durch das sie sich hindurchzwängte. Der Nebenraum war noch nicht völlig vom Qualm vernebelt und Lita konnte eine Tür auf der gegenüberliegenden Seite ausmachen. Sie rannte darauf zu.

17
JIN

Mutterseelenallein schlenderte Jin durch den exquisiten Delikatessenladen. Weder war ein anderer Kunde in Sicht noch ein Verkäufer. Nur die sanfte Dudelmusik schwebte durch die Gänge und verlieh der Kaufhausatmosphäre fast etwas Gespenstisches.

In ihm brodelte noch immer die Wut über Elaines letzte Bemerkung.

Vielleicht ist Äons Plan ja doch ein anderer, als du hoffst?

Nein, das war Unsinn. Sie hatte es nur gesagt, weil sie wusste, wie wütend er darüber werden würde. Und allein das machte ihn sauer.

Er atmete durch und konzentrierte sich auf die Auslage vor ihm. In der Fischtheke schillerten exotische Fische und Meeresfrüchte auf Eis, das wie gigantische Diamanten glitzerte. Kritisch beäugte Jin die Ware. Diese Geschichte hatte ein Happy End. *Die Welt geht unter und ich werde es gebührend feiern.*

Hinter dem Tresen schwebte ein Schatten, unförmig und unglücklich. Natürlich war Jin sich dessen Anwesenheit bewusst. Bis vor wenigen Stunden war dieser Schatten sicher eine sehr höfliche und hilfsbereite Fachverkäuferin gewesen. Doch nun war sie nur noch eine vergessene

Existenz. Jin würdigte sie keines Blickes. Sie war nur ein winziges Puzzlestück im großen Ganzen.

»Nun, ich nehme mir wohl etwas von den Austern.« Mit einem Schnipp lag eine ordentlich verpackte Portion auf dem Tresen und Jin packte sie in seinen Picknickkorb, den er mit sich trug. Darin lagen bereits ein frisches Baguette, eine Auswahl an Käse und Weintrauben.

»Vielleicht noch schokoladenüberzogene Erdbeeren«, murmelte er vor sich hin und wandte sich der Confiserie zu. Ein Schatten stand ihm im Weg und er umrundete ihn mit gerümpfter Nase. Diese Schatten, Erinnerungen einer menschlichen Existenz, nahmen langsam überhand! Von ihnen ging eine schrecklich negative Aura aus. Vor einigen Tagen hätte er das vielleicht noch amüsant gefunden, aber nun nervten ihn die trübsinnigen Nebelfetzen enorm. Im Grunde genommen waren sie natürlich etwas Gutes, sie waren schließlich Teil des Weltuntergangs. Aber meine Güte! Ging das nicht schneller?

Vielleicht ist Äons Plan ja doch ein anderer, als du hoffst? In Gedanken verfluchte er Elaine und steuerte eilig auf die Confiserie zu.

Gerade trat er an den Tresen der Schokoladenabteilung, als plötzlich die Temperatur absackte und mit einem dumpfen Schlag Misano neben ihm stand.

»Jin!«, donnerte er.

»Dir ebenfalls einen fröhlichen Doomsday.«

Misano packte ihn an den Armen und zwang Jin, ihn anzusehen. »Was hast du getan?«

Großzügig sah Jin über den Aufzug seines Kollegen hinweg. Misano sah noch immer so aus, als sei er nach einer üblen Nacht aus dem Rinnstein gekrochen. Da half ihm auch sein königlicher Mantel nichts mehr. »Nun, ich habe ein Geschenk erhalten und genieße es. Willst du mit mir picknicken?« Jin deutete in Richtung der Pralinen. »Wir können uns zwei Päckchen geben lassen. Ich teile Schokoerdbeeren nur ungern.«

Für eine Sekunde schien Misano nicht zu wissen, wovon Jin sprach. Obwohl es offensichtlich war, schließlich standen sie in der Confiserie eines Luxus-Delikatessen-Geschäfts.

»Du selbstsüchtiger Idiot!«

Jin verzog die Mundwinkel zu einem Schmollen. »Na gut. Du bekommst zwei Portionen. Und wir stocken den Champagner auf.«

Unaussprechliches Entsetzen lag in Misanos Blick. »Du wirst den Weltuntergang nicht feiern. Wir werden ihn verhindern. Und du ...« Er stieß Jin unsanft den Finger gegen die Brust, sodass der nach hinten taumelte. »... du fristest die Ewigkeit an einen Felsen gekettet!«

Jin merkte, wie sein Unmut über Misanos Besuch in Wut umzuschlagen drohte. »Oh, ihr armen Ex-Götter!«, blaffte er zurück. »Nimmt euch Äon euer Lieblingsspielzeug, die Menschen, weg?« Er riss die beiden Päckchen Schokoerdbeeren vom Tresen, die er dort hingeschnippt hatte. »Vergesst es. Wisst ihr, was? Big News! Äon ist weg. Schon seit über einem Jahrzehnt! Hier gibt es nichts mehr zu retten!«

Die Temperatur fiel unter null Grad. »Was redest du für einen Unsinn!«

Jin grinste herablassend. »Frag Elaine – sie hat es schon

vor siebzehn Jahren vergrault! Sie ist diejenige, die das Tor zum Weltuntergang geöffnet hat!« Zufrieden bemerkte er, wie Misano ins Wanken geriet.

»Du bist wahnsinnig!«

»Ach ja? Warst du es nicht, der noch vor wenigen Tagen Elaine für alle Ewigkeit für ihre Selbstsucht bestrafen wollte?« Jin grinste ihn an. »Tja. Hätten die Unsterblichen das mal vor Jahren getan. Aber dann gäbe es für mich jetzt nicht ein so wunderbares Picknick.« Prüfend ließ er den Blick über die Auslage mit den Pralinen gleiten. »Ich hätte gerne von diesen, denen und jenen. Bitte einpacken«, wies er die beiden Schatten an, die hinter dem Tresen schwebten, und schnippte. Eine goldene Pappschachtel mit samtblauem Schleifchen erschien auf dem Tresen.

Misano griff danach. »Lass es.«

Wütend taxierte Jin ihn. »Nein, Misano. Kapierst du es nicht? Das Leben endet! Und es ist Äons Wille!«

»Du irrst dich.« Misano hatte seine nervende Ich-bin-der-große-Donnergott-zittere-vor-mir-Stimme angeschaltet.

Jin räusperte sich und trat an ihn heran. Es kostete ihn einige Mühe, nicht ebenfalls laut zu werden. »Ich will einfach nur meine letzte Ruhe haben, Misano. Ich bin es leid, alle kommen und gehen zu sehen. Sieh dich an! Vielleicht war deine Liebe zu Zara größer als jene damals zu Daphne oder Maya.« Er quittierte Misanos getroffenes Zusammenzucken mit einem spitzen Lächeln. »Du bist es doch auch leid, Misano! Du bist es leid, zu lieben und zusehen zu müssen, wie deine Liebe stirbt. Immer und immer wieder!«

Eisblitze zuckten um Misanos geballte Fäuste. Innerlich

verdrehte Jin die Augen. Diese alte Drama-Queen! Sturkopf. Choleriker!

»Es ist eine Strafe«, fuhr Jin ruhig fort. »Vermutlich haben wir nach all den Jahrtausenden vergessen, wofür.« Eine Schale Himbeeren mit hauchzartem Kakaostaub zog seine Aufmerksamkeit auf sich. Er schnippte sie sich in die Hand.

»Auch eine? Sind die letzten ihrer Art.«

Misano fegte die Schale aus Jins Hand. »Unsere Existenz ist keine Strafe. Du hast vergessen, was unsere Aufgabe ist!« Misano umzuckten eisblaue Blitze.

Dachte er tatsächlich, mit ein bisschen Budenzauber konnte er ihm Erleuchtung schenken? Hatte er gerade nicht zugehört? Äon hatte die Welt verlassen!

Gelangweilt zog Jin die Augenbrauen hoch. »Wir haben eine Aufgabe?«

»Die Menschen zu lieben. Zu beschützen.«

Jin begann, übertrieben zu lachen. »Oh! Na, so was! Das muss mir echt total entgangen sein.« Er schnippte sich eine Himbeere in den Mund und grinste Misano schelmisch an. »Zu spät.« Dann swipte er sich fort.

18
RUKAR

Das Feuer fraß sich gierig durch die papierenen Wände des Hauses. Rukar spürte die Hitze auf seiner Haut, doch er wich nicht zurück. Ein Gedanke raste in seinem Kopf umher, aber er bekam ihn nicht zu fassen.

»*Du* hast das Feuer gelegt. Warum hast du das getan?« Er wandte sich Zara zu, die ihn höhnisch angrinste. »Wir müssen sofort zur Brücke! Du verwandelst dich!«

»Kluger Junge!«

Auf dem Glas der Sanduhr, die zwischen den Falten ihres Mantels hervorlugte, spiegelte sich das Rot des Feuers. Es sah aus, als stünde sie in Flammen. Eine kleine Handvoll Sand wartete noch darauf, durch den schmalen Hals zu rieseln. Also gab es noch eine Chance! Sie mussten sofort weiter, die Brücke, den Garten finden! Doch Rukar konnte sich nicht bewegen. Etwas in diesem Feuer hielt ihn fest.

Hinter ihm schrie Tegan auf, als mit einem zischenden Seufzen das Dach des Hauses zu Asche zerfiel. Funken und Asche wirbelten durch die Luft, legten sich auf die angrenzenden Häuser und regneten auf die papierenen Passanten nieder.

Rukar bemerkte, dass ein alter Mann Feuer fing. Binnen

weniger Sekunden stand er in hellen Flammen und zerfiel zu einem Häuflein Asche.

Wir müssen ihnen helfen! Wo ist Wasser? Er wollte losrennen, Zara und Tegan mit sich reißen. Aber seine Füße waren wie angewurzelt. Er starrte nur weiter in das Feuer, und der Gedanke, der sich vor ihm versteckt hatte, trat plötzlich klar hervor: *Lita …*

Geschockt schnappte Rukar nach Luft. *Lita! Lita ist in dem Haus!* Er spürte es.

Zara beugte sich nahe zu ihm. Obwohl das Feuer auf ihrem Gesicht tanzte und ihre Haare in der heißen Luft umherwirbelten, ging eine eisige Kälte von ihr aus. »Du musst deine Lita retten!«, wisperte sie.

Sie hatte es gewusst! Zara hatte … Sein Körper war schneller als sein Verstand. Er rannte los, mitten hinein in die Flammenwand.

Hinter ihm brach Zara in ein frostiges Lachen aus.

Der Rauch biss ihn in die Augen, stach in seine Lunge. »Lita!«, brüllte er gegen das Knistern und Prasseln des Feuers an.

Seine Gedanken überschlugen sich. *Lita war hier! Im Feuer!* Zara hatte das Feuer gelegt. Um Lita zu töten … um Rache an ihnen beiden zu nehmen.

Verzweifelt rannte er zwischen die lodernden Flammen. Er musste sie finden!

»Lita!«

Ihm wurde schwindlig vor Angst. Der Qualm nahm ihm den Atem. Was er tat, war dumm. Dieses Feuer brachte ihn um. Was machte ihn so sicher, dass Lita hier war? Zara wollte ihn leiden sehen. Waren das überhaupt seine eigenen Gedanken? Oder flüsterte Zara sie ihm nur ein? Die Pforte hatte Lita doch gar nicht in die jenseitige Welt gelassen.

Tränen nahmen ihm die Sicht. »Lita!« Er konnte die Worte nur noch flüstern.

Das Haus aus Papier stand lichterloh in Flammen. Neben ihm fiel mit einem Zischen eine Wand in sich zusammen. Ascheflocken wirbelten auf wie ein grauer Sturm.

Orientierungslos lief er durch die brennenden Räume. Wie blind stolperte er durch dieses flammende Labyrinth. *Lita!* Sein Herz verkrampfte sich.

Die Welt war verloren …

Seine Welt war verloren.

Er sank auf die Knie inmitten des Feuers.

Wenn er die Zeit zurückdrehen könnte, zurückdrehen bis zu jenem Morgen, an dem Misano ihn gebeten hatte, den Faden zu stehlen … Er würde sein Leben dafür geben!

Du hast deine Rache bekommen, Zara, dachte er.

Erneut brach eine Wand zusammen und Asche stob auf. Sie regnete auf Rukar nieder, der regungslos auf dem Boden zusammengebrochen war.

19
ZARA

Das Feuer war wunderschön. Die Hitze ließ sie *fühlen.* Das Eis in ihren Adern war geschmolzen. Nie wieder wollte sich Zara so tot fühlen.

Ihre angstvolle Menschenseele hatte sie in den hintersten Winkel weggesperrt. Vergessen war die Zara, die alles verzieh, die immer nur Gleichgewicht und Harmonie angestrebt hatte. Sie war tot. Begraben unter den Flammen der Rache, die nun in ihr loderten. Und wenn Tegan nicht bald zur Vernunft kam, dann würde auch sie Zaras Rache zu spüren bekommen.

Denn Tegan hielt Zara gepackt. Ihre Finger umschlossen Zaras Handgelenk unnachgiebig. Es fühlte sich unangenehm an. Wie elektrische Ladungen, die durch Zaras Inneres schossen. Dieser Schmerz war ein lebendiges Gefühl, so lebendig, dass es dem Rachegeist Zara Angst einjagte. Es musste aufhören, weil es das Feuer ihrer Rache schwächte.

»Lass los!«, fauchte sie Tegan an, die jedoch nicht reagierte. Hilflos wurde Zara von der Weberin mitgezerrt.

Rauch vernebelte die Straßen. Die orangefarbenen Lampions, die in Girlanden zwischen den Häusern gespannt waren, glommen unheimlich. Tegan hustete, ihre Augen tränten. Erneut versuchte Zara, sich dem Griff der Weberin zu entwinden.

»Lass es!« An einer Gabelung hielt Tegan an und sah sich hektisch um. »Ich bring dich hier raus. Du musst über die Brücke, bevor du völlig durchdrehst.«

»Nein! Du irrst dich! Mir geht es wunderbar. Endlich ist diese eisige Totenstarre von mir abgefallen.« Allerdings verdrängte Tegans Berührung das Feuer in ihr. Die lodernde Racheflamme schrumpfte und zurück blieb wieder nur diese schreckliche Kälte.

Und ihre Seele – war es wirklich ihre Seele? –, sie kam Zara klein und verängstigt vor. So war sie nie gewesen, als noch warmes Blut durch ihre Adern geflossen war! Sie brauchte die Rache, die Hitze dieses Zorns, um nicht so hilflos und ängstlich zu sein.

»Da lang!«, entschied Tegan und rannte nach rechts. Hier wurde die Straße breiter, aber es waren weniger Papiermenschen unterwegs. Dass inzwischen ihre halbe Stadt lichterloh in Flammen stand, schien diese Toten gar nicht zu interessieren.

Dumme Seelenlose, dachte Zara. Sie war nicht so! Sie *fühlte!* Sie wollte die brennende Hitze in sich nicht verlieren. Sie gab ihr das Gefühl, lebendig zu sein.

Tegan bog scharf nach links ab und rannte direkt in ein Auto. Ein Knall, reißendes Papier. Tegan schrie auf und ließ Zaras Hand los.

Sofort wich Zara vor ihr zurück. Endlich war sie von diesem schrecklichen Schmerz befreit!

Tegan rappelte sich von der verknitterten Motorhaube des Wagens auf und starrte das Papiervehikel fassungslos an.

Zara achtete nicht weiter auf sie. Besorgt musterte sie ihr Handgelenk. Das elektrische Kribbeln, das von Tegans Haut bis in Zaras Innerstes vorgedrungen war, verebbte allmählich. Eigentlich hatte Zara erwartet, eine Brandnarbe zu sehen, so sehr hatte die Berührung geschmerzt. Doch sie war unversehrt.

Erleichtert merkte sie, wie die Flamme der Rache in ihr wieder stärker wurde und sie wärmte. Sie wandte sich der Ortsmitte zu, von wo sie geflohen waren. Das Feuer schoss hoch in das Violett des Abendhimmels hinauf. Ascheflocken regneten herab und ein Lächeln stieg in Zara auf. Lita und Rukar waren verloren. Sie hatten ihre Strafe erhalten.

»Geht es dir gut?« Tegan trat neben sie. »Zara?« Sie legte die Hand auf ihre Schulter und sofort raste wieder dieses Kribbeln durch Zara. Es fegte das Gefühl von Triumph fort. Stattdessen schob sich diese ängstliche Seele in ihr Bewusstsein. *Du hast die beiden getötet!*, klagte sie den Rachegeist an. *Das ist furchtbar! Zara! Das bist nicht du!*

»Offenbar nicht«, beantwortete Tegan ihre Frage selbst, denn Zara war unfähig, sich zu rühren. Das Eis verdrängte die Hitze der Rache immer weiter. Sie bemerkte, dass Tegan die Sanduhr anhob. »Es ist immer noch eine Handvoll Sand übrig. Wir müssen diese Brücke finden.«

Ich habe Lita und Rukar getötet! Voller Entsetzen starrte Zara auf das Inferno um sie herum. Wozu hatte der Rachegeist sie nur gezwungen!

Tegans Hand glitt von Zaras Schulter. »Lass uns weitergehen. Irgendwo muss dieser Ort ja mal ein Ende haben.«

Kaum hatte Tegan die Hand von ihr genommen, züngelte erneut Hass in Zara auf. *Tegan will dich davon abhalten, dich lebendig zu fühlen! Zeig ihr, wie es sich anfühlt zu brennen!*, zischte die Stimme der Rachsucht in ihr.

Voller Entsetzen über den Gedanken keuchte Zara auf.

»Nein!«, schrie sie und rannte Tegan nach. Voller Panik packte sie Tegans Hand und drückte sie. »Lass mich nicht los! Ich verliere die Kontrolle!«

20
LITA

Lita!«

Ihre Hände schmerzten. Lita war den Flammen zu nah gekommen und hatte sich verbrannt, als sie versucht hatte, eine weitere Wand einzureißen. Der Qualm benebelte ihre Sinne. Immer wieder sah sie Schatten, Umrisse von Menschen. Und hörte ihren Namen.

Ich komme hier heraus! Lebend!

Verbissen kroch sie weiter. Inzwischen hatte sie bereits drei Zimmer durchquert, indem sie sich stur an der Wand entlanggeschoben hatte. Aber nun war sie am Ende ihrer Kräfte.

»Lita!«, hallte erneut ein Ruf zu ihr. Es klang nach Rukar. Doch es war nur eine Halluzination. Vielleicht sollte sie sich ausruhen? Nur einen kurzen Augenblick.

Erschöpft sank sie auf den Boden. Um sie herum knisterte das Feuer, fraß sich durch das Haus. Mit einem Knall fauchten die Flammen neben ihr auf und eine Wand zerbarst zu Asche. Wie dunkler Schnee schwebte sie auf Lita herab. Sie fühlte sich ausgedörrt, nicht einmal blinzeln konnte sie mehr. Starr blickte sie in den wabernden Rauch, auf den Schatten, der dort auf dem Boden lag.

Mein Spiegelbild, dachte sie.

Doch es kauerte nicht wie sie auf dem Boden. Es bewegte sich nicht.

Lita zögerte. Sollte sie die Wand verlassen und nachsehen? Die einzige Orientierung, die sie hatte, loslassen?

Mühsam hob sie den Kopf. War es nur ein Trugbild?

Mehr kriechend als krabbelnd schob sie sich auf den Schatten zu, streckte die Hand aus und – berührte festen Stoff. Haare.

»Rukar!« Sie schnappte nach Luft, hustete, schob sich zu ihm, wuchtete seinen leblosen Körper herum. »Rukar!« Verzweifelt schlug sie auf ihn ein, trommelte auf seine Brust und weinte tränenlos.

Eine weitere Wand neben ihr zerfiel zu Asche.

»Das ist nicht unser Grab!« Auch wenn sie keine Ahnung hatte, woher sie die Kraft nahm, es gelang ihr, auf die Beine zu kommen, Rukar unter den Achseln zu packen und mit sich zu schleifen.

In wenigen Schritten war sie zurück an ihrer Wand, zerrte Rukar daran entlang und betete mit jedem Schritt, es möge der Weg sein, der zu einem Ausgang führte.

Und tatsächlich erreichte sie endlich eine Tür. Raues Straßenpflaster und eine lichterloh brennende Stadt empfingen sie.

Mit einem Verzweiflungsschrei hievte sie Rukar durch die Tür, hinaus auf die Straße und brach über ihm zusammen.

»Wir haben es geschafft«, flüsterte sie.

Die ganze Stadt brannte.

Erschöpft sank ihr Kopf auf seine Brust. Asche. Alles Leben zerfiel zu Asche!

Ein Windstoß entfachte die Flammen erneut. Ließ sie in Wirbeln tanzen. Zog sie hinauf in den Abendhimmel.

Lita hustete, schmeckte Asche und verbarg ihr Gesicht an Rukars Brust.

Äon hat seinen Willen bekommen. Vielleicht hatten wir in unserer *Welt keinen Faden und waren deshalb unsterblich, aber hier … hier … braucht es keinen Faden, um zu sterben.*

Der Wind nahm zu, trieb die Flammen immer höher hinauf in den Himmel, riss sie von den Häusern fort, wo sie wie Peitschen durch den Ascheregen schnitten und schließlich verpufften.

Lita richtete sich mühsam auf, wischte sich Schwärze von den Wangen und blickte sich um. Kein Feuer mehr. Nur verbranntes Papier, das von dem verebbenden Wind verstreut wurde.

Angespannt beobachtete sie die schwarzen Ruinen, wagte nicht zu atmen. Dieser Wind war kein normaler Wind gewesen. Irgendjemand war hier. Irgendetwas …

Vor Angst ganz steif, kniete sie neben Rukar, eine Hand noch immer auf seiner Brust.

»Wer ist da?«, flüsterte sie. Eine Brise wehte die Asche um sie herum fort und ein Mann landete wie aus dem Nichts neben ihr.

Mit sichtlicher Überraschung musterte er die abgebrannten Ruinen. »Bist du Zara?«

Stumm schüttelte Lita den Kopf. War das ein Unsterblicher? Er sah eher aus, als wäre er ein König. Sein Gewand glänzte golden und springende Löwen mit entblößten Zähnen prangten auf dem Stoff. In den kurzen dunklen Haaren leuchtete ein goldener Reif.

Er kniete sich neben sie und legte ebenfalls eine Hand auf Rukars Brust. »Ist dies Jins Sohn?«

Lita nickte. Sie brachte keinen Ton heraus. War dieser Mann ihre Rettung – oder ihr Tod?

»Dann hoch mit ihm. Ein Feuer kann ihm nichts anhaben.« Er packte Rukar am Kragen und hob den Leblosen auf die Beine.

»Bitte!«, flüsterte Lita. »Lass ihn. Tu ihm –« Doch da verpasste der Mann Rukar schon eine heftige Ohrfeige.

Lita schrie erschrocken auf und warf sich gegen den goldglänzenden Kerl. »Lass ihn in Ruhe!«

Da packte der Goldene auch sie und ein Wirbelwind erfasste Lita und warf sie und Rukar in die Luft. Sie griff nach Rukars Arm, zog sich zu ihm und hielt ihn fest. Der Wind drehte sie so wild herum, dass ihr übel wurde. Doch da wurden sie auch schon wieder hinabgeschleudert und Lita klatschte mit Rukar in den Armen in tiefes Wasser.

Panisch strampelte sie, hielt Rukar fest und erreichte irgendwie die Oberfläche. Sie schnappte nach Luft, wurde von etwas gepackt und ans Ufer gezogen.

Schwer atmend blieb sie neben Rukar liegen.

»Ein Bad im Quell des Lebens sollte euch wieder auf die Beine bringen«, meinte der Goldene zufrieden.

Lita zitterte, aber eher vor Schock als Kälte. Das Wasser rann ihr aus den Haaren und hinterließ aschgraue Spuren auf ihrer Haut.

Der Kerl hatte die Feuersbrunst gelöscht, war vom Himmel herabgeschwebt und glänzte, als wäre er der König der Könige ... War das etwa Äon?

Wut brandete in Lita auf. Dieser Idiot! Was war das

für ein mieses Spiel! »Lass uns in Ruhe! Wir gehören dir nicht! Du kannst nicht mit unseren Leben spielen, wie es dir gefällt!« Tränen der Wut brandeten in ihr auf, doch sie weigerte sich, sie zuzulassen.

Erstaunt hob der Mann die Augenbrauen. »Mit euren Leben spielen? Für wen hältst du mich? Ich werde eure Mission unterstützen, so es in meiner Macht steht.«

Er wollte ihnen helfen? Verwundert hob sie den Kopf und sah ihn direkt an. Selbst seine Augen schienen golden zu schimmern. »Wer bist du?«

»Man nennt mich Zababa. Aber das tut nichts zur Sache. Wir Unsterblichen sind auf deiner Seite. Wir werden Jin finden und bestrafen. Doch du musst den Samen holen. Bring die Welt wieder ins Gleichgewicht, Lita!«

»Es ist zu spät«, keuchte jemand. »Es ist zu spät –« Die Stimme brach unter Husten.

Lita wirbelte zu Rukar herum. Er hatte sich aufgesetzt! Er lebte!

»Rukar!« In diesem Augenblick explodierte Litas Herz. Es zersplitterte in Hunderte Scherben, die zusammen ein Mosaik aus Gefühlen ergaben. Sie lachte und weinte. Bebte vor Freude, zitterte aus Angst, kochte vor Zorn, schluchzte voller Dankbarkeit ... warf sich dem überraschten Rukar in die Arme und hielt ihn, so fest wie sie konnte. Ihn zu spüren, seinen Atem, sein Herz zu hören, das half ihr, sich selbst wieder zusammenzusetzen. »Danke«, murmelte sie und wusste, obwohl sie es in Rukars dicke Jacke genuschelt hatte, dass Zababa es gehört hatte.

Mit einem Windstoß zog der Unsterbliche Lita von Rukar weg und musterte ihn scharf. »Was ist zu spät?«

»Zara. Sie ist ein Rachegeist. Sie kann nicht mehr über die Brücke.« Noch etwas wankend, richtete sich Rukar auf und klopfte schwarzen Ascheschlamm von seiner Jacke.

»Der Fluch kann nicht gebrochen werden«, flüsterte Lita mehr zu sich als zu Zababa. *Wir sind gescheitert.* Tränen rannen ihr über die Wangen, als sie an DeeDee, Lauren und Chloe dachte. »Äon hat endgültig gewonnen.«

»Nein!«, donnerte der Goldene. »Die Menschen brauchen euch! Geht! Findet Zara, bringt sie über die Brücke und pflanzt einen neuen Baum!« Der Unsterbliche hatte sich in die Luft erhoben und schien wie die Sonne zu strahlen. Von ihm ging die gleiche bedrohliche Macht aus wie von Misano, als er den Turm gestürmt hatte.

Sein Glanz blendete Lita, aber sie reckte trotzig ihr Kinn. Sie hatte alles versucht, zu dem sie fähig war. Rukar war gerade noch mit dem Leben davongekommen! Genau wie sie. Und nun wollte dieser Unsterbliche sie weitertreiben? Sie hatte ihre Freundinnen verloren und um ein Haar ihre Mutter. Und was hatten die Unsterblichen bisher getan, um den Weltuntergang zu stoppen? Nichts! »Bring sie selbst über die Brücke!«, blaffte Lita ihn an. »Du spielst dich hier auf, als wärst du Äon höchstpersönlich. Schnipp sie doch einfach auf die andere Seite!«

Gleißende Strahlen schossen von Zababa aus in den Himmel und Lita fürchtete schon, er würde sie wie Misano seine zerstörerische Macht spüren lassen. Doch schließlich schwebte er herab, bis seine Füße wieder das Flussufer berührten, und der stürmische Wind, der ihn umwogt hatte, legte sich. »Zu gerne. Aber hier, auf dieser Seite sind wir nicht so mächtig, wie du glaubst. Ein paar Taschenspielertricks …« Lächelnd ließ er Licht um seine Finger wirbeln. »… aber kein Swipen auf dieser Seite.« Er sah sie ernst an. »Wir haben nach dir gesucht, Lita. Jeden Stein umgedreht. Jeder von uns.«

Skeptisch musterte sie ihn. Alle Unsterblichen hatten *sie* gesucht? Ihr Blick huschte zu Rukar, der Zababa ansah. Glaubte er ihm?

»Bitte.« Zababa verneigte sich vor ihr.

Lita blieb vor Überraschung die Luft weg. Mit gebeugtem Haupt stand dieser Sonnengott vor ihr! »Wir gehören alle zusammen. Die Menschen brauchen uns, aber auch wir brauchen die Menschen. Bitte gib nicht auf, Lita!«

Etwas verlegen sah sie zu Rukar hinüber. Er grinste.

»Passiert nicht oft, dass der große Zababa sich verneigt.« Nachdenklich blickte er in den Himmel, der noch immer in tiefem Violett erstrahlte. »Die Zeit ist auf unserer Seite. In diesem Zwischenreich scheint sie fast stillzustehen.«

»Du meinst, Zaras Sand ist vielleicht doch noch nicht durchgelaufen?«

»Möglich.« Rukar wandte sich um und sah auf die schwelenden Überreste der Stadt. »Aber wo sind Zara und Tegan hin?«

In der Ferne kringelte sich eine dünne Rauchfahne in den Himmel.

Zababa hob den Kopf. Sein Blick ruhte auf Lita. »Es besteht noch Hoffnung.«

»Du kannst uns nicht swipen. Aber der Wind gehorcht dir. Wir müssen Zara und Tegan finden.« Fordernd sah Lita Zababa an.

Mit einem sanften Lächeln verbeugte der Unsterbliche

sich erneut und wie aus dem Nichts schwebte eine Wolke heran. Sie hielt direkt vor Lita.

»Sie bringt euch zu euren Gefährten.«

Unsicher stippte Lita sie an. Wolken bestanden aus Wasserdampf. Doch die hier fühlte sich fest wie ein Sofa an. Behutsam krabbelte sie hinauf. Rukar folgte ihr und setzte sich dicht hinter sie.

»Wie steuert man sie?«, fragte er Zababa.

»Gar nicht. Sie findet die Tote ganz allein.« Zababa gab der Wolke einen Klaps und sofort schoss sie steil hinauf in den Abendhimmel. Lita krallte sich in die weiße Watte und spürte, wie Rukar seine Arme um ihre Mitte schlang.

Für diesen Augenblick schloss sie die Augen, ließ sich in das Gefühl zu schweben fallen und erlaubte sich, einfach nur glücklich zu sein.

Sekunden später stieß die Wolke in einen extremen Sinkflug hinab – und zwei Frauen auf der Straße zum Fluss kamen rasant näher.

21

JIN

Wie ein Tier im Käfig stapfte Jin vor seinem luxuriösen Picknickkorb auf und ab. Er hatte sich nach Greenwich Park geswipt, wollte von hier die Aussicht auf den Weltuntergang genießen. Doch nicht nur ließ sich dieser vermaledeite Untergang viel zu viel Zeit, auch Misano ging ihm nicht aus dem Kopf. Hatten sich die Unsterblichen tatsächlich auf Litas Seite geschlagen?

Er pfiff eine Taube herbei.

»Was weißt du Neues über Lita!«, fuhr er das nervös zuckende Tier an, das mit einem Auge auf den Picknickkorb schielte. Die Taube gurrte patzig zurück.

Entsetzt taumelte Jin. »In die jenseitige Welt? Sicher?«

Wieder begann er, auf und ab zu laufen, diesmal hastiger. Er musste nicht lange grübeln, was das Gör auf der anderen Seite suchte. Sie wollte einen neuen Baum pflanzen!

»Verfluchte Weberin!«, brüllte er, die Taube flatterte voller Panik davon und im gleichen Augenblick stand nur noch ein verlassener Picknickkorb auf der Wiese.

Der Swipe katapultierte Jin mitten in eine aufgebrachte Menge. *Kami und Dunkelwesen!*, realisierte er entsetzt.

Da traf ihn bereits eine Kralle im Gesicht. Die Wucht des Schlags warf ihn um und ein scharfer Schmerz brannte auf seiner Wange. Er fiel gegen einen Kami, der ihm sogleich in den Magen boxte. Jin klappte zusammen, doch immerhin reagierte er geistesgegenwärtig mit einem weiteren Swipe.

Hektisch versuchte er, Halt an den Schindeln zu finden, die sich plötzlich unter seinen Füßen befanden. Doch sie waren glatt und er schlitterte hinab. Das Dach war viel zu steil! Im letzten Moment konnte er sich mit den Füßen gegen die Schmuckzinnen stemmen, die das Torhaus des Highgate Cemetery zierten. Schwer atmend starrte Jin auf den Platz vor den Arkaden des Friedhofs hinab. Man sah den Boden nicht mehr, so dicht drängten sich Kami und Dunkelwesen. Wobei das milde ausgedrückt war. Dort unten war eine Massenschlägerei im Gange. Und den Opfern nach zu urteilen, von denen sich manche an den Rand des Schlachtfelds gerettet hatten und dort unter den Bäumen bei den Gräbern ihre Wunden leckten, dauerte dieser Kampf schon eine Weile. Kami waren von Natur aus friedvolle Geister, ganz im Gegensatz zu den Dunkelwesen. Sowohl die Kreaturen der Albträume als auch die Kami sahen übel zugerichtet aus.

Jin schauderte und tastete nach den Kratzern auf seiner Wange. Vielen Dank auch! Wunden von Dunkelwesen heilten nur langsam, selbst bei Unsterblichen. Zum Glück legte er keinen Wert auf ein Erinnerungsfoto seiner Weltuntergangsparty.

Sein Blick glitt zu den Arkaden, in denen drei Gatekeeper an ihren Schreibtischen saßen und versuchten, des Andrangs Herr zu werden. Zwei von ihnen hatten die Tür zur jenseitigen Welt verrammelt und unterstützten den dritten dabei, die Kami zurückzudrängen.

»Die Ratten verlassen das sinkende Schiff«, murmelte Jin. Selbst wenn er sich direkt zu einem der Gatekeeper swipte – der aufgebrachte Mob würde ihn in der Luft zerreißen. Hier konnte er auf keinen Fall hinüber.

Er balancierte über die Zinnen, die das Dach wie ein Schmuckband umliefen. Es gab noch einen weiteren Übergang hier in London.

Die Pforte der Helden.

Seufzend kniff sich Jin in die Nasenwurzel. Hatte Lita diesen Weg genommen, zusammen mit Rukar?

Von unten hallten Schreie und Kampfgeräusche herauf. Er sprang vom Dach auf die Apsis und setzte sich dort an den Rand des Flachdachs. Wie ein sturmgepeitschter Ozean wogten die Wesen unter ihm, stachen, zerrten und schlugen aufeinander ein.

Sich einfach in die jenseitige Welt zu swipen, war nicht möglich. Einmal auf der anderen Seite angekommen, konnte er sich dort ebenfalls nicht durch Swipes fortbewegen. Lita war schon eine Weile dort. Hatte sie den Urbaum bereits gefunden und damit einen Samen?

Aber die Pforte der Helden war für ihn gesperrt. Nur Halbblute, deren Schicksal es so wollte, durften die Schwelle zur anderen Welt überqueren. Und der Gatekeeper machte keine Ausnahme.

Nimm doch die Abkürzung über die Stadt der Unsterblichen, schlug er sich selbst vor. Dort gab es ein monströs großes Felsentor, durch das man die jenseitige Welt betreten konnte. Und wenn ihn seine Erinnerung nicht täuschte, gab es auf Bali auch eine hübsche Felsengrotte, die als Übergang diente.

Gerade wollte er sich dorthin swipen, als ihn ein Tumult direkt am Gate innehalten ließ.

Yama!

Der Unsterbliche kam mit seinem Swipe direkt vor dem Durchgang zum Stehen. Instinktiv duckte Jin sich. Was hatte Yama vor? Die Gatekeeper gestikulierten wie wild, aber natürlich gelang es Yama, sie zu beruhigen. Er schien ihnen etwas zu erklären – aber was? Flüchteten etwa selbst die Unsterblichen in die jenseitige Welt?

Verständig nickten die drei Gatekeeper und Yama swipte fort.

Nachdenklich beobachtete Jin die Torwächter. Sie ließen immer noch Kami durch. Yama hatte also nicht befohlen, das Tor zu schließen.

Jin schnaubte wütend. Natürlich! *Misano hat den Rat informiert! Er hat mich auf die Fahndungsliste gesetzt.*

Sauer beobachtete er einen Kampf zwischen zwei Dunkelwesen. Metall blitzte, schwarzes Blut spritzte. Eines der Monster zerfiel zu Staub und sofort schob sich ein Kami an seinen Platz.

Egal wohin Jin sich swipte, die Unsterblichen hatten die Gatekeeper informiert. *Nirgends* würde er durchkommen.

Er stand auf und Wind erhob sich.

Was, wenn diese dumme Lita tatsächlich einen neuen Baum pflanzte? Irgendwann würden seine netten Kollegen ihn finden und dann warteten in irgendeinem elendigen Verlies Bannketten auf ihn. Die Baumkronen auf dem Friedhof rauschten. Laub wirbelte in Windhosen über den Köpfen der Kämpfenden.

Die Tauben werden mir melden, sobald Lita aus irgendeinem Loch zurück in diese Welt kriecht.

Und bis dahin … War diese bescheuerte Welt hoffentlich bereits verpufft!

»Zeit für Champagner«, murmelte er und verschwand vom Torhaus.

22

TEGAN

Tegan fühlte sich furchtbar. Ihre Haare waren verfilzt und klatschten ihr immer wieder ins Gesicht. Asche brannte ihr in den Augen und sie stank nach Feuer. Außerdem hielt sie nun schon seit einer gefühlten Ewigkeit die eiskalte Hand einer Toten, als begleitete sie ein dreijähriges Kind über die Straße.

Blanke Panik hatte in Zaras Blick gestanden, als sie Tegans Hand ergriffen hatte. Anscheinend beruhigte Tegans Berührung sie und unterdrückte ihr Bedürfnis nach Rache.

Zu spät, war Tegans erster Gedanke gewesen, doch sie hatte ihn fortgejagt. Sie wollte nicht über Rukar nachdenken. Sie war froh, dass nun niemand den Samen holen und die Menschheit erneut an Schicksalsfäden fesseln würde. Aber der Gedanke, dass Rukar verbrannt war …

Sie schauderte und bemühte sich, ihre Gedanken ganz allein auf Jackson zu konzentrieren. Wenn sie sich wiedersahen, würden sie beide frei sein. Endlich.

Die Papierstadt lag inzwischen hinter ihnen. Sie waren einer Straße durch eine Grasebene gefolgt und hatten einen Fluss erreicht. Die Straße führte daran entlang, direkt zu einer steinernen Brücke. Am gegenüberliegenden Ufer leuchtete saftiges Grün, Bäume in den unterschiedlichsten Wuchsformen und weite Felder bunter Blumen. Ein wahres Paradies.

Kurz hatten Zaras Augen aufgeleuchtet und sie hatte ihre Schritte beschleunigt, doch nun, da die Brücke direkt vor ihnen lag, zögerte sie.

»Ich kann nicht zurück«, flüsterte Zara ängstlich. »Wie soll ich Frieden finden, wenn ich weiß, dass ich eine Mörderin bin?«

Seufzend blieb Tegan stehen. »Du warst nicht du selbst, als du das Feuer gelegt hast. Und wenn du die Brücke nicht überquerst, hast du mehr als nur Rukar auf dem Gewissen. Dann werden alle Menschen deinetwegen für immer Schatten sein.« Sie konnte Zara nicht ansehen, denn es war nicht nur die Asche, die in ihren Augen brannte, sondern Tränen. Es kostete Tegan unendlich viel Kraft, nicht zusammenzubrechen und hemmungslos zu schluchzen. Ihr war übel. Der Gedanke daran, wie Rukar ums Leben gekommen war ... Und dennoch musste sie weiter die Hand derjenigen halten, die ihn umgebracht hatte. Winnie hatte all das auf Rukars Teppich gesehen. Das war es, das sie Tegan verschwiegen hatte. Winnie hatte gewusst, wie Rukar sterben würde.

Tegan versuchte, die Bilder des Feuers aus ihrem Kopf zu kriegen. Sie dachte an Jackson und sein Lachen. Seine Umarmungen. Aber sein Bild zerstob immer wieder zu Asche. Tegan hustete, damit Zara nicht sah, dass sie Tränen in den Augen hatte.

»Wie konnte ich zulassen, dass die Rache mich beherrscht! Sie werden mich doch gar nicht über die Brücke lassen. Mein Platz ist in der Verdammnis!«

Tegan beobachtete die Wachposten, die auf der Brücke patrouillierten. Nervös schielte sie zur Sanduhr. Sie hatten vielleicht noch eine halbe Stunde. Bestenfalls.

Wind kam auf und Tegans verfilzte Haarsträhnen peitschten ihr erneut ins Gesicht. Sobald sie zu Hause war, würde sie sich eine Kurzhaarfrisur machen lassen. Und alles knalllila färben.

»Was ...« Zara blieb abrupt stehen, sodass Tegan, die weiterhin Zaras Hand umklammerte, nicht weiterkonnte. Fassungslos blickte sie in den Himmel und als Tegan ihrem Blick folgte, klappte ihr ebenfalls der Mund auf vor Überraschung.

Eine Wolke raste im Sturzflug auf sie zu! Sie kam nur wenige Zentimeter über dem Boden sanft federnd vor Tegan und Zara zum Stehen. Als wäre es das Natürlichste auf der Welt, saßen Lita und Rukar auf diesem Wattebausch.

»Hey! Euch geht es gut!!« Lita schwang sich von der Wolke.

Tegan konnte nicht anders, als sie anzustarren. War das ein Trugbild?

»Ihr seid im Himmel! Wohnt jetzt auf einer Wolke!«, schluchzte Zara auf. »Es ist meine Schuld. Es tut mir so leid! Der Rachegeist hat mich dazu gezwungen!«

Besorgt warf Lita Tegan einen Blick zu, bevor sie sich an Zara wandte. »Aber nun ist er fort?«

»Ich halte sie fest. Anscheinend hilft das«, meinte Tegan und hob wie zum Beweis ihre Hand hoch, die Zaras umklammert hielt. Ihre Gedanken schlugen wilde Purzelbäume und sie kam sich idiotisch vor. Lita war auf einer Wolke geritten, Rukar hatte sich an sie geschmiegt wie auf dem Sozius eines Motorrads. Wo kam Lita plötzlich her? Und war Rukar nicht in den Flammen gestorben?

Auch wenn sie Rukar nicht ausstehen konnte, war sie erleichtert, dass er lebendig vor ihr stand. Und Lita ... damit war ihr Plan, erst gar nicht nach dem Samen zu suchen, dahin. »Was macht ihr hier?«, brachte sie schließlich hervor.

»Wir waren auf der Suche nach einem netten Café, das guten Americano serviert.« Rukar zupfte sich ein Stück Wolke von der Hose und warf Tegan einen herausfordernden Blick zu. »Und was hast du so vor?«

Tegan versteifte sich und wich seinem Blick ertappt aus. »Ich habe versucht ... die Welt zu retten.«

»Dann haben wir wohl das gleiche Ziel.«

»Und es scheint, als hätte unsere Mission nun die Unterstützung der Unsterblichen.« Lita klang begeistert.

»Die Unsterblichen?« Tegans Kopf schmerzte und der Boden begann sich zu drehen. Erschöpft massierte sie sich mit beiden Händen die Schläfen. Jede Faser ihres Körpers war ausgelaugt von dem Wind, dem Feuer ... Erleichterung wollte sich ausbreiten, dass Rukar lebte, dass sie keine Schuld auf sich geladen hatte, dass auch Lita während des stürmischen Übergangs ins jenseitige Land nichts geschehen war. Doch wie eine fette Qualle stülpte sich Verzweiflung über all diese Emotionen, denn nun musste sie die beiden selbst loswerden. Denn ein frischer Samen durfte unter keinen Umständen London erreichen! Und die Unsterblichen?

»Wie schön, dass ihr noch so *lebendig* seid.« Zara hatte sich von Tegan entfernt und musterte die drei mit einem gehässigen Grinsen. In ihrer Stimme schwang etwas Bedrohliches.

»O nein!« Tegan hielt erschrocken die Hände hoch »Ich hab sie losgelassen!!« Wütend wandte sie sich zu Zara um. Reichte es nicht, dass es sie zerriss – zwischen Erleichterung über Rukars und Litas glückliche Flucht und der Wut darüber, die beiden nun selbst ausschalten zu müssen! Konnte diese Tote nicht einfach über die Brücke gehen und damit den Fluch lösen?

Zaras bläuliches Leuchten verstärkte sich und sie zischte etwas Unverständliches.

»Komm zurück!« Tegan sprang auf sie zu. »Zara! Du bist nur wenige Schritte vom Paradies entfernt! Komm mit mir!« Sie hielt ihr die Hand entgegen, doch Zara wich zurück. Allerdings schien sie mit einer unsichtbaren Kraft zu ringen, denn sie streckte ihre Hand nach Tegan aus, wich jedoch gleichzeitig vor ihr zurück.

»Zara, bitte.« Lita trat von der anderen Seite auf die Tote zu. »Wir verzeihen dir. Es ist schrecklich, was dir angetan wurde, und du hast recht, dass Rukar und ich Schuld daran tragen. Aber bitte ... Erinnere dich, wer du bist. Wieso Misano dich so sehr geliebt hat, dass er all das gewagt hat, nur um dich wiederzusehen.«

Unsicher sah Zara zu Lita, diesen Moment nutzte Tegan und schnappte sich Zaras Hand. Sie spürte das Prickeln, dann sackte Zara mit einem erleichterten Seufzer zusammen.

»Danke, Tegan«, flüsterte sie erschöpft. »Bring mich über die Brücke.«

»Mache ich.« Tegan hielt Zaras Hand fest umklammert

und führte sie weiter die Brücke hinauf. Sie war breit und aus großen Felsbrocken gebaut. In der Mitte standen rechts und links je ein Wachhäuschen. Sie waren dunkelgrün gestrichen und zwei Männer hielten davor Wache. Tegan meinte, dahinter die Luft flirren zu sehen, als wäre auf der Mitte der Brücke ein transparenter Vorhang gespannt. Am anderen Ufer leuchtete es verführerisch grün. Es musste ein Park oder Garten sein, der sich – so weit das Auge reichte – über sanfte Hügel und Flusstäler ausdehnte.

Einer der Wachmänner hatte sie bemerkt und sah ihnen streng entgegen. »Halt! Das ist ein Totenweg!«, rief der Wachmann. »Kehren Sie um!«

Was Tegan aus der Ferne für eine Uniform gehalten hatte, stellte sich als eine schlichte grüne Latzhose heraus. Der Mann trug schwarze Gummistiefel und ein robustes grün kariertes Hemd. In diesem seltsamen Gärtneroutfit erinnerte er sie an Jackson, der ebenfalls eine Vorliebe für Karohemden hatte. »Genau deshalb sind wir gekommen«, antwortete Tegan und trat mit Zara an der Hand auf den Wachmann zu.

Skeptisch musterte er sie von oben bis unten. Vermutlich hatte er noch nie eine Weberin gesehen. Und schon gar keine verfilzte und angekokelte.

»Ihre Papiere, bitte«, forderte der Gärtner Zara schließlich auf.

Ohne Tegans Hand loszulassen, zog sie das Formular aus ihrem Mantel, das ihr der Gatekeeper ausgestellt hatte.

Stirnrunzelnd las der Gärtner sich das Schriftstück durch. »Haben Sie auch die Ausreisegenehmigung?«

»Die … habe ich verloren.« Zaras Stimme klang blass, wie von weither.

Argwöhnisch zog der Mann die Brauen hoch und musterte die Sanduhr. »Sie sind spät.«

Entsetzt schaute Lita auf die Sanduhr. »Der Sand ist noch nicht komplett durch!«

»Aber es ist mir zu riskant.« Der Mann faltete das Schreiben zusammen und wollte es Zara zurückgeben. Doch die war wie gelähmt.

Tegan merkte, wie Zara in sich zusammensank und aufgab. »So ein Schwachsinn!«, fuhr sie den Wächter an. »Würde ich mit ihr Hand in Hand gehen, wenn sie ein bösartiger Geist wäre?«

Anscheinend brachte ihn ihr Argument zum Grübeln. »Sie drei sind Lebende – was tun Sie überhaupt hier? Sie dürften gar nicht auf dieser Brücke sein!«

Tegan drückte Zaras Hand, um ihr Mut zu machen. »Wir begleiten unsere Freundin. Sie hat uns besucht. Dafür sind wir ihr sehr dankbar, denn es gab noch Dinge, die wir zusammen zu Ende bringen mussten. Jetzt wird alles gut werden, weil Sie Zara wieder nach Hause lassen.«

Der Mann gab ein unwilliges Grunzen von sich und wandte sich mit Zaras Formular an seinen Kollegen. Die beiden steckten die Köpfe zusammen und warfen immer wieder abschätzende Blicke herüber.

Tegan konnte Fetzen des Gesprächs aufschnappen. »Drei Lebende« und »weit fortgeschritten«. Sie beobachtete, wie die Männer das Schreiben immer wieder nachdenklich studierten. »Äußerst ungewöhnlich.«

»… Äon.«

»… nicht möglich …«

Nervös warf Tegan Zara einen Blick zu. »Sieh bitte möglichst freundlich drein«, murmelte sie Zara zu.

»Es ist wirklich nett von dir, aber alles war vergebens.« Zara sah hoffnungslos auf den durchscheinenden Vorhang, der die Brücke durchschnitt. »Ich erinnere mich an diesen Ort. Es war wundervoll.« Unendliche Traurigkeit lag in ihrer Stimme.

»Und du kommst dahin zurück! Du stehst mit den Zehenspitzen bereits an der Schwelle!«, fuhr Tegan sie an, dabei wollte sie gar nicht so harsch sein. »Du musst doch nur noch die Hand ausstrecken und dann hast du dein Ziel erreicht! Du wirst frei sein!« Ihr war bewusst, dass Lita und Rukar sie überrascht ansahen. Sie war selbst erstaunt, dass sie so emotional reagierte. Die Nähe zu Zara schien sie aufzuwühlen.

Der Gärtner kam zurück und wedelte mit Zaras Formular. »Wir haben uns besprochen. Es ist momentan alles irgendwie durcheinander. Irgendetwas ist auf der anderen Seite passiert. Es kommen keine Toten mehr.« Er rieb sich sein Kinn und sah auf Zaras Uhr. »Ihre Sanduhr hat noch wenige Sekunden. Wir lassen Sie rüber. Sie müssen Ihre Wut hinter sich lassen. Sonst werfen wir Sie aus dem Garten und dann gibt es kein Zurück mehr. Dann werden Sie für immer zwischen den Welten wandeln müssen.«

Für einen Moment rührte sich Zara nicht, sie starrte den Mann nur an. »Das ist … ich danke Ihnen! Ich danke Ihnen von ganzem Herzen! Natürlich. Ich werde keinen Ärger machen!« Sie wandte sich an Tegan und lächelte. »Und dir danke ich auch. Danke, dass du mich nach Hause gebracht hast!« Sie beugte sich zu ihr und flüsterte. »Ich habe in dein Herz geblickt. Vergifte es nicht. Du irrst dich.«

Geschockt hielt Tegan den Atem an. Zara wusste, was sie getan hatte! Ihr Blick flog zu Rukar und Lita. Hatten sie Zaras Worte gehört?

»Rukar und du –«, wisperte Zara weiter, doch der Gärtner unterbrach sie.

»Los jetzt. Wenn das letzte Sandkorn durch ist, ist die Tür für Sie zu!«

Zara ließ langsam Tegans Hand los, nickte Lita und Rukar zum Abschied zu und trat schließlich durch den Vorhang. Schimmernde Wellen kräuselten auf seiner Oberfläche, dann wurde er wieder glatt. Erlöst winkte Zara ihnen noch einmal und lief mit federndem Schritt die Brücke hinab, auf den endlosen Garten zu, der sich am anderen Ufer erstreckte. Noch im Laufen streifte sie den dicken Mantel ab.

Sie sah tatsächlich glücklich aus. Und frei.

23
LITA

Wenig später quetschten sich Rukar, Tegan und Lita auf die Wolke. Bisher hatte keiner von ihnen ein Wort gesagt.

Lita versuchte, sich erleichtert zu fühlen, sich für Zara zu freuen, dass sie nun wieder glücklich sein und ihren Frieden finden konnte. Doch stattdessen nagte ein unbestimmtes Gefühl der Angst in ihr. Als Zara die Barriere durchschritten hatte, war das vorletzte Sandkorn gefallen. Zwar hatte Tegan Zaras Verwandlung in einen Rachegeist verhindert, doch war das ausreichend, um den Fluch von den Schicksalsfäden zu lösen? Die Wächter auf der Brücke hatten Zara schließlich fast schon aufgegeben. Würden die Menschen Schatten bleiben – oder wirklich wieder zurückkehren?

Rukar und Tegan schienen ähnliche Gedanken zu wälzen, ihre Mienen waren verschlossen und düster.

»Los geht's! Finden wir den Samen!« Lita lächelte, wollte sich selbst und den anderen Mut machen. Sie suchte in dem weichen Watteberg nach Halt, um nicht gleich in der ersten Kurve herunterzurutschen. »Wir werden ihn finden! Die Unsterblichen kämpfen mit uns gegen den Untergang der Welt. Wir werden es schaffen!«

Tegan zog eine Augenbraue hoch. »Ich kann mir nicht

vorstellen, dass sie mit uns Weberinnen gegen Äon kämpfen.«

»Zababa hat uns aus dem Feuer gerettet«, erklärte Rukar, der neben ihr saß. »Und diese Wolke überlassen.«

»Sie bringt uns, wohin wir wollen.« Lita vergrub ihre Hände in der Watte.

»Also zum nächsten Coffeeshop?« Tegan konnte es sich nicht verkneifen, Rukar einen herausfordernden Blick zuzuwerfen.

»Ihr zwei werdet jetzt nicht wieder mit diesem Zickenkrieg anfangen!«, warnte Lita sie. »Tut doch so, als wärt ihr liebende Geschwister.« Sie schloss die Augen, wohl wissend, dass Rukar und Tegan ihr entsetzte Blicke zuwarfen. *Bring uns zum Ursprung, zum ersten Schicksalsbaum. Bring uns zu einem Samenkorn des Schicksalsbaums!*, flüsterte sie in Gedanken.

Sogleich stieg die Wolke in die Luft und Lita blickte hinunter zur Brücke, zu den dahinterliegenden grünen Hügeln. Zara konnte sie nicht mehr ausmachen. Tränen füllten ihre Augen, als sie an DeeDee, Chloe und Lauren dachte. Waren sie bereits wieder da, wenn sie mit Rukar und Tegan zurückkehrte? Sie hoffte es so sehr.

Die Wolke schoss los, sodass Lita das Gleichgewicht verlor. Gerade noch rechtzeitig packte Rukar sie und zog sie hoch.

»Danke. Sorry. Ich … ich war in Gedanken.«

Rukar nickte nur. Anscheinend war ihm nicht nach Reden. Sie konnte ihm die Anspannung ansehen. Tegan schien es ähnlich zu gehen. Sie saß gebeugt und eine tiefe Falte zeichnete ihre Stirn.

Müde beobachtete Lita die Landschaft, die unter ihnen vorbeizog. Zara über die Brücke zu schaffen, war knapp gewesen. Fast hätten sie schon bei der ersten Aufgabe versagt. Aber wie hatte sie sich die Rettung der Welt vorgestellt? Wie eine Ein-Click-Bestellung? Nur mal eben schnell in die jenseitige Welt hüpfen, ein bisschen Sightseeing und Shopping und dann husch, husch zurück?

Abrupt ließ sich die Wolke fallen. Alle drei zuckten zusammen und suchten Halt im weichen Weiß. Senkrecht sauste die Wolke hinunter. Bevor Lita schreien konnte, schlug ihr Fluggerät so hart auf den Boden, dass die Wolke in Hunderte kleine Fetzen zerplatzte.

Rukar, Tegan und Lita wurden auseinandergeschleudert und landeten unsanft auf dem Boden.

»Verdammt!« Lita rieb sich den Rücken. »Was war das denn jetzt?« Hinkend richtete sie sich auf und sah sich um.

Die Wolke war nicht mehr da und auch sonst war wenig zu sehen. Keine Bäume, kein Gras, noch nicht mal ein Weg. Nur eine weiße, ebene Fläche – genauer gesagt, weißer Sand bis zum Horizont.

Tegan und Rukar rappelten sich ebenfalls auf und blickten sich ratlos um.

»Ich dachte, das Ding liefert uns direkt beim Urbaum ab?« Tegan klang enttäuscht. Sie hätte wohl auch gerne die Ein-Click-Variante gehabt. *Bitte einmal einen frischen Samen für einen Schicksalsbaum liefern. Express. Danke.*

»Und wenn der ebenfalls von Jins Gift vernichtet worden ist?« Rukar vergrub die Hände in seiner Jacke und warf Lita einen besorgten Blick zu.

»Nein!« Geschockt schüttelte sie den Kopf. »Nein! Das darf nicht sein!« Die Angst, Rukar könnte recht haben, sprang sie an, setzte sich in ihr fest. Verzweifelt musterte sie die weiße Einöde um sie herum. Warum war die Wolke hier abgestürzt?

Missmutig zog Rukar mit der Stiefelspitze eine Linie in den Sand. »Äon hat bestimmt, dass die Welt enden soll. Was, wenn wir nie eine Chance hatten?«

»Vergiss es!«, schnauzte Lita ihn an. »Wir schaffen das! Wir geben nicht auf! Wir wurden aus dem Feuer gerettet, wir haben Zara über die Brücke gebracht. Äons Plan ist gescheitert!« Unsicher blickte sie sich um in der leeren Weite. Es musste einen Grund geben, wieso sie hier gelandet war. Die Wolke hatte gewusst, wo Zara war. Ebenso zielstrebig war sie hierhergeflogen, als Lita sie darum gebeten hatte, sie zum Samenkorn zu bringen. »Vielleicht ist es ein Rätsel. Wir übersehen etwas, weil wir eine falsche Erwartung haben. Macht die Augen auf … sucht nach Hinweisen.«

Tegan drehte sich um sich selbst und zuckte mit den Schultern. »Hinweise? Lita, hier gibt es nur Sand und Himmel.«

Lita marschierte ein paar Schritte geradeaus, machte kehrt, lief in eine andere Richtung. Doch so weit das Auge reichte, sah sie nur Sand. Noch nicht mal eine Düne oder irgendetwas. Nichts außer flaches Land. »Wir müssen den Urbaum finden! Wir brauchen den Samen. Koste es, was es wolle!«

»Solche Kunden sind mir die liebsten!«

Mit einem Schrei fuhr Lita herum und starrte den Mann

an, der plötzlich aus dem Nichts aufgetaucht war. Schelmisch grinste er sie an und steckte die Daumen in die Taschen seiner orangefarbenen Brokatweste, die sich über seinen kugelrunden Bauch spannte. Darunter trug er eine weitere Weste in Burgunderrot und darunter noch eine in Petrolblau. Weiße Hemdsärmel quollen unter den drei Westen hervor und bauschten sich auf, sodass der Mann noch untersetzter und breiter wirkte, als er eh schon war. Auf seinen grauen Locken saß schief ein goldfarbenes Barett, an dem eine lange Vogelfeder wippte. Ein Handkarren, ein schlichtes Holzhäuschen auf Rädern, stand hinter ihm. Der Karren sah alt und mitgenommen aus, dunkle Farbe blätterte von den wettergegerbten Brettern.

Lita hatte es die Sprache verschlagen. *Wo kam der denn her?* Blinzelnd musterte sie die Spur, die die Räder in den Sand gegraben hatten. Sie führten bis zum Horizont.

»Nun, ihr drei Helden? Was kann ich für euch tun?« Mit routinierten Handgriffen löste der Mann ein paar Laschen und Riegel an seinem Wagen. Es schepperte und klapperte ohrenbetäubend laut, die Seiten klappten runter, gleichzeitig schoss ein Gestell empor, an dem unzählige Gegenstände baumelten. Er drehte an einer Kurbel und in der Mitte des Karrens entfaltete sich ein Schränkchen mit einer Vielzahl an Schublädchen unterschiedlicher Größe.

Ganz zum Schluss entrollte sich ein bunt gestreifter Baldachin und beschattete den Karren.

Auffordernd blickte der Mann sie der Reihe nach an. Rukar und Tegan näherten sich und bestaunten genau wie Lita ungläubig das Gefährt. Obwohl es eben noch ein unscheinbarer Handkarren gewesen war, stand nun ein riesiger Verkaufsstand vor ihnen.

Dieser Händler schien alles zu verkaufen, was auch nur halbwegs in seinen Zauberkarren passte. Lita entdeckte Stoffe und Nähwaren, Kochgeschirr und Haushaltswaren, altmodische Spielzeuge, aber auch Videospiele, Kleidung, Bücher, Weihnachtsschmuck und Tiernahrung.

»Wo sind Sie denn hergekommen?« Lita trat vorsichtig an den Karren heran und tippte eine blinkende Elvisfigur an, die ins Mikro sang und dabei mit den Hüften wackelte. Sie war real. Elvis wackelte nach ihrem Stupser noch mehr als vorher.

Vage deutete der Händler die Spuren im Sand entlang Richtung Horizont. »Nun ja. Von da irgendwo. Wieso ist das wichtig?«

»Ich hab Sie nicht kommen sehen.« Lita musterte den Mann. Vermutlich war er so um die siebzig Jahre alt. Seine runden Wangen glänzten rosa und die vielen Falten um die Augen erweckten den Eindruck, als würde er immerzu lachen.

Tatsächlich lachte er jetzt über Litas Bemerkung. »Manche Dinge sieht man nie kommen. Obwohl es gut gewesen wäre, nicht wahr?«

»Vielleicht haben Sie eine Landkarte für uns«, sagte Rukar. Er hatte den Karren umrundet und die Waren ausführlich begutachtet.

Unzufrieden verschränkte der Händler die Arme und legte den Kopf schief. »Eine Landkarte? Wozu?«

»Wir suchen einen Ort«, meinte Rukar. »Es wäre hilfreich, eine Karte zu haben.«

Der Händler schüttelte den Kopf und ließ ein leises »Ts, ts, ts« vernehmen.

Dann blickte er Tegan neugierig an. »Du weißt es besser, nicht wahr? Kannst du mir sagen, was du brauchst?«

Tegan errötete und sah unsicher zu Lita. »Ich? Was meinen Sie?«

Seufzend wandte sich der Mann ab, stupste ein goldenes Windspiel an, das vom Baldachin seines Verkaufsstands hing, und sortierte Winterhandschuhe in einem Korb. »Ich kann euch alles anbieten, was ihr braucht – oder vielleicht auch nicht braucht.«

Lita starrte in das Windspiel und bewunderte die flirrenden Lichtreflexionen, die es zauberte. Es erinnerte sie an die bunten Graffiti im Skatespace an der Themse. »Ich brauche meine Freunde«, murmelte sie.

»Aha.« Lächelnd ließ er von den Handschuhen ab und wandte sich Lita zu. »Das mag wohl sein. Aber davon hast du bereits einige. Ich glaube, du suchst etwas anderes.«

»Das stimmt. Ich suche den Baum des Lebens. Ich brauche einen Samen, damit neue Schicksalsbäume wachsen können.«

Zufrieden klatschte der Mann in die Hände. »Na also. Das klingt doch spannend. Und ihr?« Er trat nah an Rukar heran und sah ihn direkt an.

Rukar zögerte. »Ich würde gerne die Wahrheit kennen. Über mich.«

Litas Blick flog kurz zu Tegan, die den Händler mit verschränkten Armen beobachtete, als wäre er ein unberechenbares Raubtier.

»Du meine Güte. Bescheidenheit ist keine deiner Tugenden, wie?« Damit wandte sich der Händler Tegan zu und fixierte sie. »Und diese junge Dame hier?«

Lita sah, wie unangenehm Tegan die Aufdringlichkeit des Händlers war. Die Weberin versuchte, ihm auszuweichen, doch er ließ nicht locker. Schließlich seufzte sie und murmelte mit gesenktem Kopf: »Ich wünsche mir Freiheit.«

Für einen Moment legte sich ein angespanntes Schweigen über die Gruppe, dann brach der Händler in schallendes Gelächter aus. »Freiheit!« Er schüttelte sich vor Lachen. »Freiheit!«, keuchte er, wischte sich Lachtränen aus den Augen und wurde dann schlagartig ernst. »Die ist alle.«

Damit drehte er sich abrupt um und stiefelte zu seinem Wagen zurück. »Freiheit ist wirklich rar und am meisten gesucht. Jeder will sie.« Vor sich hin murmelnd begann er, Schublade um Schublade aufzuziehen und darin herumzukramen. »Aber *echte* Freiheit gibt es gar nicht. Wenn der eine absolute Freiheit hat, hat damit der andere nur noch eine eingeschränkte. Wenn überhaupt.« Scheppernd schob er eine Schublade zu, in der Lita meinte, einen Diamanten schimmern gesehen zu haben. »Das ist ein Riesengeschäft«, murmelte er weiter. »Es braucht immer irgendwer wieder eine absolute Freiheit. Deshalb bin ich gerade ausverkauft. Tut mir leid.« Schließlich fand er offenbar, was er suchte, und wandte sich Rukar zu. »Aber du, du hättest also gerne die Wahrheit.«

Rukar verschränkte die Arme und musterte den Mann argwöhnisch. »Und wenn es so wäre?«

Ärgerlich zog der Händler die Brauen zusammen. »Lass

diese Spielchen. Du hast all diese Dinge nur angestellt, weil du auf der Suche danach warst.«

Woher weiß er das alles? Lita beobachtete den Händler scharf. Was hatte er eben aus der Schublade gezogen? Er hielt ein längliches silbriges Ding in der Hand, halb vom Hemdsärmel verborgen. Sie war sich unsicher, ob dieser Kerl gefährlich war. *Mit Sicherheit! Was glaubst du, was für ein Wesen in der jenseitigen* Welt *aus dem Nichts auftaucht und* Wahrheit *verkaufen will?*

»Nun, Rukar.« Der Händler trat noch näher an ihn heran. »Wer die Wahrheit will, der opfert seinen Glauben.«

Überrascht lachte Rukar auf. »Meinen *Glauben?*«

Der Händler nickte ernst.

»Ich habe keinen Glauben!«

Abwägend neigte der Händler den Kopf. »Nun gut«, murmelte er dann. »Wenn dem so ist, wirst du ihn nicht vermissen. Einverstanden.«

Da streckte er Rukar das Ding hin, das er im Ärmel versteckt gehalten hatte.

Lita hörte Tegan erschrocken nach Luft schnappen und begriff im gleichen Augenblick, was es war: der Spiegelschlüssel einer Weberin.

Zögernd nahm Rukar den Handspiegel entgegen. Der Händler lachte. »Geschäft getätigt!«

Lita ging auf Rukar zu, der wie versteinert auf den Weberinnenspiegel starrte. Woher hatte der Händler es gewusst?

»Nein! Das geht nicht!« Tegan stürzte zu Rukar und versuchte, ihm den Spiegel aus der Hand zu reißen. »Woher haben Sie den?«, fuhr sie den Händler an.

Unschuldig hob der die Hände. »Die Zeit spült Dinge an die Ufer. Ich sammle sie bloß ein.«

»Nein!« Tegan sprang an Rukar hoch, der aber hielt den Spiegel verärgert außerhalb ihrer Reichweite. »Tegan! Was soll das! Was ist mit dem Teil?« Rukar wehrte sie wie einen aufdringlichen Hund ab.

Als Lita versuchte dazwischenzugehen, schubste Tegan sie weg.

»Das ist *meiner!*« Wütend trat sie nach Rukar und begann, mit ihm zu ringen.

Der Händler beobachtete die Szene und schüttelte nur den Kopf.

»Hört auf!« Entschieden schob Lita Tegan von Rukar fort. »Tegan! Lass ihn! Es ist –« Wieder traf sie ein Stoß von Tegan und sie taumelte zurück.

Der Händler grinste amüsiert. »Echte Geschwisterliebe, nicht wahr?«

Mit offenem Mund starrte Lita ihn an. Wie konnte er davon wissen?

Tegan und Rukar balgten sich weiter, als hätten sie nicht gehört, was der Mann gesagt hatte.

Zwinkernd grinste er Lita an und schlagartig wurde ihr klar, warum er hier war. Ein Händler im Nirgendwo, der genauestens über ihre Leben Bescheid wusste. Die Wolke hatte sie nicht fallen lassen. Sie waren genau dort gelandet, wo sie sein sollten.

Wie klein und plump er aussah!

Aber diesmal Lita war sich sicher, so viel, wie dieser seltsame Kerl wusste, konnte er niemand anderes sein als Äon.

24
RUKAR

Immer wieder sprang Tegan an Rukar hoch, um an den Spiegel zu gelangen. Doch er hielt ihn so weit hinauf wie nur möglich. Er hatte noch gar keine Gelegenheit gehabt, sich das Ding anzusehen. Ihm war nur klar, dass es ein Weberinnenspiegel war. Ein Schlüssel zum Turm.

»Hör auf, Tegan!« Lita schirmte Rukar vor Tegans Angriffen ab, die sich ganz offensichtlich nicht beruhigen wollte.

»Er soll mir den Spiegel geben!« Haken schlagend versuchte sie, an Lita vorbeizuspringen, um den Spiegel zu bekommen. »Der hat meiner Mum gehört!«

Der Händler tippelte zu Rukar. Als wären sie beste Freunde, legte er einen Arm auf seine Schulter. Diese Geste wirkte etwas lächerlich, da der Mann gute zwei Köpfe kleiner war als er. »Nun, mein Freund. Willst du dir das gute Stück nicht ansehen?«

Tegan hielt endlich inne und Rukar öffnete die Hand, um den Spiegel genauer zu betrachten. Er war oval, fast so groß wie seine Hand und das Silber des Rahmens völlig schwarz angelaufen. Dennoch waren die Rosenranken noch gut zu erkennen.

»Die Wahrheit hat viele Seiten. Es stimmt. Es ist der

Spiegel deiner Mutter«, sagte der Händler zu Tegan, die beim Anblick der Rosenranken ganz blass geworden war.

Rukar runzelte die Stirn. Er wusste bereits, dass er der Sohn einer Weberin war, obwohl Weberinnen ausschließlich Töchter zur Welt brachten. Sein Blick glitt zu Tegan. Offensichtlich war sie felsenfest davon überzeugt, dass sie ein Anrecht auf diesen Spiegel hatte ... Rukar starrte sie an. Ihr schwarzes Haar ...

Der Händler patschte Rukar aufmunternd auf die Schulter. »Aber zugleich ist es der Spiegel *seiner* Mutter.« Sein breites Grinsen war kaum auszuhalten.

Zugleich ist es der Spiegel seiner *Mutter.*

Rukar sog scharf Luft ein. Das – was ... was sollte er ... Tegan gaffte ihn mit aufgerissenen Augen an. Völlig bewegungslos, als hätte Misano sie erstarren lassen.

»Sie hatte keine Ahnung, oder?«, murmelte der Händler Lita zu.

Das Grübchen, wenn Tegan lächelt! Wieso war ihm das nicht aufgefallen? Wie lange hatte er mit ihr im Pub gesessen und sie beobachtet? Doch da hatte er noch nichts von der Identität seiner Mutter gewusst.

Tegan war blass geworden. Sie schwankte.

»Tegan?« Lita legte ihr sanft den Arm auf die Schulter. »Es ist wahr. Rukars Mutter war eine Weberin. Deshalb konnte er so einfach in den Turm. Weil ihr Halbgeschwister seid.«

Von irgendwoher hatte der Händler plötzlich einen Klapphocker hervorgezaubert und schob ihn Tegan gerade noch rechtzeitig unter, sonst wäre sie umgefallen.

Unsicher musterte Rukar sie. Der Spiegel lag schwer in

seiner Hand. Dies war nun also die Wahrheit über seine Herkunft. Er war nicht nur etwas, das Äon nie gewollt hatte. Nun hatte er auch noch eine Schwester. Eine Halbschwester, die ihn hasste. »Es tut mir leid«, stammelte er. »Ehrlich. Ich hatte keine Ahnung. Von nichts. Schon gar nicht ...« Er hatte seine Halbschwester betäubt und ausgeraubt!

Er brauchte *dringend* einen Kaffee! Einen großen pechschwarzen!

»Winnie hat es gesehen«, murmelte Tegan und starrte ihn noch immer an.

»Sie hatte mich gebeten, es dir zu sagen«, meinte Lita. »Aber ... nun.« Hilflos sah sie Rukar an.

»Du hast es *gewusst?*«, riefen beide gleichzeitig und gleichermaßen geschockt.

»Winnie hat es mir im Turm erzählt, kurz bevor wir aufgebrochen sind«, entschuldigte sich Lita. »Sie hat den Rest deiner Prophezeiung.«

Jetzt war es Rukar, der ins Schwanken geriet. Doch für ihn hatte der Händler keinen Notsitz. Rukars Hand umklammerte den Spiegel, als sei der das Einzige, das ihm Halt geben konnte. Denn seine Welt wirbelte herum, stand kopf. Mit einem Mal war seine Mutter real. Und damit seine *Familie ...*

Ausdruckslos starrte er Tegan an. Sie war seine echte Familie und sie hasste und verachtete ihn ebenso, wie die Kami es taten, bei denen er aufgewachsen war.

Plötzlich brach Tegan in schallendes Gelächter aus. »Das ist doch ... völlig irre! Und ich hab die ganze Zeit ...!« Sie deutete auf Rukar und lachte noch lauter. »Ich dachte, Äon würde ...«

»Was dachtest du?« Unsicher, ob er zu ihr gehen sollte, vergrub er seine Hände in den Jackentaschen. Den Spiegel seiner Mutter fest umschlossen.

»Eine Zeit lang hatte ich Angst, Äon hätte dich als meinen ...« Sie prustete schon wieder los. Es klang unendlich erleichtert und Rukar fühlte sich seltsam bloßgestellt. »Und dann dachte ich, du wolltest mich *umbringen!* Ich dachte, dass ich deshalb deine Prophezeiung nicht sehen kann!«

Ziemlich beleidigt musterte Rukar sie. »Na, danke auch.«

Ihre Blicke trafen sich und Rukar kam es vor, als sähe er Tegan zum ersten Mal. Sie hatte die gleichen störrischen, dicken schwarzen Haare wie er, die dunklen Augen und das Grübchen, wenn sie lächelte. Jetzt, wo er die Wahrheit kannte, sah er so viel von sich in ihr. Und dennoch. Die Wahrheit fühlte sich kalt und abweisend an. Er hatte immer gedacht, sobald er die Wahrheit wüsste, würde sein Leben hell und glücklich werden.

Inzwischen war der Händler zu Lita gegangen.

»Nun zu dir, Ungeborene«, sagte er und lächelte Lita an.

Rukar bemerkte, wie Lita bei dieser Anrede zusammenzuckte. Fast schien es, als würde sie vor ihm zurückweichen, während der Mann nach einem Stab aus Messing griff, der zwischen Kochlöffeln und Stricknadeln gelegen hatte. Es schien ein Zollstock zu sein, denn der Mann faltete ihn behutsam auseinander. Der Stab blitzte in der Sonne, während der Händler mit ihm hantierte. Dabei wurde er nicht nur länger, sondern auch dicker. Ösen klappten an den Enden aus, in der Mitte ploppte eine Scheibe mit einer eingravierten Skala auf. Als der Händler endlich fertig war, stand eine mannshohe, stabile Balkenwaage vor Lita im Sand.

Argwöhnisch umrundete Rukar die Waage und ging zu Lita. Tegan saß noch immer auf dem Hocker und beobachtete ihn, als sei er das Sonderbarste, das ihr bisher im Leben begegnet war.

»Was wird das?«, fragte er Lita.

»Ich weiß es nicht«, flüsterte sie, ohne den Händler aus den Augen zu lassen. »Aber ich bin mir sicher, dass er Äon ist.«

»Was?« Rukar stockte der Atem. Wie kam Lita denn auf diese Idee? Er beobachtete den fülligen Kerl, der mehr mit einer albernen Comicfigur gemein hatte als mit einem allmächtigen Wesen. Der Händler kramte schon wieder in den Schubladen herum und förderte schließlich einen Diamanten hervor.

Rukar stieß einen Pfiff aus. »Der sieht wertvoll aus.«

Der Händler hob den Stein in die Höhe und ließ ihn in der Sonne funkeln. »In der Tat. Er zieht Diebe an. Doch man sollte sich nicht blenden lassen.« Langsam beugte er sich zur Waage vor und platzierte den Diamanten auf einer der Schalen. Kaum hatte er losgelassen, krachte die Waagschale mit dem Stein zu Boden.

»Nun«, aufmerksam musterte der Händler Lita. »Womit willst du den Samen aufwiegen?«

»Den *Samen?«* Rukar trat an die Waagschale und kniete sich hin, um sich den funkelnden Stein näher anzusehen.

»Nicht berühren!«, ermahnte der Händler ihn scharf.

Rukar beachtete die Anweisung nicht und beugte sich ganz nah heran. Tatsächlich war der Stein gar nicht in

Facetten geschliffen. Er glänzte, weil seine Oberfläche von winzigen silbrigen Pünktchen überzogen war. Seine Form erinnerte Rukar an eine überdimensional große Kaffeebohne, mindestens so groß wie seine Hand.

»Das soll der Samen sein?« Tegan hatte sich aus ihrer Starre gelöst und kam nun ebenfalls neugierig heran. Sie beugte sich neben Rukar herab und musterte den Samen. »Warum ist der so verteufelt schwer?«

»Er wiegt gerade mal fünfzig Gramm.« Der Händler beobachtete Tegan und Rukar genau. »Nicht anfassen!«, mahnte er sie erneut.

»Fünfzig Gramm? Und warum liegt die Waagschale dann am Boden?« Nie und nimmer. Der Typ wollte nur eine Show abziehen, da war sich Rukar sicher. Was, wenn Lita recht hatte, und diese Pappnase war wirklich Äon höchstpersönlich?

Herablassend lächelte der Händler. »Du hast deinen Glauben verloren, Rukar. Vielleicht solltest du überlegen, wie du ihn zurückbekommst.«

Sprachlos sah er den Händler an. Seinen Glauben? »Sie hatten gefragt, ob ich an etwas glaube ... Sie hatten von Religionen gesprochen ...«

»O nein.« Der Mann schüttelte den Kopf. »Ts, ts, ts. Du setzt zu viel als gegeben voraus, Rukar. Unsterbliche verlieben sich nur in Menschen ... Kami sind alle unfreundlich ... Dabei ist alles im Fluss. Die Welt verändert sich. Stetig.«

Rukar blickte wieder auf den glitzernden Stein. Er konnte nicht glauben, dass dies der Samen sein sollte. Unsicher sah er Tegan an, die den Stein eingehend betrachtete.

Der Händler hatte sich inzwischen Lita zugewandt, die abseits stand und die Szene skeptisch beobachtet hatte. »Also. Was bietest du mir?«

Sie verschränkte die Arme und musterte den Händler mit zusammengekniffenen Augen. Dabei reckte sie ihr Kinn unmerklich vor und Rukar wusste, dass sie sich nicht so einfach übertölpeln lassen würde. »Woher soll ich wissen, dass Sie die Wahrheit sagen?«

Entrüstet stemmte der Mann die Hände in seine nicht vorhandene Taille. »Was glaubst du, wen du vor dir hast! Das ist mir in all den Jahrtausenden ja noch nie passiert!«

»Ich glaube, ich weiß sehr genau, wer Sie sind! Sie sind Äon!«, pfefferte Lita ihm entgegen.

Erschrocken schnellte Tegan hoch. Angst spiegelte sich in ihrem Gesicht und sie wich einen Schritt zurück, während Rukar den rundlichen Kerl voller Argwohn beobachtete.

Nie und nimmer war das Äon.

Der Händler begann zu lachen. »Oh! Das ist ja … So eine *Ehre!*« Er lachte Tränen. »Mich kleinen, harmlosen Händler für das allmächtige Wesen zu halten!«

Lita schnaubte. »Sie wissen alles über uns. Haben den Spiegel von Rukars Mutter im Gepäck. Und – angeblich – den Samen für einen neuen Schicksalsbaum.«

Der Händler seufzte tief und wischte sich die letzte Lachträne fort. »Na gut. Ich gebe zu, es ist kein Zufall, dass ich hier bin. Äon hat mir gesagt, wann ich hier auftauchen soll und was ich dabeihaben muss.«

Rukar warf Lita einen Blick zu. Wenn das, was der Kerl ihnen da erzählte, stimmte, dann war ihre Mission gescheitert. Waren sie wirklich die ganze Zeit Äons Plan gefolgt und nichts von alledem würde den Untergang der Welt aufhalten?

Lita war offenbar ebenfalls zu diesem Schluss gekommen, denn sie begegnete Rukars Blick mit Sorge. Doch Rukar konnte nur zweifelnd die Schultern zucken. Er wusste überhaupt nicht mehr, was er glauben sollte.

»Wieso sollte ich Ihnen diese Geschichte abkaufen?«, fragte Lita den Händler.

»Weil du es kannst.« Er schnitt eine Grimasse und deutete kurz auf Rukar. »Im Gegensatz zu ihm.«

Wütend ballte Rukar die Fäuste. Er musste nichts glauben! Die Wahrheit war nichts, was mit Glauben zu tun hatte.

Und die Wahrheit war offensichtlich: Sie durften diesem Kerl nicht vertrauen!

25
LITA

Wenn ich Ihnen glaube, dass Äon Sie hergeschickt hat«, sagte Lita und ließ den Händler nicht aus den Augen. »Dann würde das bedeuten, dass ich den Samen nicht brauche. Dann war unsere Reise hierher von ihm geplant. Dann wird der Samen die Welt nicht retten.« Sie versuchte, ruhig und besonnen zu bleiben. Doch in ihr brodelte es. Sie war sich so sicher gewesen, dass Rukar und sie eine Chance hatten. Dass sie nicht in Äons Masterplan vorkamen – dass sie ihn deshalb durchkreuzen konnten.

Der Händler lehnte sich an seinen Stand und sah Lita gelassen an. »Ist es das, was du glauben willst?«

»Was ich glauben *will?* Was – Wissen Sie eigentlich, was bei den Menschen los ist? Äon hat die Menschen ausgelöscht! Er hat seine eigene Schöpfung verraten! Vergiftet!« Jetzt verlor sie die Beherrschung. »Ich will, dass die Welt wieder heil wird! Dass die Menschen zurückkommen!« Sie fühlte ihr Herz brechen. »Ich will, dass wir Äon schlagen. Dass es verschwindet! Ich will meine Freunde zurück!«

»Das ist nett«, meinte der Mann gönnerhaft. »Also – was bezahlst du für den Samen?«

Ihr Blick glitt zu dem funkelnden Stein und sie wischte sich wie beiläufig eine Träne aus dem Augenwinkel. Sie musste sich beruhigen. Einen klaren Kopf behalten, wenn sie Äons Spielchen für sich entscheiden wollte. »Wieso sollte ich Ihnen den Samen abkaufen? Sie haben eben selbst gesagt, dass Äon Sie hierhergeschickt hat. Wenn das wahr ist, wird der Samen nichts verändern.« Sagte der Mann die Wahrheit? Sie konnte es nicht ausschließen. Warum sollte er lügen?

»Samen verändern immer etwas. Sie sind ein neuer Anfang. Jedes Jahr. Immer wieder.« Seufzend wandte er sich ab und begann, seine Waren zu sortieren.

Plötzlich kam Lita ihr Gespräch mit Faine in den Sinn, nachdem ihre Mutter sie bei der Kirchenruine von St. Dunstan verlassen hatte, um mit Jin zu sprechen.

Ich will dir nur sagen, dass du nicht an dir zweifeln darfst. Es wird passieren, was passiert. Aber ist das Entscheidende nicht, dass du weißt, dass du getan hast, was du tun konntest? Dass du mit allem, was du geben konntest, für das gekämpft hast, woran du glaubst?

Das waren Faines Worte gewesen ...

»Also? Wie entscheidest du dich?« Der Händler blickte sie über die Schulter hinweg an.

Hilflos sah Lita zu Tegan und Rukar. Beide schüttelten den Kopf.

Aber ist das Entscheidende nicht, dass du weißt, dass du getan hast, was du tun konntest? Dass du mit allem, was du geben konntest, für das gekämpft hast, woran du glaubst?

Sie kniete sich neben die Schale und betrachtete den Samen. Er sah magisch aus, glitzernd, als brenne ein Licht in ihm. Seine silbrige Farbe erinnerte sie an den Schicksalsbaum. Und als sie sich näher herabbeugte, meinte sie sogar, die feine Melodie zu vernehmen, die seine Blätter gespielt hatten.

Sie wollte daran glauben.

Sie wollte, dass dieser Weg nicht vergebens gewesen war. Dass Rukar und sie die Macht hatten, das Schicksal zu ändern.

Sie wollte nicht aufgeben. Sie wollte DeeDee zurück, all ihre Freunde ... alle Menschen.

Sie stand auf und nickte Rukar entschlossen zu.

»Du bist verrückt!« Tegan schüttelte vehement den Kopf. »Lass das Ding hier. Wir haben verloren.«

»Ich stimme ihr ausnahmsweise zu. Es ist vorbei«, sagte Rukar. »Lass uns von hier verschwinden.«

»Nein. Es ist nicht vorbei«, murmelte sie und wandte sich dem Händler zu. »Ich kaufe den Samen.« Es kam darauf an weiterzukämpfen für das, woran sie glaubte.

»Oh!« Mit einem strahlenden Lächeln ließ der Händler von seinen Waren ab. »Und welchen Preis bist du bereit zu zahlen? Ich nehme das Wertvollste, das du besitzt.«

Das Herz schlug Lita bis zum Hals, als sie zur leeren Waagschale ging. Die Messingschüssel baumelte einen halben Kopf über ihr und Lita musste sie zu sich herunterziehen. Es ging überraschend leicht. Der Samen wog vermutlich tatsächlich nur fünfzig Gramm.

»Was hast du vor?« Rukar hatte sie am Arm gefasst und wollte sie von der Waage wegschieben, doch sie ließ es nicht zu.

»Du wirst den Samen nehmen und in den Turm bringen, Rukar. Versprich es mir!« Sie blickte ihm fest in die Augen.

»Was?«

Sie sah, wie Angst in ihm aufstieg. Er ahnte, was sie vorhatte.

»Tegan? Pass auf ihn auf, okay? Er ist dein kleiner Bruder.« Sie grinste, doch Tegan stand wie versteinert da. Lita konnte nur ahnen, was in ihr vorging. Tegans Welt war binnen weniger Minuten komplett auf den Kopf gestellt worden. Aber sie war sich sicher, dass sie das Richtige tun würde. Tegan würde ebenfalls bis zum Ende für das kämpfen, woran sie glaubte.

Lita zog die Waagschale noch ein Stück weiter herunter und sah zum Händler, der sie gespannt beobachtete.

»Nun? Was legst du hinein?«

»Ich habe sehr viel Hoffnung. Und einen starken Glauben. Aber vor allem habe ich ...« Für einen Moment glitt ihr Blick zu Rukar, der blass neben ihr stand und sie flehentlich ansah. »... Liebe.«

Lita setzte sich auf die Waagschale. Sofort schnellte die Schale mit dem Samen in die Höhe, der Waagbalken pendelte hin und her, auf der Suche nach Gleichgewicht.

»Komm da runter!« Rukar packte sie, doch der Händler hatte plötzlich einen Holzstab in der Hand, mit dem er Rukar einen Stoß versetzte. »Hände weg von meiner Ware!«

Rukar fiel in den Sand, sprang jedoch sofort wieder auf und stürzte zurück zu Lita.

»Lass!«, bat sie ihn. »Es ist der einzige Weg.«

»Nein! Lita! Er betrügt dich! Wir haben verloren, der Samen ist gefälscht! Äon hat ihn geschickt – er ...« Rukars Worte wurden immer leiser, erstickt von seinen verzweifelten Tränen. Lita streckte die Hand nach ihm aus. Das rote Band, das Faine um ihr Handgelenk geknotet hatte, wirkte seltsam fremd in dem gleißenden Weiß der Wüste um sie herum.

»Bitte. Du kannst die Welt retten! Glaube daran!«

Ihr wurde übel und sie befürchtete schon, Äon würde sie swipen. Doch stattdessen fiel sie in eine bodenlose Schwärze. Eine Dunkelheit, die alles von ihr nahm. Ihren Glauben und ihre Hoffnung.

Und ihre Liebe.

26
RUKAR

Mit einem Aufschrei stürzte Rukar zur leeren Waagschale.

»Nein! Lita! Sie ist nicht der Preis! Nehmen Sie mich! Mich!« Hilflos schlug er auf die Stelle ein, wo eben noch Lita gesessen hatte.

Der Händler hatte den Samen von der anderen Schale genommen und kam damit zu ihm. »Geschäft ist Geschäft. Du kennst doch den Kodex, Rukar. Du hast selbst jahrelang danach gehandelt.« Auffordernd hielt er ihm den Samen hin.

»Nein! Ich – ich kaufe Lita zurück! Nehmen Sie mich!« Verzweifelt betastete er die leere Schale, als könne er einen versteckten Mechanismus finden und Lita zurückzaubern. Das Metall war noch warm, wo Lita gesessen hatte. Seine Tränen tropften darauf. Wie hatte sie das tun können! Und wofür?

Mitleidig schüttelte der Mann den Kopf. »Ich möchte meine neue Ware nicht mit Verlust verkaufen.« Grinsend beugte er sich vor und flüsterte: »Außerdem habe ich ja schon deinen Glauben. Du hast nichts, was die Waage ins Gleichgewicht bringen könnte.«

»Geben Sie mir das Ding.« Tegan schob sich zwischen

Rukar und den Händler. Ihre Augen waren leicht gerötet und eine verwischte Träne schimmerte noch auf ihrer Wange. »Ich werde Litas Mission zu Ende führen.«

Erstaunt hob der Händler die Brauen und schielte an Tegan vorbei zu Rukar, als wolle er sich versichern, dass Rukar dem zustimmte.

Doch der konnte den Blick noch immer nicht abwenden von der Stelle, an der eben noch Lita gesessen hatte. Wie hatte sie sich selbst für diesen dummen Samen opfern können!

»Also gut«, murmelte der Händler. »Die Abmachung war eine andere, aber bitte schön.« Noch immer zögernd legte er den Samen in Tegans Hand.

Sofort schlossen sich ihre Finger darum. »Vielen Dank. Machen Sie sich keine Sorgen. Ich werde gut aufpassen.«

Ausnahmsweise schwieg der Händler. Rukar spürte jedoch dessen Blick auf sich.

»Wo ist sie?«, fragt Rukar tonlos. Alles fühlte sich dumpf und sinnlos an ohne Lita. Er musste sie zurückholen!

»Wer?« Der Händler drückte an der Waage herum. Mit einem Surren und Klimpern ploppte und klappte die Waage in sich zusammen und der ursprüngliche Messingstab plumpste in den Sand. Ächzend bückte sich der Händler, um ihn aufzuheben.

Doch Rukar kam ihm zuvor. »Wo ist Lita!« Drohend hob er den Stab. »Sagen Sie mir sofort, wo ich sie finde!« Auf keinen Fall ließ er Lita irgendwo in der jenseitigen Welt zurück!

Mit einem Lächeln zog der Händler Rukar den Stab aus der Hand und blickte ihm direkt in die Augen. »Tut mir leid«, sagte er leise. »Ich weiß nicht, von wem du sprichst.« Im selben Augenblick verschwamm er vor Rukars Augen, löste sich auf und war verschwunden.

»Nein!« Rukars Schrei verhallte in der Leere der Wüste. Als würde es etwas helfen, wühlte er im Sand, in dem eben noch der Wagen gestanden hatte. Aber nichts deutete darauf hin, dass es überhaupt jemals einen Wagen und einen Händler gegeben hatte. Auch die Fahrspur im Sand war verweht. Wie eine Fata Morgana waren sie einfach verschwunden.

»Gib mir Lita zurück!«, brüllte Rukar.

Tegan sah schweigend auf ihn hinab. Hilflos grub er noch mal im Sand, der ihm durch die Finger rann wie die Zeit.

Die Zeit!

Sofort sprang er wieder auf. »Ich hol sie zurück!«

»Lass gut sein.« Tegan wandte sich ab und musterte die Umgebung. »Du kannst offensichtlich das Schicksal nicht besiegen. Lita hat gewusst, was sie tat.« Wie beiläufig wischte sich Tegan über die Augen. »Also, ab nach Hause. Sie erwartet, dass du die Mission für sie zu Ende bringst. Irgendeine Ahnung, in welche Richtung wir müssen?«

Fassungslos starrte er Tegan an. Wie konnte sie nur so hartherzig sein! Nichts würde ihn davon abhalten, Lita zu suchen und zurückzubringen. Schließlich hatte er Macht über die Zeit.

Rukar schloss die Augen und konzentrierte sich. Zog sich ganz zurück und ließ seinen Geist in die Zeit vordringen. Vorsichtig fühlte er nach den Fäden, mit denen die Ereignisse verbunden waren. Er brauchte nur an ihnen zu ziehen, sie aus der Vergangenheit zurückzuholen. Dann war Lita wieder da. Lita und der Händler und der vermaledeite Samen. Er würde den Ablauf der Geschehnisse verändern.

Angestrengt fühlte er, tastete im Geist nach den Zeitfäden.

Er hatte DeeDee gerettet. Er hatte ihren Tod rückgängig gemacht. Er besaß die Macht, auch Lita zurückzubringen!

Und dann würden sie Äon zusammen besiegen!

Sein Atem ging viel zu schnell. Er merkte, wie viel Energie es ihn kostete, nach den Zeitfäden zu suchen.

Doch er musste Lita zurückholen!

Jetzt!

27
TEGAN

Rukar schnaubte. Den Kopf gesenkt, die Augen geschlossen schien er angestrengt über etwas zu meditieren.

Ungeduldig schaufelte Tegan Sand mit der Schuhspitze. Der Samen lag schwer in ihrer Manteltasche. Sie musste ihn unauffällig loswerden. Vielleicht gleich hier und jetzt im Sand vergraben? Rukar würde es nicht bemerken. Was trieb der Kerl da überhaupt? »Kommst du nun? Vom Rumstehen werden wir nicht nach Hause finden.« Wie weit war es noch bis zu einem Durchgang? Was, wenn er den Samen sehen wollte?

»Sie sind nicht da!«, keuchte er und riss die Augen auf.

»Wer ist nicht da?« Zweifelnd musterte Tegan ihn. Sie standen mutterseelenallein in der weißen Wüste. Nichts und niemand war weit und breit zu sehen. *Und wenn ich einfach verschwinde? Irgendwie werde ich den Weg nach Hause schon finden.* Unschlüssig beobachtete sie Rukar. Er sah elend aus.

Erschöpft fiel er plötzlich auf die Knie. »Nichts. Es ist alles leer. Hier ist … keine Zeit.« Er verbarg das Gesicht in den Händen und sie wusste, dass er weinte.

Tegan wandte sich ab. Um ihm Raum für seine Trauer zu geben – um sich selbst davor zu retten. Denn Lita hatte ihr Leben gegeben, damit dieser Samen in London wurzeln konnte und die Schicksalsfäden wiedererweckte. Und nun lag dieser Samen in ihrer Hand. Sie würde ihn fallen lassen, verlieren. Begraben im Nirgendwo. Niemals wieder sollten Schicksalsfäden Menschen zu einem Leben zwingen, das sie nicht wollten!

Rukar trauerte um Lita. Er würde das jenseitige Land nicht ohne sie verlassen. Tegan verdrängte Mitleid und Trauer. Sie liebte ebenfalls. *Stell dir vor, Jackson hätte sich vor deinen Augen in Luft aufgelöst …*

Nein. Sie ballte eine Faust und ging energisch weiter. Fort von Rukar. Sie wollte sich auf keinen Fall vorstellen, wie es war, Jackson für immer zu verlieren. Denn es hockte schon längst wie ein lauerndes Raubtier tief in ihr und wartete nur darauf, sie anzuspringen. Und der einzige Weg, dieses Tier für immer wegzusperren, war, schnellstens die jenseitige Welt zu verlassen. »Komm schon, Rukar. Lita ist freiwillig gegangen. Ihr war bewusst, was passieren würde!«, rief sie ihm über die Schulter zu.

Pass auf ihn auf, okay? Er ist dein kleiner Bruder, waren Litas letzte Worte an sie gewesen. Tegan blieb stehen und wandte sich zu Rukar um. Ein Häufchen Elend in der weißen Unendlichkeit.

Als Lita die Waagschale zu sich gezogen hatte, hatte Tegan nicht einmal ansatzweise geahnt, womit sie den Samen aufwiegen wollte. Und als sie begriffen hatte – war Lita fort gewesen.

Tegan musste die Augen schließen, um die Tränen zurückzudrängen. *Das habe ich nicht gewollt.*

Nein. Alles, was sie erreichen wollte, war Freiheit gewesen. Freiheit für die Menschen und für sich und Jackson.

Echte Freiheit gibt es gar nicht, hallte die Stimme des Händlers in ihrem Kopf. *Wenn der eine absolute Freiheit hat, hat damit der andere nur noch eine eingeschränkte. Wenn überhaupt.*

Sie hatte den Baum vergiftet und damit die Sklaverei der Schicksalsfäden ein für alle Mal beendet. Diese Freiheit hatte Lita mit ihrem Leben bezahlt. Und Rukars Herz war gebrochen.

Tegan starrte zu Boden.

Freiheit ist ausverkauft.

Ihre Hand schloss sich um den Samen. Sie hatte ihre Freiheit in der Tasche. Aber Lita kam nicht mehr zurück. Sie hatte den Preis bezahlt für ihre Vorstellung von Freiheit für die Menschen.

Tegan atmete durch. Sie hatte richtig gehandelt. Es war *richtig,* die Menschen endlich von der Tyrannei der Schicksalsfäden zu befreien!

»Rukar ...« Zögernd ging sie zu ihm zurück und legte ihm die Hand auf die Schulter. *Er ist mein Bruder,* schoss es ihr durch den Kopf. Ein befremdlicher Gedanke, der sie auf viele Weisen schmerzte. Die verlorene Kindheit mit ihm, die Lücke, die ihre Mutter hinterlassen hatte, die unmögliche Tatsache, dass er ein Weber war, und ihre neue Rolle als große Schwester. »Lita ist fort ... Sie ist ...« Wie tröstete man einen Bruder?

»Nein«, blaffte er sie an. »Lita weiß, ich kann sie retten. Sie wartet auf mich!«

Missmutig schüttelte Tegan den Kopf. »Wenn du mich

fragst, können wir niemanden retten. Erst recht nicht, wenn wir nicht sofort nach London zurückgehen. Los jetzt! Lita wollte, dass du den Samen in den Turm bringst.« Forschend sah sie ihn an. Erneut hatte Rukar die Augen geschlossen und schien sich auf irgendetwas zu konzentrieren. Es kostete ihn anscheinend immens viel Kraft, denn er begann zu zittern. »Rukar«, sagte sie sanft. »Lass Lita los. Sie ist fort.«

Der Blick, den er ihr zuwarf, traf Tegan direkt ins Herz. So viel Verzweiflung und abgrundtiefer Schmerz. Sie bereute es, gesagt zu haben, er solle Lita loslassen. Wäre es Jackson, der vor ihren Augen verschwunden wäre – nichts könnte sie davon abbringen, nach ihm zu suchen.

Pass auf ihn auf, okay? Er ist dein kleiner Bruder.

»Ich bring dich nach Hause. Brüderchen«, sagte sie leise.

Widerstrebend ergriff er ihre Hand und ließ sich ein Stück von ihr führen. Es fühlte sich seltsam an. Hand in Hand mit einem Fremden, der doch eigentlich das Vertrauteste in ihrem Leben hätte sein müssen.

Sie war zwei Jahre alt gewesen, als ihre Mutter starb. Dass sie schwanger war, davon hatte Tegan nichts mitbekommen. Oder nichts verstanden. Sie war schließlich noch sehr klein gewesen. Sie wusste nur noch, dass ihre Mutter dick geworden war, aber aus irgendeinem Grund hatte sie gedacht, es wäre die Traurigkeit, die ihre Mutter aufgebläht hatte. Sie hatte so viel geweint, weil Jin nicht mehr zu Besuch gekommen war.

»Weißt du, wer dein Vater ist?«, fragte sie, obwohl sie die Antwort bereits ahnte.

Rukar sah sie an, als wäre er weit weg. Nur langsam klärte sich sein Blick und er entzog ihr seine Hand. »Jin.« Mit hochgezogenen Schultern vergrub er seine Hände in den Taschen der Jacke.

Tegan nickte. Natürlich. Wer sonst. War ihre Mutter deshalb so verzweifelt über das Ende der kurzen, aber stürmischen Beziehung gewesen? Wusste Jin, dass Rukar sein Sohn war? Dass es durch Rukar ein Band gab, das auch sie mit Jin verband? Ein Schauer lief ihr über den Rücken. Irgendwas musste an Jin sein, dass ihre Mutter ihm ihr Herz geschenkt hatte. Und er hatte Tegan geholfen, die Menschheit von den Schicksalsfäden zu befreien. »Vermutlich ist er gar nicht so schlimm, wie alle sagen«, meinte sie. »Wenn Mum sich in ihn verliebt hat ...«

Rukar schwieg. Er hatte den Spiegel aus seiner Tasche gezogen und betrachtete ihn.

Der Anblick versetzte Tegan einen Stich. So viele Erinnerungen waren mit diesem Spiegel verknüpft. Ihre Mutter hatte ihn stets bei sich getragen, Tegan hatte damit gespielt und ihn gegen die Spiegelsäule halten dürfen, wenn sie von einem Außeneinsatz zurückkam. Doch irgendwann war er verschwunden.

»Rosen waren ihre Lieblingsblumen. Sie fand es immer schade, dass im Turm kein Platz war für einen Rosengarten. Wenn sie bei den Menschen war, um Verwirrungen zu lösen, dann hat sie mich mitgenommen. Und nach getaner Arbeit haben wir uns oft in ein Café gesetzt und die Menschen beobachtet. Sie hat einen Kaffee getrunken und ich habe eine Schokolade bekommen.«

»Ich will das alles gar nicht hören«, fuhr Rukar sie an.

Überrascht sah sie ihn an. »Entschuldige ... ich dachte ... du wolltest doch die Wahrheit ...«

»Die Wahrheit hilft mir nicht!« Er blieb stehen und sah sich um. Am Horizont zeichnete sich ein Wald oder Ähnliches ab und Rukar schlug die Richtung ein. »Die Wahrheit ist, dass ich nie eine Familie haben werde. Die Kami hassen mich. Jin hat mich versteckt und so getan, als wüsste er von nichts. Und meine Mutter ... sie ist tot.« Er warf Tegan einen Blick zu. »Und du – meine Schwester –, du kannst mich nicht mal leiden. Wir werden keine Familie sein. Es gibt kein Happy End!«

Verdattert sah sie ihm nach. Er marschierte, ohne sich nach ihr umzudrehen, auf den Wald zu. Doch seine Bewegungen waren kraftlos. Was auch immer er bei seiner Meditation versucht hatte, sie schien ihm jegliche Kraft geraubt zu haben. Diese unglückselige Gestalt hatte nichts mehr gemein mit dem frechen Kerl, der um keine Antwort verlegen gewesen war, als sie ihm das erste Mal begegnet war.

Der Samen rollte in ihrer Manteltasche und sie hielt ihn fest. *Wirf ihn hier fort. Er merkt es nicht!*

Langsam zog sie ihn aus der Tasche. Er funkelte wie ein echter Diamant. Gebannt sah sie ihn an. Wenn sie ihn einfach fortwarf, würde man ihn schon von Weitem funkeln sehen.

»Wo bleibst du?« Rukar war stehen geblieben und sah zu ihr zurück.

Hastig ließ sie den Samen zurückgleiten und eilte ihm nach. »Hast du ein Tor entdeckt?«

»Wenn das dort der Ewige Wald ist, wie ich vermute,

dann ist dahinter ein Übergang. Wook hat mich mal da hingeschickt, es wimmelt dort nur so von Spinnen, aber die sind harmlos. Ihre Spinnweben nerven nur etwas.«

»Gut.« Sie versuchte, optimistisch zu klingen. »Wenn wir zurück sind, ist der Fluch aufgehoben und die Menschen sind zurück.« Sie lächelte ihn an. »Genau das hat sich Lita gewünscht.«

Doch Rukar überhörte ihre Worte. »Ich bring dich bis zum Übergang. Den neuen Baum musst du dann drüben alleine pflanzen.«

»Wie bitte?« Tegans Herz machte einen Satz.

»Ich muss Lita finden. Ich werde nicht nach London mitkommen.«

Ihre Hand legte sich fester um den Samen in ihrer Manteltasche. Sie wollte Rukar widersprechen. Hier war das Reich der Toten, er würde Lita nicht finden. Doch Tegan zögerte. Wenn er nicht mitkam, war es mehr als einfach für sie, ihr Ziel zu erreichen.

Sie nickte. »Also gut, wenn du meinst. Mir ist klar, dass ich dich nicht davon abhalten kann. Aber ... was ist, wenn du sie nicht findest? Wie lange willst du hier herumirren?«

Sie hatten die ersten Bäume des Ewigen Waldes erreicht. Rukar duckte sich unter einem Ast hindurch und betrat die kühle Dunkelheit. »Nichts verschwindet, es ist nur eine Veränderung der Form. Lita ist hier irgendwo und ich werde sie finden.«

»Wie du willst.« Etwas unbeholfen hielt Tegan ihn zurück und umarmte ihn. »Viel Glück. Ich hoffe, du hast recht.« Obwohl er so ein trainierter Kerl war, fühlte er sich in ihren Armen seltsam kraftlos an.

Sie ließ ihn los und wandte sich dem Wald zu. Das Grün war zu dicht, um einen Pfad auszumachen. Würde sie sich darin verlaufen? Von einigen Bäumen hingen zarte Spinnweben herab. Bedrohlich wirkten sie nicht.

Ein letztes Mal wandte sie sich zu Rukar um. »Du musst mich nicht bis zum Übergang bringen. Ich finde schon nach London zurück. Komm lieber schnell nach – mit Lita.« *Aber ohne den Samen.*

Sie lächelte ihn aufmunternd an. *Den werde ich einfach irgendwo in diesem Dickicht* verlieren. *So was Dummes aber auch.*

28

MISANO

Wohin war Jin verschwunden? Misano raufte sich die Haare.

Von der obersten Gondel des London Eye blickte er über die Stadt. Er war sich sicher, dass Jin London auf keinen Fall verlassen hatte. Dieser Tunichtgut hatte eine nostalgische Ader. An seinem letzten Tag auf Erden war er garantiert hier. Irgendwo.

Misano schnippte und stand auf dem Big Ben. Aber auch hier keine Spur von Jin. Eine Taube flatterte herbei, landete auf dem vergoldeten Geländer und schlug hektisch mit den Flügeln.

Aha! Zababa hatte Lita und ihre Begleiter also in der jenseitigen Welt gefunden. Anscheinend in letzter Minute. »Das ist eine gute Nachricht, oder? Hat eine von euch Jin entdeckt?«

Aufgeregt stakste die Taube auf dem schmalen Geländer hin und her, gurrte dabei mit wippendem Kopf.

»Ach. Schon gut.« Ungeduldig winkte Misano ab. Jin zu fassen, war letztendlich unmöglich. Ein endloses Fang-mich-Spiel, da er ebenso schnell swipte wie jeder andere.

Misano rieb sich müde die Augen. »Wenn es Lita nicht gelingt, den Samen zurückzubringen, dann ist es sowieso sinnlos, Jin zu finden. Es wird uns keine Zeit mehr bleiben, ihn ausreichend zu bestrafen, bevor die Welt endet.«

Offensichtlich stimmte die Taube ihm zu, da sie aufgebracht mit den Flügeln schlug. Misano entließ sie mit einer Handbewegung und sie flog davon.

Mit düsterer Miene starrte er auf den bleigrauen Fluss hinab. Ein Schiff trieb darauf. Anscheinend war es nicht ordentlich vertäut gewesen, denn es wurde von der Strömung mitgerissen, drehte sich und rammte gegen einen Pfeiler der Westminster Bridge.

Unter ihm fing ein Taxifahrer wie wild an zu hupen, als einer der roten Busse plötzlich mitten auf der Zufahrt zur Brücke stehen blieb. Ein anderer Wagen fuhr auf ihn auf. Immer größer wurde das Chaos dort unten und Misano erwartete, dass gleich eine handfeste Schlägerei zwischen den Fahrern ausbrechen würde. Aber das Hupen verstummte schlagartig und niemand stieg aus den Fahrzeugen aus. Noch nicht einmal Passanten blieben stehen – es war kein Mensch mehr auf der Straße, nur die Schatten ihrer vergessenen Leben.

»Beeil dich, Lita!« Misano schnippte, um sich wegzuswipen.

Verwundert sah er auf die Themse unter sich. Er stand noch immer in der Turmspitze des Big Ben. Er schnippte ein weiteres Mal mit den Fingern. Die Umgebung flimmerte, wurde unscharf und er ploppte zurück in die Turmspitze.

»Was bei allen Zeitaltern!«, donnerte er und schnippte, so fest er konnte. Doch abgesehen davon, dass ihm leicht schwindlig von der Raumverzerrung wurde, tat sich nichts. Er stand noch immer in diesem dummen Turm!

Wütend wiederholte er das Swipen, diesmal mit beiden Händen, und tatsächlich – es funktionierte.

Nach Luft schnappend stellte Misano fest, dass er sich in den Hallen des Rats befand. Aufgeregt kam Yama auf ihn zu.

»Misano! Welch ein Glück. Weißt du, was vor sich geht?«

Für eine Sekunde freute sich Misano, dass Yama anscheinend zum allerersten Mal in seiner Existenz seine erhabene Ruhe verloren hatte. »Es ist offensichtlich: Uns geht unsere Kraft aus.« Murrend sah er sich um. Die Hallen sahen übel aus. Die meisten Säulen waren eingestürzt. Löcher taten sich im Boden auf und öffneten den Blick in die Unendlichkeit des Himmels.

Yama schritt auf und ab. »Ich kann die anderen nicht erreichen. Sie suchen Jin und Lita.«

»Hast du's noch nicht gehört? Zababa hat Lita gefunden. Anscheinend steckten sie und Rukar in Schwierigkeiten, aber er konnte helfen.«

Erleichtert nickte Yama, doch in diesem Moment stürzte eines der goldenen Kapitelle in den Versammlungskreis des Rates und zerbarst. Mit einem spitzen Schrei sprang er zurück und suchte Schutz hinter Misano.

»Was sollen wir nur tun, Misano?« Seine Stimme zitterte.

»Was habe ich mir so einen Moment herbeigesehnt«, murmelte Misano. »Dass dir, Yama, endlich mal der Arsch auf Grundeis geht.« Unsicher blickte er nach oben. Risse durchzogen die umstehenden Säulen. »Lass uns die Halle besser verlassen. Es sieht so aus, als hätte Jin gewonnen.«

Yama folgte Misano hinaus ins Freie. Doch auch die

Landschaft, die die Unsterblichen mit ihren Fähigkeiten erschaffen hatte, brach auseinander. Überall klafften Risse, taten sich Löcher in Hügeln und Straßen auf, als wären sie ein altes Gemälde, dessen Farbe zerbröselt.

Resigniert sah sich Misano um. »Unsere Kräfte hatten wir den Menschen zu verdanken. Aber sie sind alle fort, Yama. London ist eine Geisterstadt.«

»Dann brauchen wir also ein Wunder.« Die Angst vor dem, was mit ihm geschehen würde, ließ ihn zittern.

»Vielleicht sollten wir zu einem Kami beten.« Misano lachte gezwungen. »Ich habe mich noch nie so … menschlich gefühlt, Yama.« Er ließ sich auf den Boden nieder und ließ seinen Blick über die Stadt schweifen.

Yama hatte sich neben ihn gesetzt, die Knie angezogen und die Arme fest darumgeschlungen. »Menschlich? Fühlen sich Menschen so? Schwach, ausgeliefert und voller Angst?«

Ein sehnsuchtsvolles Lächeln umspielte Misanos Lippen. »Seltsamerweise empfinden sie sich nicht so. Sie halten sich für stark, selbstbestimmt und stellen sich mutig jeder Herausforderung.«

»Wir hätten dankbarer für unsere Fähigkeiten sein sollen. Für die Unsterblichkeit, die Äon uns geschenkt hat.«

Mit einem Krachen brach am Horizont eine Hügelkette zusammen, löste sich auf und Misano starrte auf den leeren Himmel, der sich dahinter erstreckte.

»Nun sind wir sterblich.« Misano atmete tief durch. *Wie beängstigend zu wissen, dass das eigene Leben endet.* Wie stark die Menschen doch waren. Seine Angst unterdrückend beobachtete er, wie Enkis Villa zu Staub zerfiel.

29
RUKAR

Mit ausdruckslosem Blick sah Rukar Tegan nach, die eilig in den Wald hineinging. Sie war tough, sie würde sich durch die Wildnis kämpfen und den Übergang finden. Daran hatte er keinen Zweifel.

Er wandte sich um und ließ den Blick über die Ödnis der weißen Wüste schweifen. Wo sollte er anfangen zu suchen?

Sein Herz schmerzte bei jedem Atemzug. Er wusste, dass es idiotisch war, Lita suchen zu wollen. Es war hoffnungslos. Das jenseitige Land war unendlich und passte sich immer wieder mit neuen Bezirken den Bedürfnissen seiner Bewohner an.

Ich werde sie nicht finden, musste er sich eingestehen. Mit keiner Faser seines Herzens glaubte er daran, Lita jemals wiederzusehen.

Wie hätte er auch daran glauben können. Der Händler hatte ihm seinen Glauben genommen. Völlig naiv hatte er nicht weiter über die Bedeutung von *Glauben* nachgedacht und dadurch das Wichtigste aufgegeben. Nun war ihm klar geworden, dass er ohne den Glauben auch jegliche Hoffnung verloren hatte.

Er zog seine Jacke enger und blickte noch mal zu Tegan.

Sie war schon weit in das Dickicht vorgedrungen. Er ertappte sich bei einem Lächeln. *Meine Schwester.*

Tegan hatte ihm von Anfang an imponiert. Vielleicht weil sie für ihre Liebe so viel opferte. Sie war bereit, Regeln zu brechen, die ihr überholt vorkamen. Bei ihr war der Samen in guten Händen. Tegan würde alles tun, um den Menschen zu helfen. Davon war er überzeugt.

Er zog den Spiegel aus der Tasche und betrachtete sein Gesicht. Er sah abgekämpft und verweint aus. Hoffnungslos.

Auch wenn er wusste, dass es keinen Sinn machte, Lita zu suchen ... Bei dem Gedanken, die jenseitige Welt ohne sie zu verlassen, sträubte sich alles in ihm. Zurück nach London ohne Lita? Die Menschen würden wieder lachend durch die Stadt flanieren, Hand in Hand, verliebt und glücklich. Sein Herz verkrampfte sich.

Du Idiot! Du hast dich in die wahrscheinlich starrsinnigste schicksalslose Weberin verliebt, die die Welt je gesehen hat! Und deswegen wirst du jetzt noch einsamer und verlorener sein als je zuvor. Jeder Scheißkaffee wird dich an ihr Lächeln erinnern!

Er stopfte den Spiegel in eine der Taschen und stapfte zurück in die Wüste.

Auch wenn ich nicht daran glaube, Lita zu finden. Ich kann und werde nur mit ihr zusammen die jenseitige Welt verlassen.

Im selben Augenblick durchfuhr ein scharfer Schmerz seine Hand. Rukar zuckte zusammen und zog sie aus der Tasche. Er blutete!

Erschrocken starrte er auf den geraden Schnitt in seiner

Handfläche. Er trug doch gar nichts bei sich, dass ihn derart hätte verletzen können …

Der Schnitt! Der Schnitt, den Chris mir verpasst hat, um mit meinem Blut das Formular zu besiegeln …!

Entgeistert starrte er auf die blutende Wunde.

Tote Freundinnen retten wollen. Sie aus der jenseitigen Welt schmuggeln … Das läuft bei mir nicht mehr! Es werden keine verlorenen Seelen mitgenommen!

Das waren Chris' Worte gewesen. Rukars Puls beschleunigte sich. War das etwa …

»Ich rette Lita und bring sie zurück nach Hause«, sagte er laut und sofort schoss ein brennender Schmerz durch seine Hand und der Schnitt verbreiterte sich.

Fluchend presste er die Zähne zusammen und durchsuchte mit der unverletzten Hand seine Taschen nach einem Tuch.

Der Gatekeeper! Er hatte es ihm verboten! Hatte Chris gewusst, was passieren würde? Und er hatte ihm …?

»Verdammt!« Rukar fuhr herum zum Wald. Wo war Tegan?

»Nein, nein, nein!« Rukar rannte, wie er noch nie in seinem Leben gerannt war. Er musste sie einholen!

Der Wald war dicht und düster und er musste langsamer werden, auf Tegans Spuren achten. Abdrücke im Moos, geknickte Zweige … Verdammt, er war viel zu langsam! Wie hatten sie nur Chris' Anweisungen vergessen können! Keine toten Freundinnen – und Tegan durfte nichts mit nach London hinübernehmen.

Sie wird es deshalb unterlassen, Gegenstände auszuführen, egal ob geformt oder natürlich gewachsen.

»Tegan!«, brüllte er. Keine Antwort. Der Wald schien seinen Ruf zu verschlucken. »Tegan!«

Da meinte er, einen lila Schimmer vor sich zwischen den Stämmen aufleuchten zu sehen.

Zweige peitschten ihn, ein Ast riss an seiner Jacke, doch Rukar stürmte weiter. »Tegan! Warte! Geh nicht weiter!«

Sie hatte ihn gehört und blieb stehen. Mit langen Sprüngen, sich unter Ästen wegduckend, Spinnweben zur Seite schlagend, rannte er auf sie zu.

»Was ist passiert?« Verwundert blickte sie ihm entgegen und wurde blass, als sie seine blutverschmierte Hand bemerkte. Seine Unsterblichen-Gene hatten bereits dafür gesorgt, dass die Wunde sich verschloss. Seine Hand war jedoch blutverschmiert.

»Was – bist du angegriffen worden?« Ängstlich sah Tegan sich um.

»Es ist Lita ...« Er brauchte eine Minute, um zu Atem zu kommen.

»Lita?« Entsetzt spähte Tegan zwischen die Bäume. »Ist sie auch zu einem Rachegeist geworden?«

»Nein. Das Gebot des Gatekeepers! Der Samen!«

Unwillkürlich legte sie ihre rechte Hand auf die Manteltasche. »Was ist damit?«

»Du kannst ihn nicht mitnehmen. Und ich kann Lita nicht zurückbringen.« Er hielt seine heilende Hand hoch. »Wir sind daran gebunden, Tegan. Erinnerst du dich?«

Für eine Sekunde wurde Tegan blass. »Das habe ich ganz vergessen!«

»Keine Ahnung, wie er *dich* an dein Versprechen gebunden hat. Aber das hier ist eindeutig.« Die Wunde war inzwischen geschlossen, zeichnete aber eine glutrote Linie quer über seine Handfläche. »Ich habe nur daran *gedacht*, Lita mit nach London zu nehmen.« Er rieb das trocknende Blut an seiner Jacke ab. »Besser, du gibst mir den Samen. Wer weiß, wie du bestraft wirst, wenn du damit zurück in die menschliche Welt gehst.«

Tegan zögerte. Ihre Hand spielte nervös mit der Manteltasche. »Du begleitest mich also zurück?«

Langsam nickte er. Er würde die Welt ohne Lita ertragen müssen. Dies war seine Strafe dafür, dass ihm die Konsequenzen seiner Aufträge stets egal gewesen waren. Dass er leichtsinnig mit seinen wertvollsten Gütern umging, weil er zu arrogant gewesen war, sich um ihre wahre Bedeutung zu bemühen. Aber er konnte wenigstens das tun, worum Lita ihn gebeten hatte. Wofür Lita sich geopfert hatte.

»Okay. Dann werden wir gemeinsam zum Turm zurückkehren und Litas Wunsch erfüllen.« Tegan lächelte gequält, zuckte mit den Schultern und wandte sich um. »Vielleicht findest du dadurch ja auch deinen Glauben wieder.«

»Das bezweifle ich. Aber gib mir lieber den Samen, bevor wir am Portal sind.« Er schloss zu ihr auf und sie zog ein lilafarbenes Taschentuchknäul aus ihrer Manteltasche. »Ich hab ihn eingewickelt. Damit ihm nichts passiert«, meinte sie.

Rukar verstaute das federleichte Päckchen in seiner Jacke und folgte ihr durch das Dickicht. Immer wieder mussten sie über Wurzeln klettern, denn es gab weiterhin keinen Pfad, dem sie folgen konnten. Grau und kahl drängten sich die Bäume wie Gerippe aneinander, dazwischen hatten Spinnen ihre Fäden zu großen Netzen gesponnen. Der Wald erschien Rukar wie ein Totenwald und es fröstelte ihn.

Lita würde für immer irgendwo in dieser Welt sein. Im Reich der Toten. War es ein schöner Ort, wo sie glücklich sein konnte?

Instinktiv tastete er nochmals nach den Fäden der Zeit und zu seinem Erstaunen fand er Tegan.

Eine Spinnwebe, die sich zwischen zwei Bäumen spannte, streifte sein Gesicht und er griff danach. Fast schwerelos legte sich der Faden auf seine Hand.

Lita hatte keinen Faden.

Deshalb hatte er sie nicht finden und zurückholen können. Das Mädchen ohne Faden, das ihm von Anfang an Schwierigkeiten gemacht hatte, weil er nicht fähig war, ihre Taten vorauszusehen. Ein trauriges Lächeln huschte über seine Lippen.

Ich bringe es zu Ende, so wie du es wolltest, schwor er ihr. Seine Hand tastete nach dem Päckchen mit dem Samen, das Tegan ihm gegeben hatte.

Vor ihm duckte sich Tegan unter einem Ast und schlug dabei ein Spinnennetz zur Seite. »Hört dieser blöde Wald eigentlich niemals auf?« Sie klang ungeduldig, fast schon wütend.

Rukar verlangsamte seine Schritte. Irgendetwas stimmte nicht. Er schloss die Augen und spürte den Zeitfäden nach. Überrascht öffnete er die Augen wieder und sah zu Tegan, die gerade über einen quer liegenden Baumstamm flankte. Dabei warf sie ihm einen flüchtigen Blick zu. Kontrollierend. Auf der Hut.

Er wusste, was ihr Blick zu bedeuten hatte. Dafür hätte er die Zukunft nicht kennen müssen.

Warum, Tegan?

Rukar schloss zu ihr auf. Es war eindeutig, was die Zeit ihm gezeigt hatte. Fieberhaft versuchte er, eine Antwort zu finden. *Warum?* Das ergab doch gar keinen Sinn!

Vor Tegan erhob sich jetzt eine mächtige Wurzel, sie sprang, ruderte mit den Armen, schien kurz das Gleichgewicht zu verlieren und rollte sich dahinter ab.

»Verflucht.« Schon war sie wieder auf den Beinen, schaute erneut zu ihm und eilte weiter.

Rukar beobachtete, wie sie sich immer weiter von ihm entfernte. Dann schloss er die Augen und zog an der Zeit, ließ sie zurückfließen.

30
TEGAN

Hört dieser blöde Wald eigentlich niemals auf?« Tegan duckte sich unter einem Ast durch, schlug ein Spinnennetz beiseite und warf dabei erneut einen flüchtigen Blick auf Rukar hinter sich.

Er stierte nur düster vor sich hin. Zum Glück. Er war so in seine Trauer und Wut verstrickt, dass er gar nichts anderes mehr wahrnahm.

Es war ein Wagnis gewesen, ihm statt dem Samen das leere zerknüllte Taschentuch zu geben, doch seine Hoffnungslosigkeit hatte ihr in die Hände gespielt. Er hatte nicht mal darüber nachgedacht, das Tuch aufzuschlagen, um sich den Samen anzusehen. Allerdings musste sie den Samen nun schleunigst loswerden. Bald würde der Wald enden und das Portal vor ihnen auftauchen! Es ärgerte sie, dass sie die Regeln des Gatekeepers vergessen hatte. Es hatte so viele Möglichkeiten gegeben, diesen Samen loszuwerden. Nun wurde es eng.

Mit Schaudern dachte sie an Rukars blutverschmierte Hand. Auf keinen Fall würde sie es riskieren, mit dem Samen hindurchzugehen. So wie dieser Gatekeeper drauf war, würde sie sich zur Strafe in irgendeinem Verlies wiederfinden. Oder Schlimmeres.

Sie bemerkte, dass Rukar zurückgefallen war. Das war ihre Chance! Vor ihr erhob sich eine mächtige Wurzel. Die perfekte Gelegenheit! Unter ihr wuchsen dichtes Moos und lange Gräser. Sie durfte es nicht vermasseln.

Tegan sprang über die Wurzel, strauchelte und ruderte mit den Armen, sodass es aussah, als hätte sie das Gleichgewicht verloren. Sie stürzte, aber rollte sich hinter dem Bogen der Wurzel ab. In der Hand hielt sie bereits den Samen und schleuderte ihn zwischen Moos und Gräser.

»Verflucht.« Schon war sie auf den Beinen, warf Rukar einen hastigen Blick zu und zuckte zurück, denn Rukar stand direkt hinter ihr.

»Kann ich dir helfen?« Er hielt ihr seine unverletzte Hand hin und war ihr so nah, dass sie seinen Atem auf ihrer Haut spürte.

»Danke. Es geht schon.« Verunsichert wandte sie sich um und ging weiter. Wie hatte er sie so schnell eingeholt? War er nicht eben noch gut zehn Meter hinter ihr gewesen? Hoffentlich hatte er nichts von ihrem Manöver mitbekommen.

Mit einem Lächeln sah sie über die Schulter. Er war noch immer dicht hinter ihr und verdeckte ihr die Sicht auf die Wurzel.

Keine Panik. Der Samen schlummert für alle Ewigkeit dort im Moos.

Tegan atmete tief ein. Alles war gut. Mission erfüllt. Niemand würde den Schicksalsbaum zurückbringen und die Menschen wieder versklaven!

Endlich lichtete sich der Wald und sie traten auf eine grüne Wiese.

»Da ist es ja.« Rukar deutete auf ein Gebäude, das sich in tristem Grau vor ihnen erhob. Es erinnerte mit den kleinen Schmuckzinnen rundherum ein wenig an eine Burg.

»Sekunde – ist das nicht das Torhaus von Highgate?« Die Steine, die Zinnen, selbst der halbrunde Anbau ähnelten dem Highgate-Gebäude. Es schien ihr nur alles spiegelverkehrt.

»Es ist eines der Gates, die zum Friedhof führen. Von dort gibt es eine U-Bahn-Verbindung zur City.«

Sie spürte die Vorfreude, die sich in ihr wie ein warmes Licht ausbreitete. Endlich würde sie Jackson wiedersehen!

Zusammen mit Rukar eilte sie auf das Torhaus zu. Rukar hielt ihr die mit Eisen beschlagene hölzerne Tür auf und Tegan schlüpfte in das burgartige Haus.

»Zu früh gefreut«, murmelte sie enttäuscht.

»Heilige Kaffeebohne.« Rukar sah sich überrascht um.

Das Innere des Torhauses glich der Abfertigungshalle eines Megaflughafens. Rundum befanden sich Schalter, hinter denen gestresste Gatekeeper saßen und mit den Reisenden vor ihren Pulten diskutierten. Blinkende Pfeile wiesen die Passagiere in verschiedene Bereiche oder Warteschlangen ein. Die Halle war brechend voll.

»Das kann doch nicht wahr sein! Wie lange müssen wir hier anstehen, bis wir zurückkönnen?« Verzweifelt sah sich Tegan um, aber an allen Schaltern standen ellenlange Schlangen, die sich in der Mitte der Halle zu einem Wirrwarr verknoteten.

»Wir brauchen keinen dieser Schalter. Die sind alle für die Weiterreise in andere Teile der jenseitigen Welt. Wir wollen zurück zu den Menschen.« Er zog Tegan mitten hinein in das Getümmel.

Sie hatte Mühe, Rukar zu folgen. Ständig rempelte sie mit jemandem zusammen, entschuldigte sich, wurde weitergezerrt, herumgestoßen, bis das Knäul sie auf der gegenüberliegenden Seite der Halle ausspuckte.

»Das hier ist unsere Anmeldung.« Rukar marschierte auf einen Schalter zu, an dem eine gelangweilte Frau saß. Sie ließ Kaugummiblasen platzen und drehte eine Haarsträhne um ihren Finger. Als sie Rukar auf sich zukommen sah, hob sie erstaunt die Brauen und musterte ihn über den Rand ihrer pinkfarbenen Brille.

»Hier geht es nur zur Menschenwelt«, sagte sie träge.

»Dann sind Sie unsere Retterin.« Lächelnd lehnte er sich an den Tresen und Tegan verdrehte die Augen.

Die Frau musterte Rukar misstrauisch. »Keine Scherze heute, Halbblut. Die Welt endet. Zumindest sieht es so aus.«

»Es sieht nur so aus?« Tegan trat neben Rukar.

»Ich hab keine Ahnung, was in der Menschenwelt abgeht, aber so einen Exodus gab es das letzte Mal bei Nostradamus.« Die Gatekeeperin setzte sich aufrecht hin und schob ihre Brille zurecht. »Und eins weiß ich sicher: Wir verteilen heute keine Freikarten für ein Elvis-Konzert. Also geht irgendwas anderes da drüben ab.«

»Alles klar. Dann können wir ja ganz geschwind zum Weberinnenturm, London.« Rukar schob ihr das Formular hin, das er von Chris erhalten hatte.

Aufmerksam las es die Gatekeeperin durch. »Scheint mir in Ordnung. Und Sie?«

Tegan reichte der Frau ihr Papier, die beim Lesen unwirsch den Mund verzog. »Weberin? Meine Güte. Wen man heute alles trifft.« Mit einem Ächzen erhob sie sich und kam aus ihrem Kabuff heraus. »Ich muss Sie nach verbotenen Importwaren absuchen, Schätzchen.«

»Na klar. Kein Problem.« Tegan warf Rukar einen Blick zu. Sollte er dankbar wirken? Mit einem schelmischen Lächeln klopfte er sich – als die Gatekeeperin ihm gerade den Rücken zudrehte – gegen die Brust, um ihr zu zeigen, dass die verbotene Importware bei ihm sicher war.

Sie lächelte verschwörerisch zurück und ließ sich von der Frau abtasten. Die fand nur Tegans Lippenstift, begutachtete die Farbe, schnaubte anerkennend und nickte schließlich. »Scheint mir alles ordnungsgemäß.«

»Wunderbar. Wir nehmen die Central Line.« Rukar tippte sich zum Gruß an die Stirn und wandte sich ab, doch die Gatekeeperin pfiff ihn zurück.

»Nix da. Die U-Bahn ist wegen Überfüllung dicht. Ich swipe euch.«

»Danke sehr!« Er verneigte sich vor ihr. »Das ist wirklich sehr aufmerksam von Ihnen. Wir müssten in den Weberinnenturm.«

Tegan unterdrückte ein erleichtertes Grinsen. *Mit einem Swipe werde ich Jackson noch viel schneller wiedersehen. Äons Schicksalsketten sind gesprengt!*

31
HANNA

Die Stille im Turm erdrückte Hanna. Kein Laut, kein Rascheln. Kein Atemzug. Nur die Stille des Todes war noch hier, bei ihr.

Hanna saß auf der Pritsche, die Elaine sich in den Weltenraum hatte bringen lassen. Die Matratze fühlte sich kalt und hart an. Müde starrte Hanna auf ihre Füße, die knöchelhoch von Ascheflocken bedeckt waren. Langsam hob sie einen Fuß und beobachtete, wie die Asche daran herabrutschte.

Wie lange war Lita nun schon fort? Sie spürte, wie beim Gedanken an ihre Tochter auch der letzte Funke Hoffnung in ihr erlosch.

Das Leuchten des Weltenraums war verschwunden. Die Fäden hatten durch ihren Glanz die Unendlichkeit dieses Raums mit vielfarbigem Licht gefüllt. Jetzt flossen nur noch knapp ein Dutzend Fäden durch die Zeit und es war dunkel geworden. Die ganze Welt war in Schatten und Asche versunken.

»Das war es nun also«, sagte Hanna in die Leere hinein. »Du hast gewonnen, Äon. Du hast sie alle von dieser Welt genommen.« Sie stand auf und ging langsam hinaus zur Treppe. Der Schicksalsbaum stak kahl und schwarz in die

Höhe. Die Scheiben des gläsernen Turms, durch die stets die Sonne gefunkelt hatte, waren blind und grau geworden.

Seit Lita und die anderen fortgegangen waren, um das Leben zu retten, hatte Hanna den Turm nicht verlassen. Sie hätte nichts zu ändern vermocht. Dort wie hier war sie allein. Die Welt war stumm, verwaist, verloren.

»Hallo?«, klang eine entfernte Stimme zu ihr herauf.

Ein Echo. Eine Erinnerung, dachte sie wehmütig.

Hanna trat an den Baum, der seine toten Äste über den Platz vor dem Weltenraum streckte. Vorsichtig berührte sie einen Zweig, doch er zerfiel sofort zu schwarzen, klebrigen Klumpen.

»Hanna? Elaine?«

Hanna fuhr herum. Waren es etwa keine Echos ihrer Erinnerung?

»Tegan!« Schneller als ihre Füße mithalten konnten, rannte sie die Treppe hinunter, stolperte, bekam gerade noch das Geländer zu fassen, eilte weiter. »Tegan! Lita!« Ihr Herz hämmerte so laut, dass sie gar nicht hörte, ob sie ihr antworteten. Sie waren zurück! Sie hatten es geschafft!

Strahlend, lachend vor Freude sprang sie die letzten Stufen hinab in die Halle, wo Rukar und Tegan ihr entgegenkamen.

Hannas Strahlen erlosch mit einem Schlag. Ihr Herz verstummte.

Tegan.

Und Rukar.

Nur kurz, kaum länger als ein Zwinkern, blickte Hanna hinter die beiden. Doch sie wusste es bereits. Sie brauchte den beiden, die wie geschundene Helden vor ihr standen, noch nicht mal in die Augen zu schauen, um zu ahnen, dass Lita nicht zurückkommen würde.

Hanna holte tief Luft und blieb stumm.

»Ist Winnie oben?« Tegan blickte hinauf. Hanna konnte den Schauder sehen, als Tegans Blick den toten Baum streifte. Die Rinde hatte sich abgeschält, hing in schwarzen Fetzen von Stamm und Ästen. Ein modriger, fauliger Gestank ging von ihm aus.

Hanna räusperte sich. »Es ist viel Zeit vergangen.«

»Nein, wir haben ... also ... so lange ...« Tegan blickte Hilfe suchend zu Rukar.

»In der jenseitigen Welt vergeht die Zeit anders. Das hat uns geholfen. Zara ist rechtzeitig zurückgekehrt und ...« Fragend sah er Hanna an.

»Ob der Fluch aufgehoben ist?« Fast hätte Hanna gelacht. Doch sie hatte keine Kraft mehr. Sie wollte sich nur noch irgendwo zusammenrollen und nie wieder etwas fühlen. »So gut wie alle Fäden sind zerfallen. Nur noch zwei knappe Handvoll sind intakt.«

Tegan zuckte zusammen. »Keine Fäden? Wieso ... Nein. Das kann nicht sein!« Eiligen Schrittes ging sie zur Treppe. »Winnie!«, rief sie hinauf.

»Sie ist nicht mehr hier.«

Entsetzt drehte sich Tegan zu Hanna um. »Wo ist sie?«

Hanna zuckte mit den Schultern. »Fort. Zu einem Schatten geworden. So wie alle Weberinnen.«

»Nein!« Voller Panik sah Tegan zu dem Baum. »Das ist ... das *darf* nicht sein! Zara ist über die Brücke gegangen, der Fluch ist gelöst ... alle Menschen müssen zurück sein! Ich muss zu Jackson!« Ohne ein weiteres Wort stürzte Tegan aus dem Turm.

»Sie tut mir so leid.« Hanna sah, wie Tegan mit wehendem Mantel durch die Drehtüren nach draußen stürmte.

»Das sollte sie nicht.« Rukar klang wütend. Mit hochgezogenen Schultern und einer tiefen Falte zwischen den Brauen blickte er ihr nach.

Du brauchst ihr nicht mehr zu grollen, dachte sie und lächelte ihn müde an. *Dies sind ihre letzten Momente.* »Im Gegensatz zu uns beiden hat Tegan einen Faden. Sie ist die letzte Weberin, die noch da ist. Aber jetzt, wo sie zurück in dieser Welt ist, wird auch sie verschwinden.« Sie wandte sich um und ging zum Becken am Fuß des Schicksalsbaums. »Ich bin froh, dass Lita das alles hier nicht mit ansehen muss.« Erschöpft ließ sie sich auf dem Mäuerchen nieder. »Ich wollte ihr die Erinnerung nehmen, damit sie sich nicht erinnern muss, wie es zu dieser toten Welt gekommen ist. Jetzt muss sie wenigstens nicht in dieser Stille leben. Dafür bin ich dankbar.«

Betroffen setzte sich Rukar neben sie. »Lita hat an die Rettung der Welt geglaubt. Sie hat sich dafür geopfert und ich … ich war zu blind und dumm, um sie zu retten.«

»Aber Glaube allein rettet niemanden.«

Rukar lachte leise. »Das habe ich auch gedacht. Ich habe meinen Glauben geopfert, um die Wahrheit zu erfahren. Und jetzt weiß ich, dass ich ohne Glauben keine Hoffnung mehr habe.« Er vergrub seine Hand in den Tiefen seiner Jacke und musterte den Baum.

»Ihr habt Äon gefunden?«

Rukar nickte kaum merklich. »Es hat uns gefunden.«

Hanna war fest davon überzeugt gewesen, dass sich dieses Wesen irgendwohin, weit weg von den Menschen und ihrer Welt, zurückgezogen hätte. Es erstaunte sie, dass es doch noch seine Fäden in der Hand hielt und dieses Theater leitete.

»Der Händler, dem Lita den Samen abgekauft hat, war auf Äons Geheiß gekommen. Er wusste alles über uns und unser Vorhaben.« Er zog etwas aus seiner Tasche. »Lita dachte, wir hätten verloren, dass Äon uns schachmatt gesetzt hat. Aber sie hielt an ihrem Glauben fest, dass wir doch noch gewinnen können.« Er hielt Hanna ein zerknülltes Taschentuch hin. »Vielleicht erfahren wir es, wenn wir dies hier benutzen.«

32
TEGAN

Tegan rannte durch die Drehtüren aus dem Weberinnenturm. Hanna hatte ihr Angst machen wollen, weil sie selbst so verbittert war, dass es keine Fäden mehr gab. Vermutlich saß Winnie wie immer am Feuer und tauchte in die Abenteuer desjenigen ein, in dessen Teppich sie gerade las. Denn Zara war wieder in der jenseitigen Welt, in ihrem Paradies. Damit war der Fluch gebrochen!

Später würde Tegan zu Winnie gehen. Wenn alle Menschen zurück waren und die Welt frei von Schicksalsfäden. Dann würde auch Hanna erkennen, dass Tegan das Richtige getan hatte!

Sie rannte vom Turm in eine Straße, vorbei an der Kirche. Dieser Weg fühlte sich immer wie ein geheimer Schlupfwinkel an. Die wenigen Menschen, die diese Abkürzung nahmen, waren selten gehetzt. Vielmehr schienen sie sich hier auszuruhen von der Hektik ihrer Büros.

Doch die Holzbänke bei der Kirche waren leer. Überhaupt war es überall merkwürdig still.

Wie spät war es? Beunruhigt lief Tegan weiter, auf die Bishopsgate zu, eine breite, eigentlich sehr verkehrsreiche Straße mit etlichen Baustellen. Aber da war kein Baulärm, kein Rauschen der vorbeifahrenden Autos.

Sie strauchelte vor Schreck, als sie auf den Bürgersteig rannte. Ein Unfall! Ein Pkw hatte ein Taxi gerammt. Anscheinend war der Fahrer in den Gegenverkehr geraten.

Wieso war niemand hier? Sie sprintete zu den Unfallwagen, wollte helfen, doch ...

Die Wagen waren leer. Der Innenraum wirkte, als hätte ihn der Besitzer nur mal eben kurz verlassen. Ein Coffee to go stand noch in der Mittelkonsole, das Handy auf dem Beifahrersitz.

Ratlos blickte sie sich um. Keine Polizei, kein Krankenwagen. Nicht einmal Schaulustige.

Panik stieg in ihr auf, als sie bemerkte, dass diese beiden Autos nicht die Einzigen waren, die ineinandergekracht waren. Etliche Fahrzeuge standen quer auf der Fahrbahn oder waren auf den Bürgersteig gerollt. Jeder Wagen war verlassen.

Immer enger zog sich das brennende Band um Tegans Herz, während sie hektisch durch die apokalyptische Szenerie rannte.

Nein, nein, nein!

Zara hatte gesagt, ihre Rückkehr würde den Fluch lösen. Die Menschen kämen zurück aus ihrer Schattenexistenz.

Tegan zwang sich, ihre Angst in Wut zu verwandeln, und rannte blindlings durch die tote Stadt. Sie musste zum Strand! Sie hatte Jackson gesagt, er solle dort auf sie warten.

Unsere Zukunft beginnt heute. Es ist nicht das Ende! Ich habe Zara über die Brücke gebracht. Es wird alles gut!

Sie musste nur zu den St. Katharine Docks. Dort wartete Jackson.

Sie raffte ihren Mantel, rannte durch die gespenstisch leere Straße, als sie aus heiterem Himmel von einem Lichtblitz getroffen wurde. Tegan verlor den Boden unter den Füßen. Ihr blieb nicht einmal mehr Zeit zu schreien.

33
RUKAR

Seine Hand zitterte, als er Hanna das Stoffbündel hinhielt.

Es war Tegans lilafarbenes Tuch, das sie ihm angedreht hatte. Aber einen Trickser auszutricksen ... Er hätte darüber gelächelt, wenn Tegan damit nicht das Leben aller aufs Spiel gesetzt hätte.

Den ganzen Weg über hatte er versucht, eine Antwort auf die Frage zu finden, warum Tegan das getan hatte.

»Ist er das?« Hannas Stimme war nur ein Wispern. Er sah ihr an, wie sehr sie zwischen Hoffnung und Verzweiflung schwankte.

Bewegungslos sah sie auf das Stoffpäckchen und eine Träne rann über ihre Wange.

»Der Händler, der Lita den Samen verkauft hat, hat mir Wahrheit gegen meinen Glauben angeboten. Von Lita hat er ihre Liebe gefordert.«

Hanna unterdrückte ein Schluchzen.

»Ich ...« Doch er fand keine tröstenden Worte in sich. Deshalb zog er einfach nur behutsam den Stoff von dem Samen. »Es tut mir unendlich leid. Ich konnte Lita nicht zurückholen. Ich habe es versucht, doch ... ohne einen Faden konnte ich sie nicht fassen.«

Hanna schüttelte nur den Kopf, bemüht, nicht in Tränen auszubrechen.

»An Tegan wollte der Händler ebenfalls etwas verkaufen, allerdings forderte sie Freiheit«, redete Rukar einfach weiter. Er wollte Litas Mutter nicht weinen sehen, aber sie sollte alles erfahren, was passiert war.

Hanna sah ihn an und blinzelte eine Träne aus den Wimpern. »Freiheit? Was hat Tegan damit gemeint?«

»Ich weiß es nicht. Aber es hat etwas mit dem Samen zu tun.« Er hielt inne und sah Hanna nachdenklich an. Sein ganzes Leben lang hatte er sich gefragt, wieso er die Gabe hatte, die Zeit zu beeinflussen. Jetzt endlich wusste er, warum. Und vielleicht auch, wozu. »In der jenseitigen Welt, als Lita verschwunden war, da hab ich gedacht, ich kann sie zurückholen, denn ...«

Aufmerksam sah Hanna ihn an.

Er räusperte sich. Wieso fühlte es sich so schwierig an, es auszusprechen? »Ich hab nie irgendjemandem erzählt, welche Fähigkeit ich von meinem Vater erhalten habe. Aber ich habe eine Weile lang nach einem Unsterblichen gesucht, der Macht über die Zeit hat.«

»Über die Zeit?« Sichtlich überrascht musterte Hanna ihn. »Niemand kann die Zeit beeinflussen.«

Er lächelte spitzbübisch. »Einer schon. Ich. Ich kann die Zeit zurückdrehen und Dinge, die geschehen sind, ungeschehen machen.«

Verwirrt schüttelte Hanna den Kopf. »Das ist unmöglich. Das würde ja bedeuten –« Erschrocken riss sie die Augen auf und Rukar lachte wissend.

»Ganz genau. Es würde bedeuten, Äons Willen zu ändern. Ich habe das mit den Zeitfäden jetzt erst verstanden. Aber als ich drüben versucht hab, Lita zurückzuholen, konnte ich sie nicht finden.«

»Weil Lita keinen Schicksalsfaden hatte!«, flüsterte Hanna.

Er zwang sich, an dem *hatte* nicht zu verzweifeln, und unterdrückte die Erinnerung an den Moment, als Lita verschwand. »Meine Mutter war eine Weberin. Ich sehe nicht die Zeit, die um die Menschen herumfließt. Ich sehe ihre Schicksalsfäden! Ich kann sie berühren, sie zurückziehen oder vorwärtslaufen lassen. Und ich kann ihren Verlauf ändern.«

Hanna war aufgesprungen und starrte ungläubig auf ihn herab. »Das ist nicht möglich!«

Lächelnd hielt er ihr den funkelnden Samen hin. »Tegan hat den Samen fortgeworfen, und zwar so, dass ich es nicht merke. Sie hat mir ein leeres Tuch angedreht.«

»Was? Wieso hätte sie das tun sollen?«

»Ich habe keine Ahnung. Vielleicht denkt sie, ohne einen neuen Baum bekommt sie die Freiheit, die sie sucht?« Er stand auf und wandte sich dem verfaulten Baum zu. »Aber ich habe die Zeit zurückgedreht und den Samen an mich genommen. Nun ist er hier. Die Zeit ist gesprungen.« Er blickte zu Hanna, als er den vorletzten Satz der Prophezeiung zitierte.

In ihrem Gesicht spiegelten sich hundert Emotionen zugleich. Sie kam zu ihm, wollte den Samen berühren, wagte es aber doch nicht. *»Die Zeit springt. Denn was immer war, ist nicht mehr.«* Mit zittrigen Fingen strich sie sich die Haare aus dem Gesicht. »Du meinst, es ist immer schon

Äons Plan gewesen, dass Tegan den Samen wegwirft, du ihn aber durch deine Gabe rettest?«

»Dann hätten Lita und ich überhaupt nie eine Chance gehabt, Äons Willen auszuhebeln. Dann hätte Äon nur mit uns gespielt wie eine Katze mit der Maus, bevor sie ihr den Kopf abbeißt.« Seine Stimme brach und er musste sich räuspern. Genau davor hatte Lita Angst gehabt, als sie sich auf die Waagschale des Händlers gesetzt hatte: dass dieser Samen nichts weiter als ein glitzernder Stein war. Ein übler Scherz.

Hanna, die ihre Strickjacke eng um sich gewickelt hatte, starrte das schwarze Baumskelett an. »Äon hat sich die ganze Zeit über uns lustig gemacht?«, flüsterte sie kaum hörbar und schüttelte dabei den Kopf.

Rukar wandte sich dem Baum zu, ließ den Samen in seiner Hand rollen. »Es ist mir egal, ob es uns die ganze Zeit verspottet hat. Es hat Lita mit sich genommen. Das werde ich ihm nicht verzeihen.« Entschlossen sprang er vor und traf den Stamm des verrotteten Schicksalsbaums mit einem gezielten, kräftigen Tritt.

Die Stille des Turms zerriss mit einem markerschütternden Splittern. Der Boden bebte, als der monströs große Baum in sich zusammenfiel. Holzsplitter und schwarzer Schleim wurden emporgeschleudert. Rukar wandte sich ab und hob den Arm schützend über den Kopf. Eine stinkende Wolke der Fäulnis stob auf und brachte Hanna zum Husten.

Dem ohrenbetäubenden Lärm folgte eine leblose Stille. Unter Rukars Stiefeln knirschte Holz, als er auf das Becken zuging, in dem der Baum gewurzelt hatte.

Die Quelle, die das Becken durchfloss, spülte Zweige,

Staub und schwarze Klumpen fort. Von dem Baum, der noch vor wenigen Tagen mehrere Hundert Meter hoch den Weberinnenturm erfüllt hatte, war kaum etwas übrig.

Mit leerem Blick beobachtete Hanna ihn. Schwarze Holzsplitter bedeckten ihre helle Jacke.

Es tat ihm weh zu sehen, dass auch sie ihre Hoffnung verlor.

Voller Abscheu trat Rukar die Überreste einer Wurzel in das Wasser, das sie mit sich nahm. Es spülte all das Tote und Vergiftete fort.

Nun war nur noch eine schmale Insel dunkler Erde inmitten des Beckens, durch das klares Quellwasser floss. Nichts ließ erahnen, dass hier mal ein gewaltiger Schicksalsbaum gestanden hatte.

Resigniert fiel Rukar auf die Knie. Alles war verloren. Egal, was sie getan hatten, und egal, wie stark und siegessicher sie gewesen waren, sie waren nur Äons Marionetten gewesen.

Mit der Hand begann er, ein Loch in die Erde zu graben.

Für Lita.

Der Samen rollte von seiner Hand, hinein in die Erde. Unglücklich starrte er auf das Glitzern. Es sah lebendig und verheißungsvoll aus. Doch Rukar fühlte sich tot und verloren. Lita hatte ihm Hoffnung gegeben, bei ihr hatte er sich zum ersten Mal *richtig* gefühlt. Zu Hause.

Langsam ließ er Erde auf den Samen rieseln.

Was immer war, ist nicht mehr.

Er hatte seinen Glauben verloren, seine Hoffnung und seine Liebe. Selbst die Heimat, die er niemals hatte kennenlernen dürfen, hatte Äon zerstört.

Niemand kann sein Schicksal besiegen.

Auch er nicht. Er musste sich Äons Willen fügen.

Rukar bedeckte den Samen mit Erde, schöpfte Wasser aus der Quelle und ließ es durch seine Finger rinnen.

Auf Wiedersehen, Lita.

34
JIN

Das Mädchen stürzte völlig unkontrolliert aus dem Swipe. Auf dem schrägen Rasen überschlug sie sich zweimal, bevor sie, ganz knapp vor seinem Picknickkorb, liegen blieb.

»Ich mag die Power, mit der du die Dinge angehst, Tegan.« Jin zog seinen Korb dennoch lieber etwas von ihr fort, denn das Plätzchen, das er sich für den Weltuntergang ausgesucht hatte, war abschüssig. Nicht, dass seinem exquisiten Picknick etwas passierte.

Die Weberin sah ziemlich zerzaust und dreckig aus. Ruß auf Hals und Wangen, das Haar völlig verfilzt, die Augen rot geweint. »Setz dich zu mir.« Mit einer ausladenden Geste forderte er Tegan auf, sich umzusehen. »Dies ist der beste Platz für den Weltuntergang.«

Er hatte diesen Ort sorgfältig gewählt, denn er fand, der Blick auf Queen's House gab dem Ende der Welt eine feine aristokratische Note. Direkt hier beim Royal Observatory hatte man die perfekte Aussicht auf die Skyline. Er hatte sich auf der Picknickdecke ausgestreckt, sein Glas Champagner griffbereit, hinter ihm lag das alte Observatorium und irgendwo neben ihm verlief der Nullmeridian. Eines dieser Gedankenkonstrukte der Menschen, um, wie sie sagten, *die Mechanik Welt besser zu verstehen*. Was für ein Witz!

»Du!«, fauchte Tegan. »Wieso bin ich hier? Bring mich sofort zurück!«

Etwas pikiert musterte er sie. »Nun, wenn du nicht gerade auf dem Weg ins Badezimmer warst, ist es egal. Die Welt endet. Zumindest will ich das für dich hoffen! Und grabbel mit deinen dreckigen Fingern nicht in die Erdbeeren, okay?«

»Bring mich zurück!« Sie sprang auf ihn zu und mit einem Satz war Jin auf den Beinen, wich ihr aus.

»Nun mal langsam. Hast du eine Ahnung, wie lange ich hier schon an meinem Champagner nippe und Austern schlürfe?« Sauer baute er sich vor ihr auf. Sie stank nach Lagerfeuer. »Wo habt ihr euch rumgetrieben, du und Lita? Ihr wart doch in der jenseitigen Welt, oder nicht? Und? Hat alles geklappt wie geplant?«

»Du hast mich belogen! Du hast gesagt, die Menschen würden frei sein, wenn sie keine Fäden mehr haben!«

Unschuldig klimperte Jin mit den Augen und tat entrüstet. »Na hör mal! Ich habe nie gelogen! Du –« Er pikste ihr mit dem Finger gegen das Brustbein. »Du hast nur gehört, was du hören wolltest. Du bist zu *mir* gekommen, Tegan!« Er schüttelte den Kopf, ging zu seinem Korb und zog die Flasche Champagner hervor. »Wollen wir nicht darauf anstoßen, dass es nie wieder Schicksalsfäden geben wird? Dass diese grausame Welt endlich endet?«

Tegan ging hin und her, als würden sie unsichtbare Mauern gefangen halten. »Du irrst dich! Die Welt endet nicht!«, brüllte sie. »Sie werden zurückkommen! Alle! Zara ist wieder im Paradies, der Fluch ist gebrochen!«

Mit einem Lächeln ließ sich Jin wieder auf der Decke

nieder. »Ich bin sehr wohl darüber im Bilde, warum ihr mit Zara in die jenseitige Welt aufgebrochen seid. Aber das ändert nichts. Der Baum ist tot. Ganz, wie Äon es wollte. Selbst wenn diese unglückseligen Schatten wieder zu Menschen werden. Unglückselig bleiben sie dennoch. Du hast das Leben getötet, Tegan.«

»Nein! Die Menschen kommen zurück.«

Sie atmet so hektisch, die bricht ja gleich zusammen!

Weit gefehlt. Statt einen Kollaps zu erleiden, stürzte sie sich erneut auf Jin. Sie hieb mit den Fäusten auf seine Brust ein, auf seine Schultern und gegen seine Arme. Tegan schlug so wild um sich, dass der Korb umfiel und der Käse herausrollte. Wütend schüttelte er sie ab.

»Akzeptiere das Ende! Und vermies mir nicht meinen letzten Tag!«, donnerte er. »Niemand kommt zurück! Dein Geliebter war schon fort, bevor du den Baum vergiftet hast!«

Tegan taumelte vor ihm zurück. »Das ist nicht wahr!«, flüsterte sie.

Mit einem selbstherrlichen Lächeln wies Jin auf sich. »Ich habe die Formwandlung in den letzten hundert Jahren perfektioniert. Also. Setzen! Ich hab Champagner, Kaviar, Schokoladenerdbeeren und –«

»Nein. Die Menschen kommen zurück!«, unterbrach ihn Tegan erneut. Leiser diesmal, mit zitternder Stimme.

»Bist du wirklich so schwer von Begriff? Du hast den Baum *er-mor-det!* Wie sollen da die Menschen zurückkommen?«

»Sie werden ohne Fäden leben«, wisperte sie unter Tränen. »Vom Fluch befreit kommen sie zurück. Und dann sind sie frei. Sie werden leben und lieben, wie sie es wollen.«

Mit einem tiefen Seufzer ließ Jin den Korken von der Champagnerflasche fliegen. »Und du willst eine Weberin sein? Die Fäden haben doch nicht nur das Schicksal an die Menschen gebunden. Es war ihr *Lebens*faden!« Er reichte ihr eine der Sektflöten. »Aber, hey – es ist nicht deine Schuld. Es war von Anfang an Äons Plan. Es wollte die Menschen loswerden. Und *bämm!* – ihr habt es für ihn gerockt.«

Tegan riss ihm das Glas aus der Hand und schüttete ihm den Inhalt ins Gesicht. »Du liegst falsch!«, schrie sie. Tränen rannen ihr über die Wangen und hinterließen helle Schlieren auf ihrem rußverschmierten Gesicht. »Du willst mich reinlegen! Du bist ein Lügner. Du hast schon immer mit allem gelogen! Du hast Mum belogen! Du hast mich belogen! Und deinen Sohn!«

Jin zuckte zusammen. »Meinen was?« Bevor Tegans Tritt tatsächlich traf, hob er den Korb aus ihrer Reichweite. Tegan trat ins Leere und ihr Schwung beförderte sie auf den Boden.

»Verrotte doch in der Ewigkeit!«, zischte Tegan und rappelte sich auf.

»Ich habe bereits in der Ewigkeit festgesessen. Du kommst zu spät. Das hier ...« Er machte eine ausladende Geste. »... ist mein Gefängnisausbruch.« Er musterte sie. Nun gut, was machte es schon. Die Welt endete. Dann feierte er eben allein. Er zog eine Swipekugel aus seinem Jackett und warf sie auf Tegan. Licht blitzte auf, Tegan schrie und war weg.

Mit einem erleichterten Seufzer nahm er einen Schluck Champagner und packte endlich die Schokoladenerdbeeren aus.

35
RUKAR

Ohne ein weiteres Wort hatte Rukar den Turm verlassen. Hanna hatte ihn ziehen lassen. Was gab es noch zu sagen? Nichts. Lita war fort. Die Welt in Asche. Vielleicht erholten sich die Fäden von Zaras Todesfluch. Doch dass dieser angebliche Samen zu einem neuen Schicksalsbaum heranwuchs, daran konnte Rukar nicht glauben. Äon hatte gewollt, dass die Welt endet. Und sie alle hatten ihre zugedachte Rolle in seinem Stück gespielt.

Er ließ seinen Blick vom Dach der Rooftop-Bar über London gleiten. Eine bleierne, drückende Stille lag auf der Stadt, nur der Wind schien leise in den Straßen zu weinen. Keine Motoren, kein Hupen oder Kreischen von Sägen, keine Schläge von Presslufthämmern der unzähligen Baustellen. Nichts.

Dennoch waren die Straßen verstopft von gestrandeten Taxis, quer stehenden Bussen, verlassenen Wagen. Und Schatten.

Rukar hatte es nicht ertragen, an ihnen vorbeizugehen und dabei ihr Leid und ihre Verzweiflung zu spüren. Also war er bei der erstbesten Gelegenheit hinauf auf die Dächer. Aber auch hier verfolgte ihn die gespenstische Stille der Stadt.

Die Rooftop-Bar war menschenleer. Nur zwei Schatten hielten sich versteckt. Rukar konnte ihre Angst spüren, doch er konnte nichts für sie tun.

»Vielleicht bringt euch Zaras Heimkehr zurück«, murmelte er. »Irgendwann. Aber glaubt mir, hier ist nichts mehr, für das es sich lohnt zurückzukehren.«

Er flankte über den Tresen in der Bar und schaltete die Kaffeemaschine an. Mit leerem Blick beobachtete er, wie sie ihm einen Americano zubereitete.

Schließlich schlenderte er mit dem dampfenden Kaffee wieder hinaus auf die Terrasse. Es war ein kühler Herbsttag in London. Noch immer hing ein dünner Nebelschleier in der Luft. Die Spitze des Weberinnenturms wirkte glanzlos. Wie sollte er auch leuchten, wenn das Leben in ihm verrottet war?

Sein Blick glitt zu dem Tisch, an dem er mit Lita und DeeDee gesessen hatte. Litas Lächeln, ihre Energie und Unnachgiebigkeit flackerten in seiner Erinnerung auf, doch er schob sie weg.

Er wollte sich nicht erinnern. Es tat zu weh.

Vorsichtig, damit der Kaffee nicht überschwappte, zog er sich auf das Geländer, das das Dach säumte, und setzte sich darauf. Die Sonne schimmerte nur vage durch den Dunst, der wie eine Decke über London lag. Rukar nahm einen Schluck und schmeckte dem Aroma des Kaffees nach.

Dies war seine Stadt gewesen. Und für ein paar wenige Stunden, als er mit Lita auf London hinabgeblickt hatte, war er glücklich gewesen. Hatte für einen Moment geglaubt, das Leben würde auch für ihn ein Happy End bereithalten.

Ja, er hatte daran geglaubt. Bitter lächelnd sah er hinab in die seelenlosen Straßen. Seinen Glauben hatte er fortgegeben für eine Wahrheit, die nichts änderte.

Er war, wer er war. Es spielte keine Rolle, von wem er abstammte. Doch diese Erkenntnis war zu spät gekommen.

Äon hatte ihm bereits zu seiner Geburt dieses einsame Ende zugedacht. Die Prophezeiung hatte sich Wort für Wort erfüllt. Er hatte die Zeit springen lassen.

Noch einmal nahm er einen langen, genussvollen Schluck seines Kaffees. Dann zog er aus der Innentasche seiner Jacke die Phiole, die Hanna ihm für Lita gegeben hatte.

Sie war noch halb voll und der Trank des Vergessens schimmerte im fahlen Sonnenlicht.

Ich habe keine Hoffnung mehr, dass ich jemals wieder glücklich sein werde, Lita.

Leichtsinnig hatte er seinen Glauben geopfert, aber er wusste, dass diese Welt ohne Lita grau und leer bleiben würde. Was auch immer passieren mochte: Vielleicht kehrten die Menschen zurück, vielleicht spross sogar ein neuer Baum. Dennoch wollte er nicht jeden Tag daran erinnert werden, was – wen – er verloren hatte.

Er entkorkte das Fläschchen, prostete der Stadt zu und hob es an die Lippen.

Die Zeit springt, denn was immer war, ist nicht mehr.

36
TEGAN

Mit einem Wutschrei landete Tegan auf dem Holzboden, sprang auf und wirbelte herum. »Du Scheiß–« Erschrocken blickte sie sich um. Jin hatte sie in Jacksons Wohnung geswipt!

Ihr Herz begann, aufgeregt zu schlagen. »Jackson?« Seine Koffer standen unberührt vor seinem Bett, auf dem Tisch am Sofa noch die Teetasse. Hastig lief sie ins Badezimmer, doch dort war er nicht. Die kleine Küchenecke war ebenfalls leer.

»Jackson!«, flüsterte sie. Er war fort. Zu einem Schatten vergangen.

Sie ließ sich auf das Sofa fallen und zog eines der Kissen zu sich. Eng umschlungen drückte sie es an sich und vergrub ihr Gesicht darin. Es duftete noch nach ihm.

Leise weinte Tegan in das Kissen. Viele Tränen hatte sie nicht mehr übrig. Doch der Schmerz in ihr war scharf und stechend.

»Es tut mir so leid! Ich war dumm!« Schluchzend fuhr sie sich mit dem Ärmel über die Nase. »Ich wollte doch nur mit dir gehen. Ich wollte, dass wir für immer zusammen sind!«

Ihre Finger krallten sich in ihren Pulli. Sie hatte das Gefühl, nicht atmen zu können. »Ich habe dich getötet, Jackson. Ich habe alle Menschen getötet!«

Dabei wollte ich Freiheit für euch! Wie hatte sie nur glauben können, dass alles gut werden würde, sobald der Fluch gebrochen war? Dass die Menschen ohne die Kraft des Schicksalsbaums wiederkommen würden? Die Fäden waren eben doch so viel mehr als nur die Niederschrift von Äons Plänen.

Sie weinte und weinte und weinte. Der Samen, der sie alle hätte retten können, verrottete nun irgendwo in einem Wald in der jenseitigen Welt. Mit einem neuen Baum wäre auch das Leben zurückgekehrt. Nun konnte niemand wiederkehren.

Tegan stand auf und schleppte sich auf Jacksons Bett, wo sie sich zusammenrollte, das Kissen mit seinem Geruch eng an sich geschmiegt. Sie fühlte sich leer, ausgelaugt, ohne jegliche Energie. *Ich bleibe hier liegen, für immer.*

»Willst du auch den Rest des Tages verschlafen?«

Sie hatte seine Stimme immer geliebt. Ihren tiefen und warmen Klang. Wie hatte sie es genossen, wenn er sich neben sie gesetzt, mit der Hand über ihr Haar gestreichelt und ihr einen Kuss auf die Wange gegeben hatte.

Sie lächelte ins Kissen, als sie meinte, seine Lippen zu spüren. »Ich bleibe hier liegen und erinnere mich an dich. Für immer.«

Das Bett knarrte und die Matratze wippte leicht. »Wird das nicht auf die Dauer langweilig? Ich mach dir einen Tee. Vielleicht weckt der deine Lebensgeister.«

Tegan hielt die Luft an, öffnete die Augen und starrte in

das Kissen. Ihr Herz hämmerte so laut, dass sie nicht klar denken konnte.

Wasser plätscherte. Tassen klirrten.

Tegan schnellte hoch und sprang auf.

Dort, in der kleinen Teeküche, viel zu groß für diese Wohnung, stand Jackson. Er sah zu ihr herüber und zwinkerte. »Du bist der größte Schlafratz, den ich kenne.«

Ohne ein Wort und mit einem explodierenden Gefühl des Glücks, das ihre Brust beinahe zum Zerspringen brachte, sprang Tegan über den Couchtisch und über das Sofa zu ihm. Sie riss ihn an sich, schlang sich um ihn und küsste ihn, küsste ihn, küsste ihn. Und weinte vor Glück und Dankbarkeit.

37
HANNA

Hanna schlug die Augen auf und brauchte einen Moment, um sich zu orientieren. Sie kauerte auf dem Boden, angelehnt an die Umfassung des Beckens, in dem einst der Schicksalsbaum gestanden hatte.

Mit einem Ächzen erhob sie sich. Ihr Nacken schmerzte von dem harten Lager. Nachdem Rukar gegangen war, hatte sie einfach nur dagesessen und das Häufchen Erde angestarrt, in dem Rukar den Samen und damit alle Hoffnung beerdigt hatte.

Die Stille des Turms, die Abwesenheit von Leben ... Sie war so erschöpft und müde gewesen. Wie lange hatte sie geschlafen?

Sie fühlte sich wie gerädert. Es wäre vernünftig, sich in ein richtiges Bett zu legen. Sie hatte keine Aufgabe mehr. Nichts außer einer absolut einsamen Ewigkeit erwartete sie. Als sie die Treppe hinaufging, warf sie einen Blick auf das Becken.

Und fiel fast die Stufen hinunter.

Ein Bäumchen!

Aufgeregt rannte Hanna zum Becken. Aus der schwarzen Erde erhob sich ein silbrig schimmernder Schössling. Er war bereits einen guten Meter hoch!

Zitternd sank sie auf die Knie und weinte vor Glück. Sie beobachtete, wie das Bäumchen eifrig die Zweige streckte, seine Blätter entfaltete – und sie meinte sogar, ganz zart die Melodie des Schicksalsbaums zu hören.

Lita hat es geschafft. Sie hat das Leben der Menschen gerettet.

Nur ihr eigenes nicht.

Hanna brach in Tränen aus, der Schmerz der Trauer zerriss sie innerlich. Der Gedanke, von nun an jeden Tag hier zu sein, den Baum wachsen und gedeihen zu sehen, in dem Wissen, dass sie Lita nie wieder in die Arme schließen konnte, brach ihr das Herz.

»Hanna?«

Sie zuckte zusammen, als ihr jemand tröstend die Hand auf die Schulter legte. Mit tränenverschleiertem Blick fuhr sie herum.

»Ich bin mir nicht sicher, was passiert ist.« Winnie versuchte ein Lächeln, brach aber ab und zog sie stattdessen in ihre Arme.

»Du bist zurück!«, brachte Hanna unter Tränen hervor und drückte ihr Gesicht in Winnies rote Locken. »Du bist wieder da!«

»Alle, die Schatten waren, kommen wieder«, flüsterte Winnie. »Der Fluch wurde gebrochen. Wie Zara gesagt hat.«

Hektisch wischte sich Hanna die Tränen ab. Der Baum war in den wenigen Minuten erneut ein ganzes Stück gewachsen und reichte bereits gut zwei Stockwerke empor. »Die Fäden? Sie sind wieder im Weltenraum?«

Winnie nickte. Sofort rannte Hanna, zwei Stufen auf

einmal nehmend, die Treppe hinauf. Atemlos überquerte sie das Plateau und betrat den Raum, dessen Boden noch immer mit Asche bedeckt war. Aber da war auch ein magisches Leuchten aus vielfarbigem Licht. Wie durch einen Nebel schimmerten glitzernde Fäden vor ihr in der Luft.

Vorsichtig näherte sie sich dem zarten Gespinst, das wie eine verblasste Erinnerung wirkte. Mit angehaltenem Atem streckte sie ihre Hand aus, um einen Faden zu berühren. Er wirkte seltsam flackernd, als hätte er keine feste Form. Als sie ihn berührte, zitterte er unter ihren Fingern. Doch er war da. Er war real, sie konnte ihn spüren!

Für einen Augenblick ließ sie sich von der Freude und Erleichterung überrollen, ließ sich in dieses Gefühl fallen, das sie kurz überwältigte.

Bis sie an ihre Tochter dachte. Und die Leere, die Lita in ihrem Leben hinterließ.

»Sie werden alle zurückkommen«, meinte Winnie, die neben sie getreten war. »Es ist wie im Frühling. Das Leben hat nie geendet. Es erschafft sich neu.«

Hanna musterte das Mädchen mit den störrischen roten Haaren, das noch immer diese abgewetzte Umhängetasche bei sich trug, aus der der Teppich einer Prophezeiung ragte. »Du hast das alles gewusst, oder? Als dein Faden zerfiel und du dich in meinen Armen aufgelöst hast –«

Winnie nickte. »Ich habe Rukars Schicksal gelesen.« Sie drückte die Tasche mit dem Teppich enger an sich. »Und da ich zurück bin und dort unten ein neuer Baum sprießt, weiß ich, dass alles so passiert ist, wie Äon es auf diesen Teppich diktiert hat.«

Erschöpft rieb sich Hanna über die Augen. »Ich kann diesen Namen nicht mehr hören. Wieso hat es uns das alles angetan?«

Winnie lächelte schief. »Hey, ich bin nur eine kleine Weberin. Was weiß ich schon. Aber ich denke, wir alle haben ein bisschen was gelernt.«

»Ach ja?« Mit hochgezogenen Brauen sah Hanna sie an.

»Wir sollten mehr Vertrauen in uns und unsere Lieben haben. An die Dinge glauben, die wir für wichtig halten, und uns nicht von anderen abhalten lassen. Glaube an dich selbst, gib nicht auf, lass dich nicht entmutigen.« Sie nahm Hannas Hand und lächelte sie aufmunternd an. »Hab Vertrauen, Hanna. Das ist nicht das Ende. Es ist ein Neubeginn.«

Hanna runzelte die Stirn. Kurz sah sie zu dem Teppich, der in Winnies Tasche steckte. »Ist Rukars ganzes Leben auf dieser Prophezeiung?«

»Die wichtigen Momente, würde ich sagen. Er ist schließlich unsterblich.«

»Dann weißt du, was seine Zukunft bringt?«

Winnie lächelte. »Du weißt, ich darf dir nichts sagen.«

Hannas Herz hüpfte, stolperte. Sie zwang sich, tief durchzuatmen. »Du darfst mir nichts sagen ... weil mein Leben und seines auch in Zukunft miteinander verbunden sind.«

»Hab Vertrauen, Hanna. Das Schicksal ist wie ein großer Kreis. Alles ist miteinander verbunden und geht ineinander über. Ich seh mal nach, ob Serena schon zurück ist. Ihre Scones könnte ich jetzt echt gebrauchen.«

Hanna nickte stumm. Sie hielt sich an Winnies Worten fest, die wie ein Keimling der Hoffnung in ihr wurzelten.

Hab Vertrauen, Hanna. Das Schicksal ist wie ein großer Kreis.

Sie würde Lita wiedersehen.

38

RUKAR

»Hey, mach keine Dummheiten!«, sagte jemand direkt in Rukars Ohr.

Erschrocken fuhr Rukar herum und kippte dabei fast von dem schmalen Geländer, auf dem er saß.

Direkt hinter ihm stand Faine, dieser vermaledeite Glückskami in seinem albernen grünen Anzug.

»Glück gehabt.« Schelmisch lächelnd packte er Rukar am Arm und hielt ihn fest, bevor er tatsächlich abstürzte. »Und gib mir diese Scheußlichkeit. Das ist doch blanker Unsinn.« Er streckte die Hand nach der Phiole aus.

Rukar sprang hastig auf die Dachterrasse. »Finger weg!« Er wand sich aus Faines Griff. Sauer, dass er gestört worden war, stopfte er den Korken zurück auf das Fläschchen und ließ es in seine Jackentasche gleiten. »Was weißt du schon!«, pflaumte er den Kami an. *Wie kommt der überhaupt hierher? Was für ein mieses Timing der Kerl hat!*

»Eine Menge, Sohn des Jin!«

Ein Lachen ließ Rukar herumfahren. Zu seiner Überraschung saß plötzlich eine Frau an einem der Cafétische. Ein kleines Kind hatte eine Blüte aus einem der Tröge gepflückt und hielt sie ihr hin. Lachend hob sie das Kind auf den Schoß.

»Die Menschen …« Rukars Herz verkrampfte sich. Zara hatte recht behalten. Offenbar löste sich der Fluch und die Menschen kamen zurück! Für einen winzigen Augenblick keimte Hoffnung in ihm, doch die Gewissheit, dass unter all diesen Menschen immer eine fehlen würde, verdüsterte seine Miene.

»Ja, die Menschen.« Wie ein weiser Vater beobachtete Faine die Mutter und ihr Kind und seufzte gerührt. »Sie sind schon sehr besondere Geschöpfe.«

Von der Straße drang ungeduldiges Hupen herauf.

Faine beugte sich vorsichtig über die Brüstung und blickte hinab. »Es scheint, als fänden alle zu ihren alten Gewohnheiten zurück.«

Doch Rukar wollte gar nicht sehen, wie die Straßen sich wieder mit Leben füllten. Es tat weh, dass sie zurückkamen. Dass sich Litas Plan erfüllte. Das Leben weitergehen würde.

Aber Lita fehlte.

Das Hupen wurde vielstimmiger und genervte Rufe brandeten zu ihnen hinauf. Auch auf der Dachterrasse saßen immer mehr Gäste. Keiner schien sich darüber zu wundern, was passiert war. Offenbar war für die Menschen kein Augenblick vergangen.

Rukar tastete nach der Phiole. Er wollte sich ebenfalls an nichts mehr erinnern, damit der Schmerz endete.

»Du bist einzigartig«, meinte Faine und wich einen Schritt von der Kante zurück, als hätte er Angst vor der Tiefe. »Die Zeit zu sehen. Das ist ziemlich beeindruckend, oder?« Er schüttelte anerkennend den Kopf. »Wenn du trainierst, wirst du sicher bald noch weiter in die Zukunft sehen können.«

Rukar runzelte die Stirn. Woher wusste dieser Kerl von seinen Fähigkeiten? Er hatte niemandem davon erzählt … außer Hanna. »Ich will gar nichts mehr sehen«, knurrte er.

Faine seufzte und setzte sich auf den Rand eines mit Bambus bepflanzten Trogs. Auffordernd klopfte er neben sich. »Kami werden von allen unterschätzt, weißt du. Alle denken, Kami seien nur kleine Geister, die amüsante Tricks auf Lager haben. Nippes für die Menschen.«

Rukar ignorierte Faines Aufforderung, sich zu setzen. Stattdessen verschränkte er die Arme und wandte ihm die Schulter zu. »Mir sind Kami und alles andere herzlich egal. Es gab nur eines, das mir etwas bedeutet hat.«

»Du wirst es wiederfinden.« Interessiert musterte Faine die Pflanze hinter sich und strich ihr sanft über die Blätter.

Kurz dachte Rukar, der Busch würde unter Faines Berührung ein wenig grüner werden. »Ich glaube nicht«, antwortete er knapp. Kapierte dieser Kami nicht, dass er unerwünscht war?

»Den Glauben verlieren – du hast es unterschätzt.« Er sah ihn nachdenklich an und Rukar wandte sich ihm nun doch zu. Woher, verdammt, wusste der Kerl von seinem Deal mit dem Händler? Ein eigenartiges Gefühl stieg in ihm auf. Faines durchdringender Blick war ihm unangenehm. Der Kami schien nicht fies oder bösartig zu sein, aber irgendetwas war an ihm, das bei Rukar einen Alarm auslöste. Um seine Unsicherheit zu überspielen, wollte er von seinem Kaffee trinken, doch der Becher war leer. »Verschwinde und lass mich in Ruhe!«, blaffte er Faine an.

»Nur zu gerne, aber vorher tauschen wir.« Faine hielt

ein rotes Band hoch. »Ich schenke dir dies und du überlässt mir Elaines Gebräu.«

Elaines Gebräu? Dieser Kami wusste *eindeutig* zu viel!

Rukar wich einen Schritt vor Faine zurück, der völlig entspannt unter dem Bambus saß. Eine schnöde rote Kordel baumelte zwischen seinen Fingern.

»Warum sollte ich den Trank gegen die Schnur da eintauschen wollen?«

Anscheinend fand Faine die Unterhaltung ebenso anstrengend wie Rukar, denn er stand mit einem tiefen Seufzer auf und kam auf ihn zu. »Weil diese Geschichte keine Tragödie ist. Wenigstens darauf solltest du deine Hoffnung setzen. Das wäre ein guter Schritt, um deinen Glauben wiederzufinden.«

Unauffällig checkte Rukar seine Fluchtmöglichkeiten. Inzwischen war die Bar wie üblich gut gefüllt. Es war Teatime und die Schlange vor dem Tresen lang. Kein schnelles Durchkommen. »Vergiss es, Kami. Keine Ahnung, was du vorhast. Bekommt ihr Punkte für jeden Follower, der an euren Altären Herzchen hinterlässt? Wie du ja offenbar genau weißt, habe ich keinen Glauben mehr! Und ich wüsste auch nicht, wozu ich ihn noch bräuchte. Also – verschwinde und lass mich in Ruhe!«

Natürlich tat Faine nichts dergleichen. »Wusstest du, dass Energie niemals verloren geht?«

Rukar sah ihn stirnrunzelnd an. Genau das hatte er in der jenseitigen Welt auch gedacht – als er hatte bleiben wollen, um nach Lita zu suchen, um mit ihr hierher zurückzukehren. Doch die Toten mussten bei den Toten bleiben.

»Also gut.« Faine trat dicht vor ihn. Rukar wollte zurückweichen, doch er stand mit dem Rücken an der Brüstung. Hinter ihm war nur noch die Straßenschlucht. Seine innere Stimme befahl ihm auszubrechen, sich wegzuducken, zu fliehen. Aber er konnte sich nicht bewegen. Es war, als bannte ihn Faines Blick, als lähme ihn das Grün seiner Augen.

»Nur einen Augenblick«, flüsterte Faine. »Nur ein Augenblick und dann vergisst du – und konzentrierst dich nur auf das, was wichtig ist.«

Ohne dass er es wollte, nickte Rukar. »Du bist 'n echter Freund von Orakelsprüchen, oder?«, presste er hervor.

Faine lächelte vielsagend. »Ich gebe zu, sie versüßen mir hin und wieder die Zeit.« Mit einer sanften Geste legte er zwei Finger an Rukars Stirn.

Ein helles gleißendes Licht schoss durch Rukars Gedanken. Es blendete ihn, schnitt scharf in sein Bewusstsein hinein, sodass er sich davor verstecken wollte, und doch sah er hin. Und er sah die Wahrheit. Er erkannte die Zeit und den Kreis des Schicksals.

»Aber ...«, stotterte Rukar und fand keine Worte, um zu fassen, was er gerade begriff.

»Ja, nicht wahr?« Faine lachte fröhlich. »Eigentlich ist es offensichtlich, wenn man darüber nachdenkt. Aber niemand denkt darüber nach.«

Noch immer ruhten Faines Finger auf Rukars Stirn. Ihm war, als befänden sich seine Gefühle und sein Verstand gar nicht mehr in seinem Körper, als würden sie mit der Zeit und den Lebensfäden der Welt im Kreis tanzen. »Warum hast du das alles zugelassen?«

Vehement schüttelte Faine den Kopf. »Nein, nein – warum habt *ihr* es zugelassen?«

»Weil – weil du uns befohlen hast, dass …« Rukar verstummte. Atemlos blickte er in das Licht und jede weitere Frage erschien ihm albern. Sie hatten sich so sehr geirrt. Sie alle. Elaine, Jin, Hanna … auch Lita. Sie alle hatten nur sich gesehen.

Dabei waren sie eins. Jedes Ding und jedes Leben fügte sich in den großen Kreis des Schicksals zusammen.

»Befohlen …?« Faine verzog das Gesicht. »Kinder halten jedes Gebot ihrer Eltern für einen Befehl. Als wären die elterlichen Worte nur dazu da, um sie zu knechten. Dabei wollte ich doch nur das Beste für euch. Ich wollte, dass ihr groß und stark werdet. Ich gebe zu, nicht jede Tat, weder der Menschen noch der Unsterblichen oder Kami, hat mich immer mit Stolz erfüllt. Und ich habe sicher ebenfalls einige falsche Entscheidungen getroffen. Eltern sind eben auch nicht perfekt, nicht wahr? Aber ich weiß, dass nun die Zeit gekommen ist, euch gehen zu lassen. Ihr seid erwachsen geworden. Von nun an müsst ihr selbst zurechtkommen.« Er sah Rukar liebevoll an. »Die erste eigene Wohnung, Rukar. Es ist so weit. Ich lasse meine Kinder gehen. Zieht in die Welt und findet euer Glück.«

Das blendende Licht in Rukars Kopf zeigte ihm die Wahrheit. Oder mehr noch. Es fühlte sich an, als gäbe es weder Anfang noch Ende, weil jedes existierende Ding ein wichtiger Teil des Ganzen war. Ein riesiger Kreis …

»Nun aber genug.« Entschieden nahm Faine die Finger von Rukars Stirn. »Ich bin gerne anonym. Es wird nur lästig, wenn alle wissen, wo sie Äon finden.«

Schwindel ergriff Rukar und er musste sich abstützen, als das helle Licht erlosch. Es war, als stünde er plötzlich in absoluter Finsternis, ohne die geringste Ahnung von auch nur irgendwas. Mit dem Licht war alles fort ... alles, was ihn eben noch mit einem allumfassenden Frieden, mit Zuversicht erfüllt hatte.

Faine pustete ihm sanft gegen die Stirn und der Schwindel verflog.

»Also. Können wir jetzt endlich weitermachen?«

Verwirrt nickte Rukar. Was war passiert? Wieso drängte ihn dieser alberne Kerl gegen die Brüstung? Hatte Faine ihm gedroht? Wohl kaum, dieser Hänfling. Rukar räusperte sich und zog sich die Jacke zurecht. Unter keinen Umständen sollte sein Gegenüber merken, dass er gerade ein Blackout gehabt hatte.

»Mit diesem Band findest du sie.« Zufrieden ließ Faine die Kordel vor Rukars Gesicht baumeln.

»Wie bitte?« Bevor er etwas erwidern konnte, hatte Faine bereits das Band um Rukars Handgelenk geschlungen und mit einem Knoten festgezurrt.

»Je näher du ihr kommst, umso stärker wird es dich führen.«

Irgendwas ganz weit hinten in seinen Gedanken bedankte sich aufrichtig. Doch Rukar selbst starrte nur das schnöde Band an und wusste, dass er etwas vergessen hatte. Etwas immens Wichtiges. Etwas, das ... das ... Er konnte sich nicht erinnern.

»Das vergeht gleich wieder.« Aufmunternd klopfte Faine ihm auf die Schulter. »Ist so 'ne Art Déjà-vu, oder? Fürchterlich nervtötend.« Mit geschickten Fingern angelte er den Trank des Vergessens aus Rukars Jackentasche. »Das hier bekomme ich jetzt – wäre ja blöd, wenn du noch mehr wichtige Dinge vergisst … Und du, du gehst jetzt los und findest Lita.«

Mit einer halbherzigen Bewegung wollte Rukar ihm die Flasche abnehmen. Doch etwas hielt ihn davon ab. »Lita ist tot«, murmelte er nur.

»Das ist ein Irrtum.« Der Kami deutete hinter sich auf die Dachterrasse. Es war kein Platz mehr frei. Angeregtes Stimmengewirr schwebte über allem und von der Stadt dröhnten Motoren, Hupen und Sirenen herauf. London war wieder da. Rukar blickte über die pulsierende Stadt. Noch immer hing herbstlicher Dunst über ihr.

»Niemand ist tot, Rukar. Energie verschwindet nicht. Sie nimmt nur eine andere Form an. Aber sie ist immer da.« Faine ließ den Trank des Vergessens in der Tasche seines grünen Sakkos verschwinden und wandte sich um. Er schien sehr zufrieden darüber zu sein, dass es quasi kein Durchkommen mehr in der Bar gab.

»Du bist 'n echter Freund von Orakelsprüchen, oder?«, meinte Rukar und kam sich im gleichen Augenblick aus irgendeinem Grund blöd vor.

Doch Faine lachte nur und löste sich vor seinen Augen in Luft auf.

39

HANNA

Nach und nach kehrten immer mehr Weberinnen aus den Schatten zurück und der Baum hatte bereits eine stattliche Laubkrone entwickelt, in der, wenn auch zart, eine Melodie flüsterte.

Seit Winnie ihr zu verstehen gegeben hatte, dass sie nur Geduld zu haben brauchte, um Lita wiederzusehen, fühlte Hanna sich federleicht. Sie wusste nicht, wann dieser Tag kommen würde, aber das tat nichts zur Sache.

Lita kam zurück. Das war alles, was zählte.

Hanna verließ den Turm und ging hinaus in die Stadt, beobachtete, wie London nach und nach wieder zum Leben erwachte.

Die Straßen glichen zwar noch einem chaotischen Parkplatz und die U-Bahnen steckten in den Tunneln fest, aber Hanna lief und lief, bis sie die Themse erreichte. Sie lief sich all ihre Angst aus der Seele und plötzlich stand sie vor dem London Eye. Es hatte bereits geschlossen und die Rampen vor der Glashalle waren leer.

Eine Handvoll Menschen kreuzten ihren Weg. Aufgeregt sprachen sie über den Stromausfall, der die ganze Stadt lahmgelegt hatte.

Hanna ging durch die Absperrungen direkt zu den Gondeln. Wie üblich war es Gondel Nummer dreizehn, die am Einstieg gehalten hatte. Als Hanna das ovale Ei betrat, spürte sie, wie sie durch den dünnen Schleier schlüpfte, der die Menschenwelt von der Sphäre der Unsterblichen trennte. Sie schloss die Flügeltür und sofort begann das Riesenrad, sich in Bewegung zu setzen. Wie in Zeitlupe wurde Hanna in die Luft gehoben. Ein herbstlicher Dunst lag über der City. Sie erkannte die Silhouette der Houses of Parliament, Westminster Abbey und meinte sogar, weiter flussabwärts die Kuppel von St. Paul's schimmern zu sehen. Von hier oben wirkte die Stadt, als würde sie nur aus kleinen Würfelchen bestehen, die ein Kind nach dem Spielen liegen gelassen hatte. Doch so viele Menschenleben waren hier zu Hause. Und Lita hatte ihnen eine Zukunft gegeben. Sie war stolz auf ihre Tochter.

Als die Gondel den höchsten Punkt des Riesenrads erreicht hatte, hielt sie an. Unter sich, winzig klein, sah sie die sich windende Themse und all die Miniaturhäuser.

Hanna öffnete die Tür. Vor ihr ballte sich der Dunst zu einer Wolke. Die Wolke war fest und schwebte zügig mit ihr davon, hinein in einen dichten Wolkenberg, aus dem sich gigantische weiße Säulen erhoben, gekrönt von vergoldeten Kapitellen.

Sanft wurde Hanna in der prachtvollen Halle abgesetzt. Oder besser gesagt, in der einstmals prachtvollen Halle, denn anscheinend hatte hier ein Krieg getobt. Tiefe Risse zogen sich durch die Säulen, einige waren eingestürzt.

»Kann ich euch helfen?« Ein freundlicher älterer Herr, der einen Kasten voller Pflanzen in den Händen trug, kam ihr entgegen.

»Ich suche jemanden.«

»Oh – ich weiß schon. Kommen Sie mit. Ich wollte ebenfalls in den Garten. Mein Name ist Enki. Und Sie sind Hanna, nicht wahr?«

Sie nickte überrascht und er lächelte zufrieden.

»Ich habe mir vorgenommen, wieder mehr am öffentlichen Leben teilzunehmen. Die Menschen brauchen uns vielleicht nicht mehr so sehr wie in der Vergangenheit. Sie lösen ihre Probleme inzwischen mit ihrem Verstand und weniger mit unserer Hilfe. Aber dennoch brauchen sie uns.« Er umrundete eine zerborstene Säule. »Und wir sie.«

»Alles ist miteinander verbunden und geht ineinander über«, wiederholte Hanna Winnies Worte und Enki lächelte verstehend.

Vor der Halle breitete sich eine idyllische Landschaft aus. Doch auch hier hatte jemand eine Spur der Zerstörung hinterlassen. Verwundert musterte Hanna einen Baum, dessen zarte Zweige bis in den vorbeifließenden Bach hingen. Das malerische Bild wurde jedoch dadurch zerstört, dass der Baum wirkte, als sei er nur auf eine fasrige Leinwand gemalt worden. Seine Farbe bröckelte, Stücke waren herausgefallen und Hanna blickte durch die Risse auf Wolken.

»Es ist gut, dass uns in Erinnerung gerufen wurde, dass wir alle zusammengehören. Wir hatten uns gegenseitig aus den Augen verloren.« Er klopfte seufzend an den Stamm, worauf noch mehr Stücke herabrieselten.

»Bauen Sie die Stadt der Unsterblichen nun wieder auf?« An immer mehr Ecken entdeckte Hanna Lücken.

»Die Erkenntnis schmeckt so manchem hier nicht, aber wir können uns das hier nur leisten, weil die Menschen es möglich machen.« Er steuerte auf einen Garten zu, der von einem weißen Mäuerchen umfasst war. »Ohne die Menschen würde alles aufhören zu existieren.« Mit einem Seufzer öffnete er das schmiedeeiserne Tor und ließ Hanna den Vortritt.

Doch sie zögerte. »Sie kommen zurück.«

Etwas einfältig lächelnd sah Enki sie an. »Wie meinen?«

»Die Menschen. Sie kommen zurück. Lita hat es geschafft. Zara ist wieder in der jenseitigen Welt. Und ...« Sie musste tief durchatmen, um nicht erneut zu weinen. »... ein neuer Baum wächst heran.«

Tatsächlich klappte Enki der Mund auf. Sprachlos starrte er sie an. Dann sprang er vor und gab der überraschten Hanna einen dicken Kuss. »Ich muss den Rat einberufen!« Er drückte ihr die Kiste mit den Blumen in die Hände und rannte jubelnd davon.

Hanna sah ihm kurz nach, dann trat sie durch das Tor. Es war ein gepflegter, üppig blühender Garten, in dessen Mitte ein Brunnen stand.

»Misano?« Der Kies knirschte unter ihren Schuhen, als sie auf die Mitte zuging.

Hinter einem Busch gelber Blumen streckte der Unsterbliche seinen Kopf hervor. »Was kann ich für dich tun, Weberin?«

Sie ging zu ihm und fand ihn in Arbeitskleidung vor. Seine Hände waren von Erde beschmutzt, ein Knieschutz lag neben ihm auf dem Boden und Blumenzwiebeln warteten darauf, eingepflanzt zu werden.

Stumm zog Misano seine Handschuhe aus und warf sie zu dem Schäufelchen, mit dem er bereits Pflanzlöcher gegraben hatte. »Ihre Tochter hat Großes vollbracht.«

Hanna presste die Lippen aufeinander. Wenn sie jetzt antwortete, würde sie in Tränen ausbrechen. Obwohl es gar nicht nötig war. Sie wusste ja, dass alles gut enden würde.

»Es war nie meine Absicht, den Menschen zu schaden. Ich war wütend auf Elaine. Ich wollte Rache an ihr. Und das hat mich blind gemacht.« Sein Blick wanderte über den Garten und er lächelte. »Doch dank der Willensstärke Ihrer Tochter haben wir die Chance, es jetzt besser zu machen. Die Menschen kehren zurück. Ich kann es spüren, denn unsere Magie wird wieder stärker.«

Hanna kniete sich in das Beet und begann, ein Loch für eine von Enkis Blumen zu graben.

Etwas unbeholfen stand Misano da und sah ihr zu. »Wollen Sie etwa mithelfen?«

Hanna nickte. »Wir sollten gemeinsam daran arbeiten. Denn wir brauchen uns alle gegenseitig.«

»Familie, hm?«, murmelte Misano und kratzte sich verlegen das Kinn, bevor er sich wieder in das Beet kniete.

Aus irgendeinem Grund kam Hanna Faines Lieblingsspruch in den Sinn: Er sei *ein Freund der Familie.*

Sie lächelte.

Alles würde gut werden.

40
RUKAR

Nachdem Faine verschwunden war, hatte Rukar noch eine Weile dagestanden und angestrengt nachgedacht. Irgendetwas hatte er vergessen. Aber es wollte ihm nicht einfallen. Dafür wurde das Gefühl immer drängender, dass er losmusste, um Lita zu suchen.

Diesmal nahm er nicht den einsamen Weg über die Dächer. Er mischte sich mitten unter die Menschen, die, als wäre nichts gewesen, ihren Geschäften nachgingen. Niemand schien sich zu wundern, weshalb sich in den Straßen so viele Unfälle ereignet hatten.

Faines Armband drückte und zog, wenn er sich von der Themse abwandte. Deshalb hielt er sich am Ufer und folgte dem Ziehen an seinem Handgelenk. Irgendwann hatte er die Millennium Bridge erreicht und überquerte den Fluss. Das Kribbeln des Armbands nahm zu und Rukar eilte weiter das Themseufer entlang. Inzwischen war es beste After-Work-Zeit und das Ufer füllte sich mit Menschen. Schlendernde Touris gingen an abgespannten Londonern vorbei, die sich in den Bars an der Themse ihren Feierabenddrink gönnten. Immer wieder hörte er Gesprächsfetzen über den Blackout, der für ein paar Sekunden ganz London lahmgelegt und das Verkehrschaos ausgelöst hatte.

Bei Gabriel's Wharf holte er sich einen Kaffee. Inzwischen juckte das Band ziemlich stark und sein Puls raste. Würde dieser Kami-Zauber ihn tatsächlich zu Lita bringen? Aber wie? Lita war in der jenseitigen Welt geblieben, hatte selbst den Preis bezahlt für das neue Leben der Menschen. Wie konnte sie wieder hier sein?

Fiebrig suchte sein Blick ihr Gesicht. Würde sie lächeln, wenn sie ihn sah? Auf ihn zurennen, in seine Arme und ...

»'tschuldigung.« Sein Blick war immer weiter gewandert, sodass er die alte Dame direkt vor sich völlig übersehen hatte. Sie beschimpfte ihn, bevor sie weiterlief.

Seufzend ließ sich Rukar treiben, auf die Waterloo Bridge zu. Hier wurde es unübersichtlich. Schulklassen fluteten ihm entgegen und Reisegruppen sammelten sich vor dem National Theatre.

Lita hatte keinen Faden, sie war nicht mit den Menschen zurückgekommen, als der Fluch von den Schicksalsfäden gelöst worden war. Dennoch schlug sein Herz wie wild bei dem Gedanken, sie jeden Moment zu entdecken.

Energisch bahnte sich Rukar seinen Weg durch die Leute. Inzwischen fühlte sich das Band an seinem Handgelenk wie Feuer an und er war nahe dran, es sich abzureißen. Atemlos begann er zu rennen. Wo war sie?

So viele Leute unter der Waterloo Bridge, Gespräche, Lachen, das Klackern der Boards aus den Gewölben des Skatespaces.

»Ja, Lauren, los! Go for it!«

Rukar erstarrte. Litas Stimme! Wie in Zeitlupe drehte er sich um, suchte fieberhaft nach diesem Mädchen, für das er alles aufgeben würde, wenn er es nur noch einmal sehen könnte.

»Wir sollten mit ihr lieber ins Kino.« Das war eindeutig DeeDee! »Wenn sie sich gleich was bricht, lässt ihre Mum sie bis zur Jahrtausendwende nicht mehr aus dem Haus.«

Rukar hielt den Atem an. Über das Geländer des Skatespaces gelehnt, streckte Lita eine Hand vor und ein Skatergirl klatschte sie im Vorbeifahren ab. Das Mädchen auf dem Skateboard schien eine blutige Anfängerin zu sein, strahlte jedoch, als wäre sie die Königin der Welt.

Lita lachte und schüttelte den Kopf, sodass ihr die Haare vors Gesicht fielen. Sie strich sie hinters Ohr und Rukar bemerkte das rote Band, das um ihr Handgelenk geknotet war.

»Lita!«, rief er und stürzte zu ihr. Er packte sie, hob sie hoch und drehte sich mit ihr. »Du bist zurück! Du bist hier! Ich fasse es nicht! Ich kann es nicht glauben!«

Die Ohrfeige erwischte ihn völlig aus dem Nichts. Erschrocken ließ er sie los und machte einen Satz zurück.

»Tickst du noch ganz richtig?«, fuhr sie ihn harsch an. »Du –«

Sie weiß nicht, wer ich bin! Das wütende Funkeln in ihrem Blick dämpfte sein unfassbares Glück, sie wiederzuhaben, mit einem Schlag.

Er taumelte, schüttelte nur den Kopf. »Das … ich …«

Ihre Freundinnen hatten sich schützend um sie gestellt und musterten ihn, als wäre er irgendein irrer Stalker.

»Ich glaube, du hast sie mit jemandem verwechselt«, sagte DeeDee. »Vielleicht ist es besser, wenn du …« Sie wedelte mit der Hand, um ihm zu sagen, dass er besser verschwinden sollte.

Aber er irrte sich nicht! Vor ihm stand Lita. Und selbst wenn er gezweifelt hätte, sie trug die gleiche rote Kordel wie er. So hatten sie zueinandergefunden. Faine hatte ihnen geholfen. Ein kribbliges Gefühl zog sich seinen Nacken entlang, als ob da noch etwas wäre, an das er sich erinnern müsste, doch so schnell, wie das Gefühl gekommen war, verpuffte es auch wieder.

»Es tut mir leid«, wandte er sich an Lita. »Aber … ich hab dich nicht verwechselt. Du bist Lita. Und ich freue mich übrigens auch, dass es dir, DeeDee, wieder gut geht.«

Die Mädchen wechselten einen alarmierten Blick und Rukar zog hastig den Ärmel seiner Jacke zurück, um Lita das Band zu zeigen. »Faine hat mir das gleiche Band gegeben wie dir. Dadurch habe ich dich gefunden.«

Die andere Freundin, deren Namen Rukar nicht kannte, zog Lita weg von ihm, flüsterte ihr etwas zu. Er bemerkte das Handy in ihrer Hand.

»Nein. Bitte.« Er hob die Hände, um zu signalisieren, dass er nichts im Schilde führte. »Ich will nur … Gib mir bitte eine Minute, Lita, und hör mir zu!«

Die Freundin mit dem Handy und DeeDee schüttelten die Köpfe, doch Lita musterte ihn neugierig. »Eine Minute«, sagte sie dann und kam einen Schritt näher.

Rukar fühlte sich plötzlich, als sei er aus Gummi. Jede Sekunde würde er in sich zusammensinken, nur sein Herz hämmerte wie wild und seine Zunge war bleischwer.

»Also?« Lita reckte ihr Kinn und sah ihn herausfordernd an. »Was weißt du noch über mich?«

»Ich …« In seinem Kopf herrschte Chaos. Was sollte er sagen? Wieso erinnerte sie sich nicht an ihn? Wenn er von Äon anfing und der jenseitigen Welt … Sie würde ihn doch für komplett bescheuert halten, wenn sie tatsächlich keinerlei Erinnerung mehr an ihr eigentliches Leben hatte.

»Ich warte.«

»Ja, ja. Sekunde. Es ist … Du hast meine Welt gerettet. Du erinnerst dich nicht, weil … weil die Menschen und unser aller Glück für dich wichtiger waren als dein eigenes. Du hast dich für uns alle …« Das war Stuss. Er sah es an ihrem Blick. An der steilen Falte, die sich in ihre Stirn grub.

»Okay, sorry … noch mal anders. Du liebst Americano. Ich lade dich auf einen Kaffee ein. Und wir besuchen zusammen deine Mutter im The Gherkin. Sie wird so froh sein, dich zu sehen … Und Faine! Faine! Wir rufen Faine an!« Verzweifelt sah er sich nach einer Taube um. So jämmerlich war doch kein Happy End!

Die Falte in ihrer Stirn vertiefte sich noch mehr.

»Zeit ist um!«, vermeldete DeeDee von hinten.

Doch Lita blieb stehen und sah Rukar fest in die Augen. Sie forschte in seinem Blick und er hoffte so sehr, dass sie sich an ihn erinnerte. Zögernd kam sie noch einen Schritt auf ihn zu.

»Wann haben wir uns kennengelernt?«

»Vor … vor ein paar Tagen …« War da ein Erkennen in ihren Augen? Er wagte nicht zu atmen, hing an ihrem Blick. *Bitte, Faine! Gib sie mir zurück!*

»Es tut mir leid.« Sie senkte den Kopf und wandte sich ab. »Ich hatte einen Unfall. Eine Gasleitung in unserem Haus … Es ist nichts wirklich Schlimmes passiert, aber ich kann mich an nichts erinnern, das in der letzten Woche passiert ist.«

Rukar atmete aus. »Das … das ist ja furchtbar. Wir … wir haben uns kennengelernt, als du … deine Großmutter besucht hast?«

Lita zupfte an dem roten Band und sah ihn forschend an. »Du meinst, als ich mit Mum in der Wohnung meiner Großmutter untergekommen bin. Wohnst du etwa auch im The Gherkin?«

Breit grinsend nickte er. »Mit meiner Schwester. Tegan.«

Lita warf ihren Freundinnen einen Blick zu.

Schließlich seufzte DeeDee. »Na gut. Aber wir behalten euch im Auge!«

»Es ist aber Samstag!«, warf die andere ein. »Keine Jungs am Samstag!«

»Vielleicht wird es Zeit, dass wir alte Regeln mal über Bord werfen, Chloe«, meinte Lita und trat zu Rukar. »Wie war das mit dem Americano?«

»Ich kenne den perfekten Platz dafür.« Er bot ihr seinen Arm an, doch sie steckte die Hände in die Taschen ihres Parkers.

»Wohnst du schon lange im The Gherkin?«

Er schwitzte und fuhr sich nervös durch die Haare. Es war ein Anfang, dass sie ihm vertraute. Doch würde sie sich je wieder daran erinnern, wer sie war? »Nein. Ich bin erst letzte Woche eingezogen.«

»Dann haben wir etwas gemeinsam.« Sie lachte zufrieden.

»Eigentlich haben wir noch sehr viel mehr gemeinsam«, murmelte er.

»Wirklich?« Sie grinste ihn an. »Dann ist es wohl Schicksal, dass wir uns getroffen haben!«

Rukar blieb stehen und sah sie eindringlich an. »Ja. Daran glaube ich ganz fest.« Sein Armband juckte plötzlich und er bemerkte, wie Lita ihres verwundert drehte.

Sie hatten sich inzwischen von der Skatespace entfernt und das Klacken der Boards war nur noch aus der Ferne zu hören.

»Ich glaube daran, dass wir zusammengehören«, flüsterte er und nahm das Brennen des Armbands als Zeichen. Er beugte sich zu Lita vor, die überrascht die Lippen öffnete, als wolle sie etwas sagen. Doch sein Kuss kam ihr zuvor.

Rukar schloss die Augen und hielt die Fäden der Zeit an. Niemals wollte er, dass dieser Moment vorbeiging.

Doch wieder erwischte ihn Litas Ohrfeige. Natürlich. Er lachte und rieb sich die Wange. Das Mädchen ohne Faden hatte ihn erneut überrumpelt.

»Verdammt! Rukar!«, schimpfte Lita. »Wie kannst du nur ...« Sie hielt inne und sah sich überrascht um. »London!« Erschrocken schlug sie sich die Hand vor den Mund. »Und die Menschen! Rukar! Die Menschen!«

»Du erinnerst dich!«

»Ich – an was?« Sie wirbelte zu ihm herum. Er nahm ihre Hände und hielt sie fest, bevor er sie erneut küsste. Seine Welt explodierte in einem Feuerwerk. Er schwor sich, er würde nie mehr aufhören, Lita zu küssen.

»Oh!«, murmelte Lita. »Ich weiß nicht. Irgendwie ist alles so verschwommen. Küss mich noch mal. Dann erinnere ich mich auf jeden Fall!« Sie ließ sich in seinen Kuss sinken.

41

FAINE

Faine betrachtete Jin schon eine Weile. Müde und benebelt vom Alkohol, tief in den Ledersessel versunken, drehte der Unsterbliche das Glas Whisky und beobachtete, wie sich das Licht in den Eiswürfeln und der goldenen Flüssigkeit brach. Es war totenstill im Clubraum. Kein Feuer im Kamin, keine Musik, kein Knistern einer Zeitung. Nichts. Niemand. Jin war allein mit seinem Elend. Mit Schwung trank er das Glas aus und ließ sich mit geschlossenen Augen noch tiefer in den Sessel rutschen.

Wenn Faine etwas nicht leiden konnte, dann war es Selbstmitleid.

Er trat an den Servierwagen, nahm zwei frische Gläser und schenkte etwas von dem exquisiten Gin ein, den Jin hier sammelte. Normalerweise trank Faine keinen Alkohol. Aber vielleicht, vielleicht sollte er sich einen Schluck gönnen, nach all dieser Aufregung. Die Karaffe klirrte, als er sie zurückstellte.

»Wie kommst du hier rein?«, blaffte Jin.

Lächelnd wandte er sich dem Unsterblichen zu. »Ich dachte, du könntest Gesellschaft brauchen.«

»Du bist ein Kami. Verschwinde!« Jin lehnte sich wieder zurück und schloss die Augen. »Pronto!«

Faine nickte nachdenklich und wog die Phiole in der Hand, die er Rukar abgenommen hatte. Elaine hatte stets weise und vorausschauend gehandelt. Ob sie gewusst hatte, wie stark und mächtig sie tatsächlich gewesen war? Er öffnete den Flakon und ließ den Rest der goldenen Flüssigkeit in das linke Glas fließen.

In jeder Hand ein Glas haltend, trat er auf Jin zu. »Auf dein Wohl.«

»Alkohol hilft nicht«, maulte Jin und hob wie zum Beweis sein leeres Glas. »Ich sitze eine weitere Ewigkeit in diesem Loch fest. Wie haltet ihr Kami das nur aus!«

Faine stellte sein Glas auf dem Kaminsims ab und drückte Jin das zweite in die Hand. »Nun, wir haben wohl eine andere Sicht auf die Dinge.« Entspannt setzte er sich in den Sessel gegenüber und beobachtete Jin. Er sah abgespannt aus, so richtig fertig mit der Welt. »Es ist ein Trugschluss, dass Dinge mehr als eine Seite haben. Alles eine Illusion. Es gibt nur eine Wahrheit.«

»Und wessen Wahrheit wäre das dann?« Feindselig starrte Jin ihn über den Rand des Glases an. »Du bist nur ein simpler Kami. Was weißt du schon!«

Mit einem Seufzen musterte Faine den Gin in seiner Hand. »Offensichtlich mehr als du. Du übersiehst die Zusammenhänge.«

Jin lachte auf. »Die Zusammenhänge? Du meinst, dass wir alle diesem Arsch Äon in Dankbarkeit verbunden sein sollen? Für seine unglaubliche Güte, uns für immer in seiner beschissenen Welt aufhalten zu dürfen?« Mit einem abfälligen Grunzen nahm er einen Schluck und starrte dann in den dunklen Kamin.

»Ich denke, du solltest lernen loszulassen. Vergiss, was war«, meinte Faine. Er rutschte an die Kante des Sessels vor, die Arme auf die Knie gestützt und das Glas locker in der Hand.

Verbittert schüttelte Jin den Kopf. »Ich bin ein Unsterblicher. Ich vergesse nicht.«

»Dann versuch, die Welt mit anderen Augen zu sehen.« Aufmunternd lächelte Faine ihn an.

Doch Jin kippte nur frustriert den Alkohol hinunter. »Mit anderen Augen?«

Faine rückte noch näher an ihn heran. »Ja«, meinte er eindringlich. »Sei doch mal ein Mensch. Ein echter Mensch.«

Jin blickte auf und sah Faine direkt in die Augen. Seine Pupillen weiteten sich mit einem Schlag und Faine hörte, wie der Unsterbliche vor Überraschung scharf die Luft einsog. Ein Zittern durchlief seinen Körper. Das Glas fiel Jin aus der Hand und er klammerte sich an die Armlehnen des Sessels.

Stocksteif – wie in Schockstarre – saß Jin vor ihm und starrte in eine Leere, die Faine nicht sehen konnte.

Lächelnd bückte er sich, hob etwas vom Boden auf und strich darüber. »Ich glaube, die ist Ihnen gerade aus der Tasche gefallen.« Er hielt Jin eine Brieftasche hin.

Jin löste sich aus der Starre und ergriff das schmale Lederetui. Ungläubig musterte er es, als wäre er nicht sicher, was er davon halten sollte.

»Es hat mich gefreut, Ihre Bekanntschaft zu machen«, sagte Faine lächelnd. »Vielleicht sehen wir uns ja öfter, Mr Smith.« Er beugte sich zu Jin vor, der immer noch verwirrt auf die Brieftasche starrte, und berührte ihn sanft mit zwei Fingern an der Stirn.

Jin lachte auf. »Ja, natürlich. Würde mich freuen.« Er steckte die Brieftasche mit routinierter Geste in die Innentasche seines Sakkos, streifte den Ärmel zurück und sah auf seine Armbanduhr. »Oh, schon so spät. Ich fürchte, meine Familie wartet auf mich. Wir wollen zusammen in den Zoo.«

Faine nickte mit einem Lächeln. »Natürlich. Viel Spaß dabei.«

Freude und so etwas wie Stolz blitzte in Jins Augen auf. »Den werde ich haben. Es gibt nichts Besseres, als mit meinem Sohn in den Zoo zu gehen.« Er stand auf, strich sich das Sakko glatt. »Haben Sie Kinder?«

Faine wippte auf den Zehen und verkniff sich ein schelmisches Grinsen. »Meine sind schon erwachsen.«

»Dann wissen Sie, was ich meine.« Jin tippte sich zum Gruß an die Stirn und marschierte federnden Schritts aus dem Clubraum.

Faine sah ihm gedankenverloren nach.

Ja, seine Schöpfung war erwachsen geworden. Sie brauchten Äons Führung nicht mehr. Die Menschen wie auch die Kami und Unsterblichen standen nun auf eigenen Beinen. »Nichts ist schöner, als die Kinder glücklich zu sehen«, murmelte er zufrieden.

ENDE

DANKSAGUNG

Ich war mir nicht immer sicher, wohin mich diese Geschichte führen würde. Manche Dinge lagen plötzlich auf dem Weg, ich habe sie mitgenommen und war erstaunt, dass da am Ende ein perfekter Platz in der Geschichte auf sie wartete.

Dinge geschehen auch beim Schreiben vielleicht tatsächlich nicht aus Zufall.

Es war sicher kein Zufall, als ich mich vor vierundzwanzig Jahren auf dieses rote Sofa gesetzt habe. Denn ohne diesen Abend im Mai hätte es nie dieses Buch gegeben.

Also geht mein Dank in erster Linie an das Schicksal.

Und an jene, die es mir geschickt hat: Derek und meine großartige Familie.

Sie alle haben nie den Glauben an mich verloren. Und wenn er mir hin und wieder verloren geht, sind sie alle da und helfen mir, ihn wiederzufinden.

Danke! Von Herzen.

Ebenso dankbar bin ich, dass ich ein paar wunderbar inspirierende Menschen kennenlernen durfte, die mir – auch wenn es vielleicht nicht alle von euch wissen – immer wieder Mut und Kraft gegeben haben. Also danke Dani G., besonders für die Vaults, die Rukar und mich wirklich gerettet haben. Und danke an Tanja V. für all die endlosen

Gespräche und das Ermutigen. Danke an Kathrin L., Tania W., Ilona E., Antje B., Isabel A. und Katja B. fürs Da-Sein, den Austausch und die weisen Worte!

Marion Meister

Circles of Fate

978-3-401-60591-3

Schicksalsfluch

An dem Tag, als ihre Mum entführt wird, zerbricht Litas Leben. Fassungslos stürzt die 17-Jährige auf der Suche nach ihrer Mutter in die sorgsam verborgene Welt der Schicksalsweberinnen. Sie leben mitten in London und lenken von dort aus die Lebensfäden der Menschen. Elaine, die Oberste Weberin gibt sich als Litas Großmutter zu erkennen – aber kann Lita ihr vertrauen? Das Unfassbare jedoch ist: Auch Litas Mum und Lita selbst sind Schicksalsweberinnen!

978-3-401-60592-0

Schicksalssturm

Lita hat sich gegen den Willen ihrer Mum den Weberinnen im Londoner Wolkenkratzer The Gherkin angeschlossen. Und doch fühlt sie sich so verlassen wie nie. Denn eine Prophezeiung wirft einen dunklen Schatten über sie: Litas Schicksal ist es, die Welt zu zerstören! Um den Untergang zu verhindern, soll sie sterben. Aber Lita will ihr Schicksal nicht einfach hinnehmen – selbst wenn sie sich dazu mit sämtlichen Unsterblichen und Weberinnen anlegen muss!

978-3-401-60593-7

Schicksalskampf

Lita hat einen Vers der Prophezeiung erfüllt: Sie hat den Tod zu den Lebenden gebracht und damit den Untergang der Welt ausgelöst. Immer mehr Menschen verschwinden. Ihre Schicksalsfäden vergehen zu Asche und in den Straßen Londons bleiben nur Schatten zurück! Lita weiß, dass sie alles daransetzen muss, um die Menschen zurückzuholen. Unterstützung bekommt sie von Rukar, dem sie immer mehr Vertrauen schenkt. Aber könnte er als Halbblut und Sohn eines Unsterblichen ebenfalls in den Weltuntergang verstrickt sein?

Katja Brandis

Die Jaguargöttin

Im Dschungelkönigreich Elámon werden Gestaltwandler wie Gottheiten verehrt. Eine von ihnen ist die junge Jaguarwandlerin Kitana, die mit ihrer Familie ein sorgloses Leben im Tempel führt. Bis zu dem Tag, als eine Intrige des Ersten Priesters Kitanas heile Welt zerstört und sie zwingt, im undurchdringlichen Urwald nach Hilfe zu suchen. Kitana sucht Hilfe bei einem Clan von Panther-Wandlern, der zurückgezogen im Dschungel lebt und sowohl den Jaguaren als auch den Menschen misstrauisch gegenübersteht. Als sie den wilden, unberechenbaren Pantherjungen Ecco trifft, ändert sich alles für sie ...

480 Seiten • Gebunden
ISBN 978-3-401-60585-2
Beide Bände auch als E-Book erhältlich

Thomas Thiemeyer

Countdown

Ein Stromausfall stürzt die ganze Welt ins Chaos. Zwei Jahre später sind die Folgen davon noch immer gewaltig. Die ausweglosen Umstände von Ressourcenknappheit und überfüllten Städten bringen Lena und ihre Familie dazu, Unterschlupf in einer Aussteigersiedlung zu suchen. Dort trifft sie ihren alten Klassenkameraden Ben wieder. Als die beiden herausfinden, dass der Stromausfall nur der Beginn von einem größeren Plan ist, müssen sie sich entscheiden ...

400 Seiten • Gebunden
ISBN 978-3-401-60446-6
www.arena-verlag.de

Jana Hoch	Andreas Eschbach

Dancing with Raven

Auf dem neuen Internat soll Katrina zwei Dinge tun: Freunde finden und reiten. Doch genau das kommt nicht infrage. Denn sie hat sich geschworen, nie wieder auf dem Rücken eines Pferdes zu sitzen – und für neue Freunde ist sie nicht bereit. Nicht nach allem, was passiert ist. Selbst als sie Raven trifft, den ungestümen Palomino, der sich von niemandem etwas sagen lässt, hält Katrina an ihrem Vorsatz fest. Trotzdem will sie bei ihm sein, denn Raven gibt ihr etwas zurück, das Katrina glaubte verloren zu haben: das Gefühl von Freiheit, das Gefühl von Leben.

384 Seiten • Gebunden
ISBN 978-3-401-60519-7
Beide Bände auch als E-Book erhältlich

Gliss

Ajit weiß, dass er die Stadt Hope niemals verlassen wird. Denn sie ist umgeben vom GLISS, einem Boden, auf dem nichts haftet und nichts gebaut werden kann. Hinter dem GLISS gibt es keinen Ort, keine Menschenseele. Zumindest dachte der 17-Jährige das. Doch als eines Tages ein toter Mann über das GLISS getrieben wird, ist Ajit und seinen Freunden Phil und Majala klar: Die Geschichte ihrer Welt ist eine Lüge und die, die Ajit für seine Familie hielt, tun alles, um diese Lüge zu verteidigen …

456 Seiten • Gebunden
ISBN 978-3-401-60581-4
www.arena-verlag.de

978-3-401-60571-5

Sydney Love

Charly will nur noch abhauen, raus aus dem goldenen Käfig ihrer Eltern. Also besorgt sie sich ein Ticket nach Australien und einen Job – kaum angekommen, stiehlt ihr ein Skater ihre Ersparnisse. Als sie sich jedoch in den Park-Musiker Josh verliebt und Will ihr zugleich eine glänzende Zukunft verspricht, merkt sie, dass Glück unterschiedliche Facetten hat.

978-3-401-60582-1

Past Perfect Life

Ally liebt ihr Leben, wie es ist: Die Bewerbungen an ihre Traum-Colleges sind geschrieben. Ihr Dad und sie verstehen sich blendend. Sie hat die besten Freunde, die man sich wünschen kann. Und sie ist sich sicher, morgen wird ihr Sandkastenfreund Neil sie ENDLICH um ein Date bitten. Doch dann klingelt das FBI an der Tür und plötzlich ist alles anders. Denn Ally ist nicht Ally und ihr ganzes Leben eine einzige Lüge.

978-3-401-60543-2

Gemma

Wer glücklich ist, dem geht es gut. Wer es nicht ist, dem droht der Tod. Und das in nur 72 Stunden. Gemma war ihr Leben lang glücklich. Im Gegensatz zu ihrem Vater, dessen Pegel immer tiefer sinkt. Seinetwegen muss es Gemma unbedingt an die Akademie schaffen, wo man lernt, Glück künstlich zu erzeugen. Doch inmitten all der dauerlächelnden Menschen zieht es Gemma ausgerechnet zu Keno. Er gilt als Grenzgänger und will sich dem Glückszwang entziehen. An seiner Seite lernt Gemma, was wahre Gefühle bedeuten ...

978-3-401-60645-3

Off the Record

Josie träumt davon, nach der High School Journalistin zu werden. Als die 17-Jährige einen Schreibwettbewerb gewinnt, darf sie eine Gruppe Hollywood-Schauspieler auf die Film-Promotion-Tour durch die USA begleiten. Doch auf der Reise erfährt Josie etwas Ungeheuerliches: Ein gefeierter Regisseur belästigt Mädchen und Frauen am Set – und kommt offenbar schon lange damit durch. Josie zögert. Was kann ein Mädchen wie sie schon ausrichten? Aber Josie erkennt: Wenn sie nicht ihre Worte rausbringt, wer tut es dann?

978-3-401-60663-7

Sex Education: Der Roadtrip

Maeves Bruder steckt mal wieder in Schwierigkeiten. Sie kann ihn natürlich nicht einfach hängen lassen – auch wenn Sean das mehr als verdient hätte! Zusammen mit Otis, Aimee und Eric macht sie sich auf den Weg zu ihm und plötzlich wird aus der halsbrecherischen Rettungsaktion ein abenteuerlicher Roadtrip. Gar nicht so einfach, denn dabei kommt Unausgesprochenes zwischen Maeve und Otis ans Licht und die Beweise gegen Sean sind mehr als erdrückend …

978-3-401-60664-4

Sex Education: Das ultimative Aufklärungsbuch

Alle tun es! Irgendwie, irgendwo, irgendwann. Sex. Und irgendwie, irgendwo und irgendwann stellen sich Fragen. Viele Fragen. Sieht das bei allen so aus? Muss sich das so anfühlen? Wie genau funktioniert das? Was stimmt nicht mit mir? Ganz im Stil der erfolgreichen Netflix-Serie SEX EDUCATION gibt es hier Antworten. Ehrlich, direkt, positiv, witzig, verständlich erklärt – und dabei nie peinlich.